장편소설 그 집, 너싱홈

그 집, 너싱 홈

지은이 · 김외숙
펴낸이 · 이충석
꾸민이 · 성상건

펴낸날 · 2017년 11월 30일
펴낸곳 · 도서출판 나눔사
주소 · (우) 03446 서울특별시 은평구 은평터널로7가길
20. 303(신사동 삼익빌라)
전화 · 02)359-3429팩스 02)355-3429
등록번호 · 2-489호(1988년 2월 16일)
이메일 · nanumsa@hanmail.net

ⓒ 김외숙, 2017

ISBN 978-89-7027-311-2-03810

값 10,000원
※ 잘못된 책은 바꾸어 드립니다.

이 도서의 국립중앙도서관 출판예정도서목록(CIP)은 서지정보유통지원시스템 홈페이지
(http://seoji.nl.go.kr)와 국가자료공동목록시스템(http://www.nl.go.kr/kolisnet)에서 이용하실 수 있습니다.
(CIP제어번호 : CIP2017029891)

장·편·소·설

그 집, 너싱 홈

김외숙 지음

나눔사

차
례

1

나른한 정오의 반란

창밖은 지금 사각 프레임에 갇힌 풍경화다. 분홍 수국 무리와 한 때는 자색 꽃이 요염했을 목련나무가 오수를 즐기는 뜰. 무자비하던 한여름 정오의 햇빛조차도 그 품에다 뜰을 끼고 졸고 있는 평화로운 풍경화다.

문득 저 목련가지 하나 휘어잡고 흔들어버리고 싶다. 그래서 나른한 뜰의 정적을 휘저어 놓고 싶다.

'불공평해요, 언니. 다들 아무 일 없잖아요.'

그 때, 저 창밖을 바라보던 수진의 마음도 이랬을까? 저 같지 않게 눈에 보이는 평화스러운 것들로 무단히 뒤틀리던 심사 같은 것. 불행 그 자체보다 남들은 아무 일을 만나지 않았다는 사실에 더 못 견뎌하던 수진을 나는 이해할 것 같았다. 그래서 저 나뭇가지들을 휘어잡고 마구 흔들고 싶다. 전신을 늘어뜨리고 있는 분홍 수국들도 덩달아 자지러지며 오수에서 깨리라. 그런데 내가 불행할 때 남도 불행하면 그 불행의 무게가 정말 좀 가벼워질까?

'한 고비를 넘겼나 봐요, 우리가.'

그 때 내가 수진을 향해 그렇게 말했던가? 이윽고 남의 평화가 눈에 들어왔고 그것에 심통을 부리는 여유까지 보이고 있었으므로. 그러니까 적어도 지금은 심장을 지지는 것 같던 지옥 불에서는 한 발자국 물러났다는 의미였다. 목숨을 장담할 수 없던 그 순간을 가까스로 넘기고 이제는 회복을 기다리는 단계의 여유. 그것도 여유라고 그 때 내가 느낀 최초의 감정은 곧 부러질 듯 곤두섰던 신경 줄을 마음껏 방치해 두고 어딘 가에다 기대고 싶다는 것이었다. 졸고 있는 분홍 수국처럼 전신을 늘어뜨려 자고 싶었다.

보이지 않는 손이 대신 나뭇가지를 흔들기라도 한 것일까, 졸고 있던 목련나무 잎들이 일제히 나부끼기 시작했다. 순간 무겁게 쳐져 더 느끼하던 초록 잎들이 입에 물고 있던 초록 기운을 '푸우'하고 일제히 품어내는 것 같다. 바람이 건드리고 지나갔음이 분명하다.

저들끼리의 부채질에 조금 더 바람이 일었는지 여린 가지가 흔들리고 분홍 수국들도 풍만한 가슴을 흔들기 시작한다. 뜰을 품에 낀 채 잠시 조느라 정오를 넘겨버린 태양은 또 다시 기세도 좋게 열기를 퍼붓고 있다.

이제야 창밖의 정경은 사각의 프레임을 벗어난 살아있는 풍경이다.

창밖의 풍경이 눈에 들어오는 날을 맞다니 문득, 이제는 됐다 는 자신감이 내리퍼붓는 열기만큼이나 강렬하게 솟구친다. 오수를 즐

8

길 여유도 머지않았다며 한결 느긋한 심정으로 복도의 창을 떠나 병실로 향했다.

"으악!"

무심코 병실 문손잡이를 잡는데, 안에서 터져 나오는 비명이 먼저 정수리를 내리쳤다. 목구멍을 긁으며 비어져 나온, 피가 밴 괴성이었다.

문을 열어젖히고 돌진하듯 병실로 뛰어들었다. 그리고 고꾸라질 듯 침대 옆에 멈춰 섰다. 온 몸의 피가 얼굴로 쏟아진 듯 뒤틀린 정우의 얼굴은 검붉었다. 눈, 코, 귀, 구멍 뚫린 곳에서 금방이라도 검붉은 피가 솟구칠 것만 같았다. 팔다리가 고정된 채 몸부림치는 정우는 올가미에 포획된 한 마리의 성난 짐승이었다.

후들거리는 다리에다 힘을 주기만 할 뿐 미처 침대 곁으로 다가가지도 못했는데 간호사가 먼저 와 정우의 손 발목에 둘러진 벨트부터 풀고 코와 팔에 연결된 기구들을 살핀 후 나갔다. 몸부림으로 생긴 피맺힌 자국이 고문의 흔적처럼 한 쪽 손 발목에 둘러져 있었다.

풀려난 한 쪽 팔다리가 괴성과 함께 다시 허공에서 몸부림치기 시작했다. 패악을 부리듯이 발악하는 한 쪽 팔다리와는 달리 다른 한 쪽은 죽은 듯이 누워있다. 벨트로 고정할 필요조차 없던 마비된 팔다리다. 마치 남의 지체인 듯 미동도 않는 정우의 한 쪽 팔다리에다 나는 망연히 눈길을 주었다.

"악!"

그 때, 번쩍하는 섬광 하나가 찰나에 눈앞으로 스치며 콧잔등을 후려쳤다. 털썩 주저앉으며 코를 움켜쥐었다. 붉은 방울이 뚝뚝 치맛자락 위로 떨어졌다. 정우 목소리에서 묻어나는 것 같던 피였다. 엉겁결에 고개부터 젖혔다. 목을 타고 넘어가는 피는 울컥 구토가 일도록 비릿했다. 코를 움켜쥔 채 매운 통증과 비릿한 구토증을 다스린다.

이윽고 악을 쓰는 소리와 함께 허공에서 몸부림치던 정우의 팔 다리가 맥없이 쓰러졌다. 간호사의 재빠른 조치의 효과다. 이제 정우는 잠이 들었다.

피는 멈췄지만 무망중에 얻어맞은 코는 여태 뻐근하다. 나는 의자를 당겨 정우의 침대 발치께에 앉았다. 마구 휘두르던 팔 다리는 시트 안에서 얌전하고 숨소리는 고르다. 마치 잠과 광기로 날 시험하는 것 같다. 무의식중의 폭언이나 폭행도 회복의 한 단계라고 의사는 말했었지만 지켜봐야 하는 나는 긴장과 공포에 들볶이다 급기야 몸의 진이란 진은 다 빠져 톡톡 부러뜨리면 마디마디 부러질 삭정이다. 끝이 보이는 것도 같았는데 그것은 신기루였을까? 아직도 깜깜한 터널이다. 터널 한 가운데서 주저앉아 다시는 일어나지 못할 것처럼 마음까지 부러진다.

"저 왔어요, 언니."

침대 발치에다 부려놓은 고개를 가까스로 일으키니 언제 왔던지 수진이 등 뒤에 서 있었다.

"어머나 피! 다쳤어요?"

코언저리에 묻은 마른 핏자국에 수진이 호들갑스럽게 소리쳤다.

그 한마디로 병실이 갑자기 응급실이 된 것 같았다. 수진의 손은 급히 적셔온 물수건으로 내 코언저리를 닦고 놀란 눈은 잠든 정우와 나 사이를 재바르게 오가고 있었다.

"오빠구나!"

탐색을 끝낸 수진이 그 때서야 코피의 이유가 정우에게서 비롯된 것임을 알아차렸다. 그 말 때문일까? 문득 속에서 뭉클한 더운 뭔가가 솟구쳤다. 눈을 씀벅이며 솟구치는 것을 막으려는데 기어코 후루루 쏟아지고 만다.

"무슨 환자가 그렇게 힘이 세죠?"

손바닥으로 떨어지는 눈물방울을 쓱 쓸며 과장되게 웃는다. 웃어도 눈물은 쏟아진다. 마음껏 후려치고도 태평스럽게 잠을 자는 정우나 아파도 웃어야 하는 나는 아무리 생각해도 정상을 비킨 사람들이다.

"우리오빠가 정말 많이 아프구나, 언니를 이 지경으로 만들고도 저렇게 잠잘 수 있다니."

이미 일상이 된 비정상을 모를 리 없음에도 수진이 언급하는 이유는 달리 방법이 없는 상황에서 나름의 날 위로하는 방법일 것이다. 수진의 눈에도 곧 굴러 떨어질 눈물방울이 위태롭게 매달려 있었다.

정우는 가늘게 코까지 곤다. 손발이 묶인 채 발악을 하느라 기운을 소진했을 것이다. 아니 간호사의 조치 때문일 것이다.

"미안해요, 언니."

병원생활을 시작한 이후로 수진은 말끝마다 미안하다는 말을 달았다. 오빠가 누워있어 미안하고 언니를 고생시켜 미안하고 그 고생이 끝이 보이지 않을 것 같아 더 미안하다고.

"때릴 줄 알았으니 미안하다는 말 할 때도 오겠지요."

실은 때릴 줄 알기까지도 많은 시간이 걸렸고 그것은 큰 진전이다, 깨어나 힘 쓸 일은 다시는 없을 것 같던 한 때가 있었으므로.

이 시간이면 가게 문을 열어 단골에게 우유와 아침신문이며 담배를 팔고 복권을 팔고 있어야 할 사람, 하루의 행운을 빌며 복권을 사는 사람들과 호탕하게 웃으며 가게에 있어야 할 사람이 쓰러진 그날 이후부터 지금까지 병원에 있다.

'빨리 와 보세요, 당신 남편이 쓰러졌어요!'

누구인지 기억조차도 할 수 없던 그 떨리던 음성. 그녀는 아마 그날의 행운을 건 복권을 사며 그와 농을 나누던 단골이었으리라. 정우를 병원에 맡기고는 사라졌으니 단골이어도 누구인지는 알 수가 없다. 아침 식사를 잘 하고 '돈 많이 벌어 올게.' 하고 집을 나간 사람이 가게에서 쓰러져 내가 병원에 당도했을 때는 이미 의식을 잃은 채였다. 뇌출혈이었다.

뇌수술의 과정을 거쳐 회복단계에 든 정우는 지금 어린아이처럼 잠들어 있다.

화장실 거울 앞에 서서 얼굴을 비췄다. 남편의 생명 줄 하나를 잡고 사생결단 몸부림을 한 얼굴이 그 속에 있었다. 삶과 죽음 사이를 오가다 결국 생명줄을 잡은 정우보다 결코 모자란다할 수 없는 분량으로 함께 앓은 얼굴이었다.

오달지게 얻어맞은 코언저리는 여태 뻐근하다. 코언저리보다 가슴이 아프다. 아직 더 아파야 한다면 아픔은 아마도 끝이 없는 것임이 분명하다.

문득 벗어나고 싶다. 어깨에 얹힌 것 다 내려놓고 뛰쳐나가고 싶다. 그러나 죽은 듯이 잠든 정우가 사방엔 출구가 없고 아픔엔 끝이 없다는 것만 같다. 잠시 도취했었던 희망은 정말 신기루에 불과했을지도 모르겠다며 거울 속에서 나왔다.

"오빠가 어떻게 했는지 알아, 언니한테?"

그 사이에 한숨을 자고 깬 정우에게 수진이 잘못을 저지른 어린아이에겐 듯 나무라고 있었다. 정우는 멀거니 눈만 뜬 채였다.

"아니, 안 하던 폭행은 어디서 배웠어, 오빠?"

"형이 폭행을 했다고?"

민하였다. 피 묻은 시트를 간 후 환기를 하기 위해 잠시 창문을 열고 병실 문을 열어둔 탓에 민하가 들어오는 것을 수진도 나도 알지 못했다.

"형도 주먹 휘둘러요? 형수님 괜찮으세요?"

마치 코를 쓰다듬을 듯이 민하가 손을 들었다 놓으며 말했다.

"글쎄, 정우 오빠가.."

수진이 고자질하듯이 재잘대기 시작했다. 민하 앞에서의 수진의 목소리에는 늘 낭창하니 터무니없는 어리광이 묻어난다. 마치 민하가 아주 화사하고 싱그러운 기운 한 아름을 안고 와 풀어 놓은 것 같았다.

"그것도 나아가는 증세라잖아요."

팔을 휘두르기 시작한 것도 나아가는 하나의 단계인 줄은 수진도 당연히 아는 사실이었지만 기실은 수진의 어리광어린 목소리를 누르자는 의도가 다분했다.

"오빠가 낫겠다고 언니 코에서 피 흐르게 하면 안 되죠."

언제 들어도 똑 부러지도록 군더더기 없는 수진의 말투가 유독 민하 앞에서는 물오른 버드나무 줄기 같은 이유를 나는 안다.

"형한테 직접 물어야겠네. 그러니까 형이 형수를 쳤다는 얘기네요?"

민하의 눈과 입가에서 장난기가 뚝뚝 흘렀다. 정우는 표정을 담지 않은 채 민하를 바라보고 있었다.

"우리 정우 오빠, 난감한 시추에이션 만났네."

수진이 날 쿡 치며 웃었다.

"진도 나갔다고 묵비권 행사 하시는데, 정우 형 용서해 드릴까요, 형수?"

진도라, 팔을 휘둘러 코피를 낸 것도 진도라면 분명 진도였다. 휘두르는 것도 나아가는 하나의 증세라고 의사가 말했으니까.

한 치 앞을 알 수 없어 모두가 숨소리조차도 마음대로 낼 수 없던 위기와 긴장의 그 순간을 가까스로 벗어나자 눈치껏 던져보는 장난이었다. 한 사람은 묶인 듯 침대에 누워있고 누운 사람에게 얻어맞은 코는 피를 흘렸고 이런 지경이 언제까지 계속 될지, 언제 끝날지 모르는 암담한 현실임에도 장난어린 말은 각자의 가슴에 스며들고 있었다. 민하가 안고 온 화사하고 싱그러운 기운 때문일 거였다. 민하의 등장과 함께 가장 빛나는 별 두 개를 따다 담은 것 같던 수진의 눈은 이제 민하를 향해 거침없이 반짝인다.

사람의 눈빛은 별빛보다 오묘하다. 의미를 담고 반짝이기 때문이다. 문득 수진의 저 눈빛을 가로막고 싶었다. 무단히 일어나는 심통을 나는 민하에게 보내는 소리 없는 미소로 누르고 있었다.

대답은 기대하지 않았다는 듯 바라보던 눈길을 거두며 민하가 정우의 발치께로 가 앉았다. 그리고 시트 속으로 손을 넣고 정우의 발을 주무르기 시작했다. 민하가 병실을 찾을 때 정우의 움직이지 않는 한 쪽 발은 늘 민하 차지다.

'피가 돌고 신경이 살아나기만 하면 되는데..'

차지한 한 쪽 발을 주무르며 민하는 수시로 혼잣말을 하곤 했다. 그 정성이 지극해서 이다음 정우가 다시 걸을 수 있다면 모두 민하 덕분일 거라고 나는 물끄러미 바라보며 생각하곤 한다.

"형, 다음에는 저 한 대 쳐줘요. 정신 좀 차리게."

민하가 발을 주무르며 농담인 듯 다시 정우에게 말을 걸었다. 듣고 보니 피가 돌고 신경이 살아나야한다는 말이 아니어서 수진과 내가 서로 한 번 마주보다 민하에게 눈길을 돌렸다. 분위기를 낫낫하게 하는 농담 같아도 어쩐지 선뜻 드러내지 못하는 사연이 말랑한 말의 껍질 속에 감춰진 것 같아서였다. 그러나 민하는 시트 속에다 넣은 손에다 힘을 주며 정성껏 정우의 다리를 주무를 뿐이다.

"민하 오빠가 정신 차릴 일이 뭐가 있다고."

아니나 다를까 궁금해 하면서도 내가 주저하는 사이에 수진이 눈을 흘기며 민하의 말을 받았다. 흘기듯 하는 눈빛과는 달리 어리광이 섞인 목소리는 적당히 나른하다. 민하를 바라볼 때의 수진의 저 눈빛은 말소리의 어리광과는 달리 늘 뭔가로 간절하다. 진하게 달여진 찐득한 응어리 같은 것, 연민과 연정이 어우러져 농축된 감정의 응어리다. 당당하고 거침도 없어서 주눅 들게도 하는 눈길이다, 적어도 내게는.

문득 나서서 심술궂게 가로 막고 싶었다. 여상한 일에 어느 날부터 여상하지 않게 반응하는 내 심기를 나는 아주 은밀하게 주시하기 시작했다.

"형이 누워 있는데 내가 할 수 있는 것이 없잖아."

민하가 말했다. 그러니까 누워있는 정우를 벌떡 일어나게 할 수 있는 능력의 한계에 대한 자책이었다.

"곁에 있어주는 것만으로도 얼마나 큰 도움인데? 의사도 못하는 일이라고."

자책하는 민하를 기어코 감싸고야 말겠다는 듯 수진이 안간힘을 했다.

'정신이 번쩍 들도록 한 대 얻어맞고 싶도록 하는 그것은 무엇일까?'

그러나 드러내지 못하는 뭔가는 여전히 민하 속에 숨겨져 있다는 생각을 나는 떨치지 못한다. 서울로 떠난 애린과 어린 것 때문에 민하가 괴로워하고 있다는 의미일 것이었다.

민하를 두고 간 지 한 해가 다 차도록 애린은 돌아오지 않고 있다.

가까이서 지켜보는 나조차도 애가 탈 지경인데 민하의 저 가슴은 어떠할 지 짐작하고도 남았다. 정신이 번쩍 들도록 얻어맞고 싶다니, 하마 오겠지 하며 잘 참고 있던 민하가 마침내 그릇되어버린 관계를 자책하며 자신을 긁기에 이른 것일까. 애린이 떠난 후 실수로도 입에 올리는 일을 조심하던 민하였다.

병실을 찾을 때마다 늘 허허 웃는다고 그것을 웃음소리로 들은 것이 미안했다. 문득, 애린에게 긁히고 스스로도 긁어 생채기투성이일 민하의 그 속을 어루만져 주고 싶었다. 안고 쓰다듬어 주고 싶었다.

'오지랖도 참.'

그러다가 혼자 속으로 웃는다. 민하를 안고 쓰다듬고 싶어 하는 내 눈에 민하에게 발을 맡기고 있는 누운 정우가 들어왔기 때문이다.

언제부턴가 민하의 눈빛이 내 마음에 와 닿으면 잔잔한 물결이 되어 일렁였다. 잠시 일렁이다 결국 가라앉는 그것이 무엇이라고 전신을 부려놓고 있을 때가 있었다. 그 순간만큼은 나른하도록 평화로웠다, 마치 아무 일도 겪지 않은 것처럼. 어느 날 문득 발견한 출구 같았다. 그러나 그것은 무시로 드나들 수는 없는, 몸과 마음이 주저앉으려 할 때만 은밀하게 찾는 비상구 같은 것이었다.

민하를 향한 수진의 마음은 비상구가 아닌, 출구만 두고 있었다. 은밀할 이유가 없는 출구다. 어떤 표현에도 망설임이 없고 그 말의 저의를 넘겨짚는 사람은 없다, 다만 어느 날부터 나만 곱씹기 시작했을 뿐.

2

사랑과 흉터

"곱다!"

휠체어를 잡은 내 입에서 나도 모르게 탄성이 터졌다. 갈 수만 있어도 한숨을 돌릴 것 같던 재활 병원에 와 휠체어라도 탈 수 있으니 뜰의 가을나무에 탄성을 지를 수 있다.

재활병원 뜰의 가을 나무들은 이제 깊은 사랑에 빠졌다. 때를 가릴지언정 처소에 경계를 두지 않는 나무들의 정염은 병원에 오가는 사람들의 삭막한 얼굴조차도 열에 들뜨게 한다. 아득한 명부를 발아래다 둔 사랑의 불길이다. 단풍나무가 절정으로 몸이라도 한 번 부르르 떨었던지 갈피 속에 앉아 재잘대던 텃새무리들이 포르르 한꺼번에 가지를 박차고 날아올랐다. 허공을 향해 흡사 한 움큼 검정깨라도 휙 뿌린 것 같다. 이제 나뭇가지들은 서로 어루만지고 쓰다듬으며 나른하던 절정의 순간을 되새김질하리라.

휠체어의 정우는 아무 반응이 없다. 그러나 정우도 고운 빛깔에 취해 있음을 나는 안다. '곱다!' 란 표현은 건강할 때라면 바로 정우가 했을 감탄사였다. 정우라면 '곱다!' 로 그치는 것이 아니라 영랑의 시 구절이라도 인용했으리라, '오메, 단풍 들것네!' 라며.

'언제 저렇게 물들었을까?'

물든 잎들을 바라보며 문득 시간의 흐름을 되짚어 본다. 일을 당했을 때 저 나무들이 무슨 색깔을 하고 있었던지는 기억에 없다. 그즈음의 나뭇잎들이라면 아마도 몇 잎 따서 쌈이라도 싸먹고 싶을 정도로 여렸을 게다. 이제 나무들은 현란한 빛깔로 열정을 불태우며 떠날 채비를 하고 있다. 죽음을 앞두고 저토록 사랑을 불태워 도대체 어쩌자는 것일까? 그러나 낭떠러지가 발 앞에 있음에도 저토록 타오를 수 있는 것이 사랑이라면 그 사랑에 한 번 빠져보고 싶다.

'나, 사랑에 빠지다!'

마치 금언인 듯 소리는 입속에다 가두며 혼자 웃는데 문득 양손에 잡힌 뭔가가 눈에 들어왔다. 휠체어였다. 깎은 지 며칠 된 잔디 같은, 정우 정수리의 잿빛 머리칼도 동시에 들어왔다. 흉터를 덮고 있는 머리칼이다.

'사랑과 흉터'

아득하게 멀어 결코 어우러질 수 없는 두 의미가 내 가슴과 정우의 정수리 사이에 있었다. 틈이라고는 없었는데 어쩐지 지금 둘 사이엔 각자의 가슴과 정수리라는 선명한 의미의 거리가 존재하는 것 같다.

늦가을 바람 한 자락이 그 틈을 비집고 들어오기라도 한 듯 서늘

하고 쓸쓸하다. 정우로부터 시작된 사랑은 여태 견고하고 유효함에
도 어째서 곧 떨어져 종내는 밟혀 짓이겨지고 말 끝물의 이파리들로
마음은 이토록 산란한지 모르겠다. 정우를 향한 아련하고도 섬세한
마음의 떨림도 없지 않았건만 어째서 지금은 잿빛 머리칼 속의 두렵
고도 무서운 흉터만 떠올리게 되는지 모를 일이다. 막연하게 입구에
다 눈길을 두고 있는 정우의 모습이 처연하다.

"들어가자, 추워."

정우를 내려다보며 말했다. 스산한 바람은 겨드랑이와 목덜미로
스치는데 오히려 마음이 춥다. 언제 무슨 증세로 다시 초죽음이 될
까 말소리조차도 제대로 낼 수 없던 고비를 넘기니 그 자리로 정체
를 알 수 없는 바람이 수시로 넘나든다. 부른 적 없는 바람이다.

그러나 정우는 아무 반응이 없다. 다만 붉은 단풍나무에 가 있던
눈길을 길 쪽으로 두고 있을 뿐이다.

정우의 눈길이 가 있는 곳으로 다시 시선을 주었다. 대부분이 환
자를 가족으로 둔 사람들이라 표정은 어둡고 종종 걸음이다. 마음껏
웃음을 웃어본 지 오랜 내 모습을 보는 것 같아 문득 우울해진다.

병원생활을 오래 할수록 찾아오는 사람의 발길은 멀어지고 그럴
수록 사람 사는 곳에서 점점 더 외딴 곳으로 밀려나는 것 같았다.
표현은 하지 않지만 정우는 더 깊은 외로움을 느낄 것이다. 환부의
아픔과 함께 격리로 인한 소외감 때문에 환자는 더 아플 것이다. 알
지도 못하는 사람들에게다 주고 있는 눈길을 거두지 못하는 것은 사
람들 속에 있고 싶다는 의미다. 외롭다는 의미다.

"수진은 좀 늦겠대."

늦겠다던 수진으로 눈길을 길 쪽에다 두고 있는 정우를 감싼다, 어쩌면 수진보다 민하를 기다릴지도 모르는 사람에게.

"어 어.."

"들어가요?"

말이라 할 수 없어도 마음이 통하므로 알아들을 수 있는 소리다. 단순한 소리에 불과했지만 난폭성이 내포된 괴성이 아닌, 정중한 표현이므로 나는 그 소리가 고맙다. 외마디의 괴성이 인격이 담긴 의미의 소리로 달라지도록 기다린 시간은 잔인하도록 길었다.

정우 무릎위의 블랑켓을 다독이며 길 쪽으로 향한 휠체어를 돌려 엘리베이터로 향했다.

휠체어를 돌리려니 또다시 뜰의 단풍나무와 은행나무 사이를 고요히 흐르던 바람 한 점이 가슴으로 불어오는 것 같았다. 결국 둘 다 한 사람을 기다리고 있음을 그 이름을 입에 올리지는 않았어도 이미 나는 알고 있었다.

"수진이 오면 커피 마셔야지."

이 지경에서도 가슴은 바람을 타고 커피 향에 솔깃해지는 것도 이해 밖이다. 아직도 긴장의 끈을 놓을 수 없는데 마음은 자꾸만 여유를 부리려 한다. 적어도 그것을 손안에 들고 있는 순간만큼은 오그라든 마음을 펴 한갓지게 할 것 같은 그 여유. 커피가 끼니의 의미가 아니기 때문일 것이다.

커피 얘기를 하는데 정우는 오히려 눈길을 이미 지나온 출입구 쪽으로 주고 있다. 여전히 누군가를 기다린다는 뜻이다.

하루쯤은 오지 못할 수도 있는 일이다. 아무리 마음이 그렇지 않다 할지라도 상황이 그렇게 만들 수 있는 일이다, 마음은 가득한데 꼼짝을 할 수 없게 하는 상황. 정우가 눈길을 출입구 쪽으로 줄 때 정우가 기다릴 사람의 어떤 입장을 나는 머릿속으로 그리고 있었다.

"제이슨이 가끔 말썽부린대, 시간을 안 지키고."

급기야 민하 얘기를 하고 있었다. 정우를 다독이는 의미였지만 기실은 나 자신을 다스리는 의미이기도 했다.

"당신도 알잖아, 헬퍼한테 일 생기면 어쩔 수 없다는 거."

하지 않아도 될 변명까지 대신하고 있었다.

그 때, 자동출입문이 열리면서 돌진하듯 한 남자가 들어왔다. 곁눈질조차도 하지 않은 채 걸음을 재촉하는 그 남자로 인해 순간, 로비가 다 환해졌으리라. 늘 빠른 걸음이거나 뛰는 사람, 민하였다.

민하는 여태 반소매 차림이었다. 아니 긴 소매 겉옷을 둥둥 걷은 모습이다. 팔뚝이 드러나도록 걷어붙이고 있음은 소매를 내릴 여유조차도 없도록 서둘렀다는 의미였다.

"어, 여기 있었어요, 형?"

로비를 환하게 하던 그 얼굴이 눈앞에 있었다. 말과 동시에 휠체어를 잡은 내 손을 슬쩍 밀어내고 민하가 손잡이부터 잡는다. 건강한 팔이 강한 전류라도 흘린 듯, 그 전류가 민하의 손을 타고 순식간에 내게로 옮겨 흐른다.

"형, 바람 쐬었어요? 와, 단풍이 기막히대?"

다시 휠체어를 바깥으로 밀며 민하가 말했다. 급히 오면서 단풍은 언제 봤을까? 이미 바깥엘 다녀왔음에도 정우는 표정으로든 특유의

22

몸짓으로든 거부하지 않았다. 휠체어를 민하에게 넘기고 따라 걷노라니 마치 단풍놀이를 위해 병원에 와 있기라도 한 듯 마음이 갑자기 한조각의 새털구름이 되었다.

'먹구름이 찰나에 새털로..'

구름보다 더 변덕스러운 마음이다.

"아, 글쎄 또 늦었지 뭐예요? 한 번 더 늦으며 잘라버리겠다고 했는데 말을 안 듣네요?"

헬퍼를 두고 하는 말이었다.

"자르지 못할 사람인 줄 아니까요."

조금 장황하게 하는 민하의 말을 받으며 웃었다. 민하의 장황한 변명은 아마도 종일 한 마디도 나누지 못했을 거라고 여긴 내게 건네는 말일 것이다. 실은 나는 나대로 정우의 몫까지 묻고 대답하느라 더 수다스러워졌음에도.

"근데 형, 오늘은 어땠어요?"

하루 종일 외딴 곳에 유배된 두 사람을 자신이 책임을 져야 한다는 듯이 민하도 병원에 오면 수다스러워진다.

"식사는 잘 했어요? 화장실도 제 때에 갔어요?"

아무리 질문이 많아도 한 마디도 대답을 들을 수 없음에도 민하는 마치 회진하는 의사 같다. 민하의 질문대로 식사를 잘 했고 용변을 제 때에 봐서가 아니라 기다린 사람이 옆에 있으므로 정우는 흡족하다.

"오늘은 아주 모범환자였어요."

민하에게 휠체어 손잡이를 맡긴 내 목소리도 지나치게 가볍다. 마치 민하 앞에서의 수진의 목소리 같다. 민하가 찾아오는 시간에는 모두가 후 불면 날아갈 깃털이 된다. 깃털이 고통의 무게를 받치고 있다.

"잘 했어요, 형. 그렇게 계속 모범생이 되면 머잖아 집에 갈 수 있어요."

어린 아이를 어르는 것 같은 민하의 말에 의사의 말인 듯 기대고 싶다. 이미 기대고 있었다, 어쩌면 시작의 그 때부터 지금까지.

"그 쪽 일은 힘들지 않아요, 형수?"

정우에게서 내게로 끌어다 놓는 민하의 눈빛은 말소리보다 외려 깊다.

무겁게 가라앉았던 내 마음이 어느 날부턴가 그 눈빛에 끌려 일렁이기 시작했다. 일렁이기 시작한 마음으로는 마주하지 못해 설핏 눈길을 비키기 시작한 것도 어느 날부터였다. 그것은 감미로움인가 하면 죄스러움이기도 했다.

"하던 일인 걸요."

복직한 너싱홈의 일을 두고 한 말이었다. 한 동안 쉬었다가 정우가 재활병원으로 옮긴 후부터 다시 시작한 일이다.

재활병원으로 옮겨 치료를 받기 시작하면서 정우의 간호는 시누수진과 분담했다. 정우의 일에서 잠시라도 벗어나 쉬라는 수진의 배려였지만 나는 오히려 너싱홈 복직으로 날 묶어버렸다. '너싱홈도 염두에 두셔야 할 겁니다.' 라고 한 의사의 말이 복직을 고집한 이유였다.

처음 의사가 너싱홈을 언급했을 때 나는 서울의 내 오빠를 떠올렸었다. 여든 중반의 엄마를 너싱홈으로 모신 오빠였다.

'바쁜 자식들 대신해 부모 모시듯 한대.'

바쁜 자식들을 대신해 부모 모시듯 한다던 오빠의 목소리가 그 때 왜 그렇게 떨렸을까? 더 이상 엄마를 모시지 못하는데서 오는 마음의 부채가 그렇게 떨도록 했는지도 모르겠다. 어쩌면 다른 이유 때문이었을 것이다. 너싱홈이 바쁜 자식을 대신해 자식이 하는 것처럼 환자들을 모시는지 아닌 지는 너싱홈에서 일하는 동생인 내가 더 잘 알고 있었고 더 잘 아는 내게 그 말밖에 할 수 없는 오빠의 구차한 입장이 그렇게 떨도록 했을 것이다.

그 때 나도 모르게 속에서 불쑥 감정 덩어리 하나가 치솟았었다. 이제 정년퇴직을 해 집에서 지내는 오빠 내외가 무슨 바쁠 일이 그리도 많아 청춘에 혼자되어 평생 홀몸으로 남매를 키운 엄마 한 분을 모시지 못하나 하는 원망 같은 것이었다. 더구나 오빠와 나는 젊었던 엄마가 아버지도 없던 집에서 하던 할머니의 병수발을 보며 자랐다.

젊은 자식을 먼저 저 세상으로 떠나보내야 했던 할머니는 그 길로 시름시름 앓으시다가 결국 중풍으로 몇 년 자리에 계셔야 했는데 엄마는 아버지도 없던 집에서 할머니의 병수발을 들어야 했다. 어렸던 내 기억에 몇 년간 대소변까지 바라지 받으며 자리에 누우셨던 할머니의 몸에 욕창이 나자 엄마는 수시로 할머니 몸의 방향을 바꿔 누우시게 했고 방엔 늘 소독약 냄새가 배어 있었다. 어렸던 나는 그 소독약 냄새 때문에 할머니 방에 들어가기를 꺼려했었다.

　오빠와 나의 유년은 아버지의 죽음, 할머니의 중풍과 욕창, 한 번도 채색 옷을 입지 않고 늘 흰 치마저고리 차림으로 입을 다물고 눈을 내리깐 채 할머니 방과 부엌을 오가던 엄마의 삶의 궤적과 함께했다. 그러니까 내게 엄마의 노년은 엄마가 할머니께 했던 것처럼 설사 욕창으로 살갗이 짓무를 지언 정 오빠가 눈앞에서 끌어안고 감당하는 의미였다. 그것은 가족의 일이고 바로 엄마의 일이기 때문이었다.

　그러나 그 때 나는 오빠로 향해 치솟던 덩어리 하나를 삼킬 수밖에 없었다. 그것은 나또한 내키는 대로 울분을 토할 자격이 있는 딸은 아니란 자각 때문이었다.

　청춘에 홀로 되신 엄마를 오빠 내외가 모실 때 나는 다 맡겨두고 이 먼 땅, 우리끼리 잘 살겠다고 이민을 했기 때문이다. 다시는 볼 수 없는 이별을 하듯이 돌아서서 눈물지으시던 엄마를 두고 나도 비행기에 올랐기 때문이었다. 그리고 딸임에도 그러한 상황에서는 나또한 엄마를 위한 합당한 대책을 달리 갖고 있지 못했기 때문이었다.

　'이제 한국 사람들도 당연하게 생각해. 요양원이 병원보다 더 많다니까.'

　결국 그럴 수밖에 없겠다는 생각에 수화기를 든 채 한참 흐느끼는데 오빠가 내 울음소리를 감지했던지 그렇게 말했었다. 위로라고 한 오빠의 말에 나는 더 서러웠다. 나이 들면 요양원엘 가는 것이 당연하고 병원보다 요양원이 더 많다는 그 말 때문이었다. 요양원 즉, 너싱홈은 곧 슬픈 이별이란 등식을 내 마음 깊은 곳에다 두고 있었던가 보았다.

　내 엄마처럼, 내가 돌보는 환자들처럼 노환을 앓는 어르신들이 마지막 삶을 의존하는 곳이란 인식을 갖고 있던 내게 의사의 너싱홈 언급은 정우의 사망선고나 마찬가지였다. 아주 느리게 회복하는 정우에게 너무 느려 기다릴 수 없다고 '당신은 안 돼.' 라며 시간을 빼앗아버리는 것 같았다. 젊은 정우가 지니고 있는 것은 시간뿐임에도. 그러나 의사의 너싱홈 언급은 의학적으로 합리적인 이유에 근거하므로 반박할 수는 없었다. 그러므로 반박대신 대책을 세워야 했다. 정우의 시간을 가장 잘 활용할 수 있는 대책이었다.
　나는 정우에게 너싱홈이 아닌, 재택치료의 시간을 주고 싶었다. 내게나 정우에게 집은 느린 회복에 조급해 하지 않고 아무런 구속 없이 마음과 시간을 다스릴 수 있는 가장 적합한 곳이었다. 그러나 집에 가기 전에 나 자신의 생각을 확인할 필요는 있었다. 정우를 너싱홈 환자들과는 구별하겠다는 고집과 정우의 모든 것이 내 손에 맡겨졌을 때 그러함에도 감당해 낼 수 있다는 자신감의 확인이었다. 그러니까 너싱홈으로의 복직은 정우를 돌보며 주저앉고 싶을 때조차도 다시금 함께 붙잡고 일어나 마침내 마주보며 웃을 수 있기 위한 몸과 마음의 고된 훈련일 것이었다. 그러나 복직의 의미를 수진과 민하는 모르고 있었다. 그것은 다만 나 스스로 작정한 은밀한 계획의 실행이었다.

"단풍놀이 할 날이 올 줄 몰랐네!"

가슴을 짓누르고 있던 검은 구름장 같은 근심을 살짝 걷어낸 내 목소리는 지금 붉은 단풍잎 빛깔일 것이다, 이미 붉게 물든 가슴에서 솟아난 소리이므로.

"내일도 단풍놀이 할 수 있어요, 그렇지, 형?"

대답은 내게 하면서도 민하가 고개를 숙여 정우를 내려다 봤다. 민하의 목소리도 들뜬 것 같은 이 느낌은 나만의 착각일까?

민하는 지금 거침없이 내리비치는 한 줄기 빛이다. 그것은 출구가 보이지 않던 터널 속에 와 비치는, 기어코 붙잡고 싶은 한 가닥의 빛 같은 비상구다. 이 비상구는 출구로 이어져 있을까. 어느 날부터 정우도 나도, 수진까지 이 빛 한 자락을 잡고 매일 눈을 뜨고 숨을 쉰다. 정우가 민하를 기다리는 이유도 바로 그것 때문이리라, 그 끔찍한 기억조차도 잠시 잊을 수 있도록 하는 민하이므로.

그 민하에게 나는 자꾸만 기울고 있다.

3

너싱홈의 새벽

　간호사 경험이 있다는 이유로 이민 후 너싱홈을 택한 것은 생각
해 보니 나 자신의 무지 때문이었다. 간호사와 간병사가 하는 일 자
체가 달랐다. 둘 다 환자를 대상으로 한다는 공통점은 두고 있었지
만 맡은 분야는 달랐다. 간병사의 역할은 환자가 감당할 수 없는 가
장 절실하면서도 현실적이고 본능적인 일을 돕거나 대신 감당하는
일이다. 환자의 대소변을 처리해야 하고 젖은 침대보를 갈아주고 미
처 잠들지 못한 환자들은 잠옷으로 갈아 입혀 잠자리에 들게 하고
깨어나면 씻기고 옷을 입혀 식사를 할 수 있도록 돕는, 가장 절실한
조역자다. 간병사는 의사나 간호사보다, 심지어는 가족보다 환자의
심리나 본능적인 욕구에 대해서는 더 많이 아는 사람일 것이다. 환
자들의 손발 역할을 하기 때문이다.

복직 후 밤 근무를 맡았으므로 환자들이 잠드는 시간에도 나는 깨어있어야 한다. 간병사들이 밤새 깨어있어야 하듯이 환자들에게도 늦잠은 허용되지 않는다. 일찍 깨어 씻고 옷을 갈아입은 후 정해진 시간에 식탁에 앉을 준비를 해야 하기 때문이다. 복직을 한 너싱홈엔 더 일찍 환자를 깨워 씻기고 옷을 갈아입혀 아침식사에 대비하도록 하는 새 지침이 시행되고 있었다.

"1749, 1749…"

여느 날처럼 로즈의 목소리가 여태 곤히 잠든 너싱홈의 새벽을 흔들기 시작했다. 동료 간병사 마리가 로즈부터 깨웠다는 의미였다. 로즈의 외치는 소리에 다른 환자들도 알아서 깨라는 마리의 의도를 나는 이미 알고 있었다.

'그래도 '검둥이는 싫어!' 란 소리보다 낫잖아?'

숫자에 매달리듯 외치는 동안엔 입에 달고 있던 인종차별 발언이 로즈의 입에서 사라지자 마리가 말했었다. 실은 로즈의 검둥이 발언이 마리에게는 그리 큰 타격이 되지 못함도 나는 안다. 마리에게 로즈는 환자일 뿐이므로.

"또 시작이네."

로즈의 목소리에 정작 불평을 터뜨린 사람은 내게 아랫도리를 맡기고 있는 제프였다. 제프는 어쩌면 로즈가 아닌, 젖은 옷을 스스로 갈아입지 못하는 자신에게 짜증을 내고 있는지도 몰랐다. 아니 이른 새벽부터 깨운 내게 내는 짜증일 것이다. 새 지침은 환자들을 꼭두새벽부터 예민하게 만들었다.

"그래야 로즈답죠."

제프의 엉덩이를 들어 바지를 끌어 올리며 내가 말했다. 제프처럼 까다로운 사람에게 로즈는 너싱홈의 분위기를 흐리는, 그래서 축출되어야 할 환자이지만 그렇다고 입을 다물고 있다면 또 로즈가 아니다. 잠들지 않는 한 누가 뭐라고 하던 잠시도 쉬지 않고 숫자를 외치고 다니는 로즈는 외치느라 쉴 틈 없는 입만큼이나 바쁘게 휠체어의 바퀴를 굴려 너싱홈 구석구석을 다녀야 어울리는 사람이다. 그것은 곧 로즈의 외침에 너싱홈 전체가 시달린다는 의미이기도 했다.

"저 숫자가 도대체 뭔 것 같아, 선아?"

바지가 올라가 엉덩이를 덮을 즈음 낮낮하게 제프가 물었다. 잠도 웬만큼 달아났고 깨끗한 옷으로 갈아입어서인지 제프도 어지간히 관대해진 것 같았다.

"은행계좌 비밀번호 아닐까요?"

자다 깨어 씻고 옷까지 갈아입느라 나름 힘들었을 제프를 선심 쓰듯 덥석 안아 휠체어에 앉히며 눈까지 찡긋했다. 내 말에 약간의 장난기가 있음은 지금은 정신이 맑은 제프가 먼저 알아차렸으리라.

비밀번호라고 했지만 실은 그것이 현관문, 그것도 실내에서 바깥으로 나갈 때 눌러야 하는 번호라는 것을 환자 외에 모르는 사람은 없다. 환자의 안전을 위해 들어 올 때가 아닌, 나갈 때 번호를 눌러야 하는 시스템을 너싱홈은 두고 있었고 정신이 맑은 사람은 누구나 아는, 비밀이 아닌 비밀번호였다.

"비밀번호라, 스위스 은행?"

제프의 농담은 한발 앞섰다. 맑은 정신이 돌아오면 제프도 제법 농을 할 줄 알고 말속엔 재치도 반짝였다. 그것으로 그가 법정에 있었을 때 늘 법조문만 들이대던, 그러니까 찔러도 피 한 방울 흐르지 않을 것 같은 냉정하고 융통성 없는 판사는 아니었으리란 짐작을 하게 된다.

"아마도 요."

제프의 장난기를 맞받아 웃으며 나는 방을 나섰다. 제프의 시선이 뒤 머리카락을 잡아당기는 것 같다. 그러나 제프 아니어도 아침 식사 전까지 깨워 옷 갈아 입혀 휠체어에 앉혀야 할 환자들이 더 있었다.

"나 학교 안가!"

제프의 방을 나와 세라 할머니 방에 들어가자 할머니는 이미 이불 속으로 파고들고 있었다. 깨울 때마다 졸려서 학교에 못 간다고 투정을 하는 세라 할머니와는 잠자리에 들기 전에도 잠옷 갈아입는 일로 실랑이를 벌인다. 그러나 힘들게 옷을 갈아입혀 재워도 아침에는 벗어던지고 발가벗은 채 침대 속에 들어있다. 공기 빠진 풍선 같은 가슴이며 시든 자목련 이파리 같은 아랫도리를 드러낸 채 남편을 그리워하는 것일까? 너싱홈에서 함께 지내다가 작년에 먼저 떠난 남편이었다.

"우리 피크닉가요, 세라."

그러나 아침잠이 많은 세라 할머니를 깨우는 방법은 의외로 간단하다. 속삭이듯 피크닉가자고 하면 할머니는 벌떡 일어나 앉는다. 기분 좋을 때 씻겨 내의를 갈아입히고 틀니를 끼워 휠체어에 앉힐 때 즈음이면 세라 할머니는 피크닉은 잊은 채 졸고 내 몸은 땀으로 흠뻑 젖는다. 이른 아침잠을 반납해야 하는 환자 뿐 아니라 그들을 돌봐야 하는 간병사에게도 새 지침은 버겁기만 하다.

환자들은 치매란 복병을 만나 어른과 어린아이 사이에서 갈팡질 팡한다. 그들의 정체성은 무엇일까? 어린아이 같아 달래고 어르노 라면 어느 사이에 근엄한 어르신이다.

긴 인생길에서 화인처럼 각인된 한 순간에서 벗어나지 못하는 환 자들을 볼 때마다 비애를 느낀다. 그냥 맑은 정신으로 그리워만 하 면 될 그 지난 일속에 빠져 현재의 자신을 잊기 때문이다. 지난 일 과 현재를 구분할 줄 모르기 때문이다, 여느 때보다도 맑은 정신으 로 혼란스러웠던 젊었을 적의 기억조차도 가지런히 정리하여야 하 는 생의 끝자락에서.

'퇴원 후에는 너싱홈도 생각해 볼 일입니다.'
정우도 너싱홈을 권유받은 환자다. 돌아가고 싶도록 강렬한 기억 의 과거를 충분히 두기도 전에 혼란에 빠진 사람이다. 자신의 변화 를 받아들이지 못하는 자기 속의 자존이 현실과 타협하지 못해 속에 서 피투성이를 벌이고 있을 터였다. 그 피투성이 싸움이 끝나면, 아 니 그 싸움에 정우의 자존심이 무릎을 꿇으면 입을 열게 될까? 그러 나 무릎을 꿇어 순순해지는 일도 나는 두렵다. 결국 정우가 받아들 일 수밖에 없는 냉혹한 현실에의 인정일 것이므로. 지금 입을 다문 정우는 가장 정우다운 그의 마지막 모습인지도 모른다. 어긋나버린 현실을 자존으로 버티고 있기 때문이다.

의사는 너싱홈을 권유했지만 그 권유를 정우의 앞날에 참작하지 않을 생각이다. 그것은 바로 정우가 내면의 싸움을 끝내기도 전에 나 스스로 백기를 들면서 그의 무릎까지 꿇게 하는 일일 것이므로.

꼬박 밤을 지새우고 이른 아침의 환자 시중을 든 후 너싱홈을 나서면 피로보다 아침 공기에 오히려 정신은 맑아진다. 밤새도록 환자들이 흘린 오물을 처리하고 씻기고 재우고 정리를 하면서도 의식하지 못한 지릿한 냄새를 너싱홈을 나설 때야 비로소 기억해 내는 건 아이러니다. 결국 바깥 공기를 통해서 너싱홈에서의 코에 밴 냄새를 기억해내는 것이다. 그 냄새는 늘 너싱홈 건너편의 맥도날드에 앉아 마시는 커피 향에 밀려 저만치 달아난다. 창가의 테이블에서 동료 마리와 함께 더운 커피 컵을 들고 느긋이 건너편의 너싱홈을 바라보는 순간만큼은 쏟아지는 잠을 매단 채 환자들과 보낸 밤도 정우도 잊는다.

4

모두가 악몽

'언어기능을 잃을지도 모르겠습니다.'

수술 후 내게 의사가 말했었다. 정우가 말을 못할 수도 있다는 말이었다. 마치 당신은 이제 그만 말을 해야 해, 라며 의사가 정우의 말문을 닫아버리는 것 같았다.

내가 아는 정우는 생각 없이 뱉어내어 말로써 남에게 상처를 준 사람이 결코 아니었다. 오히려 식구들에게는 유쾌한 유머로, 애린과 힘들었을 때의 민하에게는 말로써 길의 방향을 보여준 사람이었다. 그래서 의사의 그 말을 들었을 때 내가 한 생각은 '참 경솔하구나.'하는 것이었다. 아직 치료의 기회를 두고 있는 환자에게 의사가 미리 앞세울 말은 결코 아니었다.

'아직 할 말 다 못했는데요?'

그 때 문득 솟구치던 오기로 내가 그렇게 대꾸했던가? 그래서 치료하실 거잖아요, 라고도 했던 것 같다.

'그것도 천운입니다.'

다분히 오기를 품은 내 표정과 목소리를 의사는 천운이라는 말로 지그시 눌렀었다. 단순히 운이 좋은 것이 아닌, 하늘이 내린 운이라는 바람에 내가 입을 다물었다. 지극히 정교한 의술로 정우의 뇌 수술을 담당한 의사의 말속에서 자신의 의술 너머의 어떤 힘을 결과로 받아들이고 있는 것 같은 겸손을 내가 느낄 수가 있었기 때문이다.

그러나 나는 아직 의사가 한 '천운'의 의미를 이해하지 못한다. 건강하던 사람이 갑자기 쓰러져 말문을 닫은 채이고 그것으로 한 사람의 삶이 파괴되고 내 삶도 덩달아 무너졌기 때문이다.

눈을 뜨고도 발을 떼어놓을 수 없던 흑암이었다.

흑암을 더듬어 그것에 길들여지려 몸부림할 동안 쓰러진 나무처럼 누워있던 정우도 자신과 싸움을 하고 있었다. 싸움의 결과는 아주 더딘 변화로 말했다. 그것은 조급한 시선으로는 결코 볼 수 없는 아주 느린 회복이었다.

재활치료는 한 단계 가벼워진 치료의 단계다, 적어도 생사를 가늠할 수 없던 위기를 거친 정우에게는. 한 쪽 팔다리는 여전히 마비된 상태이고 말은 하지 못해도 그래서 재활치료가 필요했고 그것은 다음 단계에도 출구는 존재함을 의미했다.

재활치료 병원으로 옮긴 일은 가만히 누워있는 것 같아도 정우가 절망과 싸우고 있고 그 싸움에서 아주 조금씩 이겨내고 있다는 증거였다. 움직이지 않는 한 쪽 팔 다리를 쓰는 운동을 하노라면 민하의 희망처럼 막혔던 혈관은 뚫리고 끊긴 신경 줄은 다시 이어질 것이다. 그것은 흑암을 뚫고 온 한 줄기 가녀린 빛이고 출구로 향한 아주 작은 봉창이며 그리고 내가 생각하는 천운이다.

아침식사를 끝낸 정우는 습관처럼 잠을 자고 있다. 건강할 때는 잠이 없던 사람이 많은 시간을 잠으로 보내는 것 역시 정상이 아니라는 의미다.

건강하던 그 때는 싫컨 잠을 잘 여유가 없었다, 헬퍼를 두고 있었음에도 주인이 해야 할 일은 분명했으므로. 물건을 구입해 가게를 채워야 했고 종일 서서 손님 맞는 일은 중노동이었다.

이민을 와 처음 시작한 가게 일에 정우는 나를 세우지 않았다. 아이들 곁에 있어야 한다는 것이 이유였지만 나는 알고 있었다, 담배를 팔고 로또를 팔아야 하는 낯선 삶의 현장에다 아내를 내보내지 않겠다는 정우의 고집을. 그러나 나는 더 낯설고 고된 너싱홈에서의 간병사 일을 택했었다. 이민 오기 전 오래 한 간호사 일의 연장일 수 있다는 생각이 없지 않았다, 삶의 마지막 생명줄을 잡은 환자들 가장 가까이서 그들을 씻기고 먹이고 입히는 일은 분명 간호사로서 했던 일과는 달랐지만.

단순한 생각으로 시작한 일이었지만 결국 이때를 위한 것 같은 인과의 맞아 떨어짐에 마음이 서늘했던 적이 있다. 의사로부터 너싱홈 권유를 받은 뒤 혼자 속으로 한 생각이었다. 지금은 환자들을 돌보고 있지만 언젠가 부터는 너싱홈에서든 집에서든 정우를 돌봐야 하기 때문이다. 너싱홈에서 일을 하면서 환자를 돌보는 전문적인 방법을 터득한 일은 그래서 가슴 서늘하도록 들어맞는 인과였고 이제 남은 것은 일을 통해 내 결심을 확인하는 일이다.

"언니!"

깊이 잠이 든 정우 머리맡에 앉아 생각에 사로잡혀 있는데 수진이 들어왔다. 말이 없는 정우와 함께 시간을 보내노라면 병실에 들어오는 간호사조차도 반갑다.

수진의 얼굴은 오늘따라 화사하다. 곱게 묻은 화장 때문일까? 너싱홈에서 밤을 보낸 나와는 대조적이다. 밝은 성격처럼 화려하도록 화사하고 튀도록 밝은 것이 어울리는 수진이 오빠 일로 어지간히 억누르는 것 같더니 급기야 본래 모습으로 돌아간 것 같았다.

"좋은 일 있나보다, 우리 아가씨!"

늘 보는 수진이 오늘따라 유난히 화사해 내가 농을 던졌다. 정말 수진에게라도 좋은 일이 있으면 좋겠다.

'우울해 한다고 달라질 것 없잖아요.'

피할 수 없는 일이라면 밝은 쪽만 바라보고 싶다고 수진은 말했었다. 우울할 일에 밝을 수 있음은 천성이거나 그 만큼 노력을 한다는 뜻이다.

"기분전환이 필요해서 요."

그러면서 수진이 방긋 웃는다.

'기분전환'

왜 아니 그럴까, 당연히 기분전환이 필요하다. 이혼의 아픔에서 채 벗어나기도 전에 오빠 정우가 쓰러졌으니, 그러고도 마음 추스를

틈도 없이 오빠 일에 팔을 걷어 손을 보태고 있으니 산발한 머리에
꽃을 달고 나타난대도 이해되는 일이었다.

　정우가 쓰러진 일로 수진은 한동안 심한 자책을 했었다. 푸른 눈
과의 이혼이 정우의 병에 직접적인 원인이었다는 생각을 했다. 하나
뿐인 여동생의 이혼이 정우에게 충격을 안기지 않았다고는 할 수 없
지만 그렇다고 수진의 책임이라고만 할 수는 없었다. 수진도 피해자
였다. 구태여 원인 하나를 짚자면 이혼의 원인을 제공한 수진의 전
남편 푸른 눈이었다. 호수 같은 눈에 매료되어 인생을 걸고 점프한
수진 앞에서 벌인 푸른 눈의 외도였다.
　웬만큼 시간이 흘러 이제는 그 날, 눈앞에서 푸른 눈과 여자가 벌
인 행태를 담담히 드러낼 수 있겠다 싶던지 자신이 본 것을 말했었
다, 마치 내가 그 행적을 따라가 눈앞에 두고 보고 있듯이. 푸른 눈
에게 짓밟혀 만신창이가 된 자존심을 끌어안고 수진은 한 동안 말을
잃은 채 몸부림을 했었다.

　그 날 밤, 담배를 들고 슬그머니 사라지던 푸른 눈을 따라 수진이
바깥으로 나갔을 때는 그 장면을 목격하게되리란 예상은 결코 하지
않았단다. 그냥 바깥에서 담배라도 태우면 푸른 눈에게 기대앉아 안
개 자욱할 밤 호수를 내려다보며 그 밤을 즐겨야지 하는 생각뿐이었
다. 그러나 바깥으로 나간 푸른 눈은 스며들듯이 이웃의 카티지로
들어가는 것이었다. 그 이웃의 문은 이미 누군가를 맞을 준비를 하
고 있었다는 의미였고 그것은 너무나 자연스러워 이미 습관이 된 어

떤 행동 같았다.

마치 영화의 한 장면을 보듯 푸른 눈이 움직이는 대로 눈길을 보내다가 막상 미끄러지듯 이웃의 문 속으로 사라지니 수진은 어리둥절했다. 그리고 호기심도 일었다, 노크도 없이 남의 집에 들어갈 정도로 이웃과 안면을 튼 줄은 알지 못했으므로. 깊이 숨을 몰아쉬고 이웃의 문 앞에 다가갔다. 그리고 문을 밀었다.

문은 열린 채였다. 푸른 눈이 들어가면서 문을 걸지 않은 것은 금방 나올 요량이었거나 방심을, 또는 이웃을 찾은 목적이 다급했거나 집에 있을 수진을 의식하고 지나치게 긴장한 탓이었으리라.

그러나 수진이 그 집안으로 발을 밀었을 때 알 수 없는 섬뜩한 기운을 느꼈다. 그것은 실내등조차 없는 어둠 때문이기도 했지만 사람이 미끄러지듯 안으로 들어갔음에도 가늘게 흐르는, 제목을 알 수 없는 음악소리 외에는 사람소리가 들리지 않았기 때문이다. 괜히 왔다는 후회가 뒤따라 왔다. 분명 호기심 때문이었지만 생각해 보니 남편을 미행한 것이었다. 차라리 앞서 가던 푸른 눈을 불러서 같이 가자고 하는 것이 미행보다는 이웃보기에도 모양새가 나았을 일이란 생각이 스친 것도 그 때였다. 그래서 들어 온 문으로 다시 조용히 나가려는데 어쩐지 발걸음이 떨어지지 않았다. 이왕 들어왔으니 이유나 좀 알자는 심산이 없지 않았다.

그런데 그 때였다. 정적을 가르며 뒤엉킨 서로 다른 음색의 가는 신음과 함께 움직이는 희미한 물체가 수진의 눈에 흐릿하니 들어왔다. 문득 말초신경까지 곤두서면서 수진은 숨이 멎을 것만 같은 공포에 사로잡혔다.

신음은 점점 거칠어졌다. 점점 뚜렷하게 들려오는 신음, 듣고 보니 그것은 결코 공포심을 유발할 성질의 것은 아니었다. 그리고 어둠에 익숙해진 눈이 소파 위에 뒤엉긴 물체를 확인하고 있었다. 정사였다.

찰나의 정사를 위해 방으로 갈 여유조차도 없었으리라. 다급한 푸른 눈의 손길이 아니어도 여자는 이미 벗은 채였고 푸른 눈도 맨 몸이었다. 서로가 서로에게 골몰하느라 점점 거칠어지는 숨결까지 음악과 어우러져 집안을 채웠으므로, 그리고 두 사람이 서로에게만 탐닉 중이었으므로 문 안으로 이미 들어 와 그 모든 광경을 지켜보고 있던 수진을 알아볼 경황이 없었다.

그들은 말없이 다만 거친 숨결과 격렬한 손놀림으로, 신음으로 대화를 했고 몸으로 대화의 의미를 나누었다. 너무나 자연스러워 또다시 호기심이 일었다.

'이것은 혹 영화의 한 장면인가?'

수진의 눈에 모든 것은 이미 너무나 자연스러웠고 그것은 이미 수없이 반복된 일이었음에 대한 확인이었으므로 도저히 푸른 눈의 짓거리라 여길 수가 없었다. 그러나 그 짓거리들, 푸른 눈이 벌이고 있는 그 행위 하나 하나는 이미 수진의 눈에 너무나 익은 것이어서 숨이 턱 막혔다.

숨을 쉬고 싶었다. 신음은 이제 괴성이 되었고 괴성은 저들이 지르는데 수진이 절정에 이르기라도 한 듯 까무러치며 무너지듯 그 자리에 주저앉았다. 주저앉으며 소리쳤다, '죽여 버릴 거야!' 하고. 절정의 순간에 푸른 눈과 여자가 동시에 들은 소리는 '죽여 버릴 거야!' 였으리라.

수진이 내게 들려준 그날 밤의 기억의 전부다.

'개자식!'

결코 두 번 다시 돌이키고 싶지 않았을 그 날 밤의 정경을 얘기한 후 수진은 침을 뱉듯 욕을 뱉었었다.

'내가 왜 그 개들을 살려뒀을까요, 언니?'

말로만 '죽여 버릴 거야!' 라고 외친 것이 분해서 죽을 것 같다고 했다.

그 푸른 눈에 매료되어 정우의 반대도 무릎 쓰고 기꺼이 일생을 던진 어리석은 한 때의 자신을 짓뭉개버리고 싶다고 했다. 알고 보니 그것은 한 사람의 일생을 기꺼이 던질만한 가치가 있는 맑고 푸른 호수 같은 눈이 아니라 바로 오염되어 탁하고 더러운 수챗물이었다. 이 세상의 수많은 다른 푸른 눈들까지도 다시는 믿지 못하도록 한 끔찍한 시궁창이었다. 정우의 판단이 결코 섣부른 것이 아니었음을 수진이 알게 된 것은 그렇게 적나라하게 일이 터진 이후였다.

"무슨 생각을 그렇게 골똘히 하고 있었어요, 언니?"

수진이 의자를 끌어당겨 앉는다.

"아가씨 시집보낼 생각이요."

화사한 수진을 보노라니 수진이 겪은 시궁창은 사라지고 문득 장난기가 발동했다.

"뭐예요, 언니?"

수진이 허리를 틀고 눈 꼬리를 접으며 웃는다. 엉겁결에 한 말이지만 그것은 진심이기도 하다. 푸른 눈은 그렇게 형편없이 살면서도 이미 재혼을 했다는데 수진이라고 혼자를 고집할 이유가 없다. 아니 푸른 눈으로부터 받은 상처까지 감쌀 수 있는 사람을 만나야 한다. 그런데 그 사람이 민하일까? 민하를 향한 수진의 마음의 댐이 이제 넘치고 있다는 사실을 나는 안다.

"이젠 아무도 믿을 수 없을 것 같아요, 언니."

내 말에 수진이 손 사례를 쳤다. 그러나 수진의 '아무도' 속에 민하는 포함되어 있지 않다는 사실을 나는 알고 있다. 이미 민하를 향해 넘치고 있으므로 다른 사람에게 줄 마음이 없다는 의미였을 것이다.

'안 오려나, 오늘은'

아니나 다를까 웃음을 접고 잠시 창밖을 내다보던 수진이 혼잣말처럼 했다.

'역시 민하구나.'

나는 말없이 수진을 바라본다. 평화롭던 마음이 뒤틀리기 시작했다. 수진과 같은 색깔로 넘실대는 내 마음 때문이다. 이미 넘치기 시작한 수진의 마음의 댐과 상관없이 내 속에서도 범람의 경고등은 켜진 상태다. 이 심정대로라면 대뜸 '민하는 안 돼!' 하며 수진을 가로 막아 설 것만 같다. 그러나 그럴 수 없으므로 그 심정은 속에서만 거친 소용돌이를 만든다. 시기와 욕망이 서로를 휘감고 돌아가며 미친 듯 난무한다. 아무리 차올라도 수진이처럼 넘치게 둘 수는 없으므로 그래서 나는 내결에 아프다. 나도 모르게 시작된 이 감정에 나는 갈수록 휘둘리고 갈수록 괴롭다.

　수진을 병실에 남겨두고 나는 집으로 향했다. 절정으로 타오르던 단풍잎이 떨어지며 불티처럼 흩어지자 기온은 한결 서늘해졌다. 목덜미로 서늘한 바람이 일었다. 어쩌면 가슴으로 부는 바람일지도 몰랐다. 나는 옷섶을 여미고 목에다 스카프를 두른다. 나무는 자꾸만 벗어 던지는데 나는 자꾸만 감싼다. 그래도 스산해지는 가슴은 무엇으로 데워야할 지 알 수 없다. 홀로 타올랐다 홀로 지고 마는 붉은 잎들처럼 홀로 불다가 종내는 홀로 사라질 바람일 것이다. 결국은 사라질 그 바람에 지금 내 마음은 몹시 흔들린다.

　정우가 쓰러진 그 날부터 늘 몸보다 마음이 먼저 기운을 잃었다. 그리고 어떤 날은 몸보다 마음이 먼저 벌떡 일어났다. 늘 마음이 먼저였다. 마음을 추스르려 따뜻한 물로 생각들을 씻어내고 깊은 잠을 청했다.

　그러나 잠은 쉬이 오지 않았다. 어느 날 갑자기 뒤집어지고 헝클어져버린 삶의 궤적에서 잠시라도 물러나 무심하고 싶은데 그 방법이 잠인데 자리에 누우면 잠은 늘 저만치 달아났다.

　'안 오려나, 오늘은?'

　오늘은 민하를 기다리던 수진의 혼잣말이 메아리가 되어 귓바퀴를 맴돈다.

　나는 몸을 뒤척이다 이불을 뒤집어썼다. 내 병은 이미 깊어진 것 같다.

5

녹슨 기계와 숙련공

아무 사고 없이 하룻밤을 보낸 날 아침은 어려운 숙제를 마무리했을 때처럼 마음이 가볍다. 모두가 연로한 환자이므로 응급을 요하는 일은 예기치 못한 때에 일어나 너싱홈을 발칵 뒤집어 놓는다. 응급 상황이 아니어도 간병사들은 밤새 깨어 있어야 하고 공식적인 하루 일과는 새벽부터 시작된다. 더 자겠다는 환자와 깨워야 하는 간병사 사이엔 새벽부터 승강이가 오간다.

너싱홈의 환자들을 위한 규율은 엄격하다. 정한 시간 내에 일어나 씻도록 하고 옷을 입고 틀니를 끼워 식사를 할 준비를 해야 한다. 맡은 환자들을 씻겨 옷을 입히고 휠체어에 태우고 가 식사를 하게하려면 간병사들은 시간에 쫓기고 환자들은 간병사들에게 화를 내기도 한다.

일을 마친 아침엔 동료 마리와 너싱홈 건너편의 맥도날드로 가 커피로 고단함을 달랜다. 마리는 밤새 참았던 얘기들을 주고받기에 좋은 짝이다. 간밤의 피로를 커피와 수다로 풀며 마리와 나는 새 날을 시작한다.

"아, 이 향기로운 커피 향'
맥도날드 문을 열고 들어서며 마리가 코를 벌름댔다. 마리는 언젠가 말했었다, 커피, 하면 아프리카 산이지, 하고.
'아프리카엔 이글거리는 태양만 있는 줄 알았지? 그 태양에 제대로 익은 에티오피아 산 커피가 있어.'
커피를 말 할 때의 마리의 눈동자는 사물을 보는 것 이상의 의미를 담고 있다. 그리움이었다. 아프리카를 그리워하고 그 땅에 있는 남편을 그리워하고 그 남편과 에티오피아 산 커피를 즐겼던 지난날들을 그리는 눈동자였다.
"너무 심한 것 같지 않아, 환자들한테?"
커피 컵을 들자마자 마리가 너싱홈 얘기를 끄집어냈다. 마리의 눈동자는 이제 그리움은 잊고 의협심으로 반짝인다. 저 눈동자가 말하고 싶어 하는 것을 나는 안다.
"뭐가?"
그러나 나는 모른 척 엉뚱한 소리를 한다.
밤 당번을 마친 아침 퇴근길에 너싱홈 건너편의 맥도널드에 앉아 마치 다시는 저곳으로 가서 일하지 않을 사람처럼 느긋하게 커피를 마실 땐 커피 향만 생각하고 싶은 것이다. 그런데 그곳을 나서면 저녁에 다시 들어갈 때까지는 생각하고 싶지 않은 내게 우리는 어쩔 수 없는 간병사라고 깨우치듯 마리가 새 지침에 대한 불만을 드러낼 참인가 보다. 마리와 나는 같은 팀이어도 퇴근을 한 후나 휴식시간이 아니고는 눈길조차도 나눌 시간이 없다.

"왜 꼭두새벽에 환자들을 깨워야 하냐고?"

일에서 벗어난 해방감과 이른 아침 코에 스미는 커피 향에 취해 대답조차도 귀찮은 내게 마리가 따지고 들었다.

너싱홈의 새로운 지침은 새벽부터 환자들을 깨워야 하는 것으로 바뀌었다. 앞당겨진 아침 식사시간 전까지 씻기고 옷 입히고 틀니까지 끼워 휠체어에 앉게 하려면 곤히 자는 환자를 깨워야 하고 그것은 환자들이 아침 단잠을 누릴 수가 없다는 의미이기도 하다. 기상시간이 앞당겨졌으므로 정해진 시간에 수발해야 하고 수발 받아야 하는 간병사나 환자들에게는 더없이 괴로운 새 지침이었다. 환자를 위한 지침인지 너싱홈을 위한 지침인지 알 수 없다.

그러나 너싱홈이 내린 지침은 지엄해서 간병사든 환자든 불평을 하면서도 따르지 않을 수 없다. 아무리 불만이 따라도 그 이유가 환자의 안전과 청결과 더 나은 너싱홈에서의 환자의 권익 때문이라 한다면 마리처럼 돌아서서 불평을 할 뿐, 아무도 나서서 그 불만을 드러내지 못한다. 어느 곳이나 공공의 유익을 위한 작은 구속은 있게 마련이란 너그러움으로 해석을 하게 되고 불평을 하면서도 시간이 흐르면 결국 적응하게 될 것이란 사실을 너싱홈 또한 알고 있었다.

그러나 일정한 시간 내에 맡은 환자들을 바라지하는 일을 되풀이 하노라면 가끔 내가 환자를 위해 일을 하는 간병사가 아니라 쉴 사이 없이 돌아가는 기계부품을 조이고 기름 치는 공원이라는 생각이 들 때가 있다. 시간에 쫓겨 하는 일에 감정은 없고 느슨해진 부품 하나라도 행여 놓쳐 가동되고 있는 기계가 멈추는 불상사라도 일어날까 기를 쓰고 재바르게 몸을 움직이고 손을 놀리는 숙련공. 하는 일이 손에 익은 숙련공처럼 나는 적어도 너싱홈에서의 일에는 충분히 단련된 간병사다. 그리고 너싱홈이 다시 어떤 새 지침으로 환자와 간병사를 몰아붙일지라도 불평을 하면서도 금방 또 적응을 할 줄 알았고 그것은 너싱홈도 아는 사실이었다.

문제는 그 적응이란 것이 감정의 배제를 전제한다는 것이다. 환자에게 따뜻한 감정을 드러내어 대할 겨를이 없도록 한다는 것이다. 너싱홈의 환자는 모두 가족을 떠난, 그래서 따뜻한 보살핌을 필요로 하는 연로한 어르신들임에도.

환자들이 이제는 기능을 다해 느슨해진 공장의 기계 부품이 아니듯 나또한 그들을 조이고 기름 치는 공원은 결코 아니란 것이 내가 매일 숙련공처럼 몸을 움직여 너싱홈에서 일을 하며 느낀 갈등이다. 나는 어쩌면 복직을 통해 평소 내가 느낀, 나 혼자서는 해결할 수 없는 그 고질적인 갈등을 다시 한 번 확인하고 싶었을 것이다. 젊은 정우를 너싱홈에 보내지 않을 가장 확실한 구실을 찾고 싶었을 것이다.

규율을 알지도, 모르므로 지킬 줄도 모르는 환자들을 규율로 다스리는 너싱홈은 정우가 갈 곳은 결코 아니란 것을 복직을 통해 나는 다시 한 번 확인하고 있는 셈이다. 만일 간병사로서의 경험이 없다면 나 역시 너싱홈을 염두에 두었으리라, 정우의 장래를 위한 대책이라며. 의사가 권유했기 때문이다. 환자가 가장 환자다운 대우를 받으며 남은 생을 평안하게 보낼 수 있는 가장 기능 적인 곳이란, 단순한 생각만을 했을 것이기 때문이다.

"커피나 마시자, 마리, 너싱홈 일은 너싱홈에 가서 생각하고."
결국 너싱홈으로 향하고야마는 생각을 멈추고 커피 컵을 들었다. 마리가 얼마나 흥분하든 그것에 휘말리고 싶지 않았다. 아침 시간은 커피와 함께 하루에 한 번 누릴 수 있는 평화로운 시간이므로 그래서 커피만 즐기고 싶었다.

"선아 넌 아니, 너싱홈이 왜 새 지침을 만들어야 했는지 말이야?"
그러나 마리는 기어코 나까지 흥분의 도가니로 끌어들이고야 말겠다는 듯 집요했다.

"알면 이러고 있겠니? 높은 자리에서 더 빡센 지침이나 만들고 있지."
눈길은 건너편 너싱홈에다 던져 둔 채 남의 일인 듯 건성으로 대꾸했다. 그러고 나니 마치 마리를 약 올리고 있는 것 같았다.

'헬렌은 뭘 하고 있을까?'
커피 향에만 몰두하려해도 길 건너편의 너싱홈을 바라보노라니 교대한 헬렌이 눈앞으로 떠오른다.

'제프 있잖아요, 그 판사 양반. 참 헷갈리게 하는 환자예요.'
헬렌이 나와 교대를 시작한 얼마 후 한 말이었다. 분명 평생 판사를 한 사람인데 맑은 정신을 잃었을 땐 판사는커녕 고집 센 어린 아이 같다는 것이 헬렌의 말이었다. 그러니까 제프에게서 판사로서의 위엄을 기대한 헬렌은 아직도 알츠하이머 환자들의 증세 자체를 이해하지 못한다는 뜻이었다. 그 헬렌과 제프가 서로 이해하지 못해 지금 실랑이 중일지도 몰랐다.

"왜 그 시간에 깨워야 하나 말이야? 인권이라고는 없는 사각지대야!"

맥도날드의 모닝커피조차도 새 지침의 부당성에 대한 마리의 흥분을 가라앉히지 못한 것 같았다.

"인권? 너싱홈에 간병사의 인권은 존재한다고 생각해, 마리?"

나는 조금은 짜증스럽게 타박했다, '이 우아한 분위기를 마리 너는 기어코 망가뜨려야겠니?'란 말은 생략한 채.

"하기는.."

흥분하던 마리가 말 대신 커피 컵을 입으로 가져갔다.

아프리카의 조국에서 인권변호사로 일을 했었다는 마리는 너싱홈의 환자를 위한 새 규칙에 대해 불만이 심했다. 검둥이는 싫어, 라며 로즈가 그렇게 무시해도 마리의 관심은 자신에게 떨어지는 인종차별이 아니라 로즈의 환자로서 누려야 할 인권이었다. 자고 싶으면 늦도록 자고 씻기 싫으면 거부할 수 있는, 규칙이란 이름으로 강권적으로 해야 하는 일을 거부할 수 있는 권리였다.

마리에게는 환자의 인권이 인종차별보다 우선이었다. 이민자라면 누구나 예민하게 반응하는 인종차별 발언에 초연할 수 있는 마리가 내 눈에 예사로 보이지 않았다.

　너싱홈에서 처음 마리를 본 날, 가장 먼저 떠올린 것은 머드팩이
었다. 우리나라 서해의 어느 곳에서 있던 머드 축제의 날, 사람들이
전신에 진흙을 몸에 바른 채 어우러져 웃던 모습. 사진에는 그들의
웃는 치아만 유난히 희었다. 그래도 같은 이민자라며 미소를 보내던
마리가 내 눈엔 마치 머드팩을 하며 활짝 웃던 축제의 그 사람들 같
았다.
　'가엾잖아, 로즈 할머니.'
　로즈가 피부빛깔로 사람을 차별할 때 마리는 로즈란 사람, 그 자
체를 이해하고 보듬었다. 마리에게 마음껏 성질을 부리는 로즈에게
서 내가 향기로운 장미보다 말라비틀어진 가시를 느낄 때 마리는 늘
로즈의 다른 측면을 읽었다. 늙고 병들어 가족을 떠날 수밖에 없던,
자신의 인생임에도 마음대로 하지 못하고 도움을 받아야 하는 약한
환자라는 측면이었다. 백인이란 이유로 얼굴 검은 그녀에게 시중을
받지 않겠다며 로즈가 온갖 가탈을 부려도 그것을 다 받아내던 마리
의 너그러움에 나는 단번에 흑진주의 가치와 품위를 느낄 수 있었고
그것은 서로를 가깝게 하는 요인이 되었다.

　환자들 대부분이 백인 노인들인가 하면 돌보는 간병사들은 대부
분이 다른 나라에서 온 유색의 이민자들이다. 환자들이 환자로 너싱
홈에 들어오기 전까지 다양한 일을 했듯이 이민자로 와 너싱홈에서
일을 하고 있는 간병사들도 각자의 나라에서는 간병사가 아닌, 가르

치는 일을 했거나 은행 일을 했거나 마리 같은 경우는 변호사 일을 했었다. 자기 나라에서는 전문직 일을 했으면서도 삶의 최전선 같은 너싱홈에서 환자들을 위한 굿은일을 하지 않을 수 없는 이유는 이 일이 이 땅에서는 밥줄이기 때문이다.

새 지침의 부당함에 대부분의 간병사들이 공감을 하면서도 침묵할 수밖에 없는 이유도 바로 그 일에 가족의 생계가 달렸기 때문이고 환자들 또한 그들의 권리를 부르짖기엔 몸도 마음도 허약한 그야말로 환자일 뿐이었다. 그 속에서 유난히 마리만 부당함을 주장하며 흥분을 하는 것은 그녀가 조국에 있었을 때 가졌을 직업의식의 연장일지도 몰랐다.

독재정권의 조국에서 인권 유린의 부당함을 변호하는 일을 하다가 아이들 셋만 데리고 먼저 온 이 땅에서 뒤따라 올 조국에 있는 남편을 기다리고 있는 마리를 나는 '마리'라는 이름과 함께 '흑진주'라 부르기도 한다.

꼬박 밤을 새운 탓에 왕모래가 구르는 것 같은 눈을 하고도 마리와 함께 맥도널드 커피 한잔을 나누노라면 왕모래며 머리를 복잡하게 하는 근심 같은 것은 커피 향과 함께 다 날아 가버린 듯 상쾌해진다. 마리가 심각하게 생각하는 환자들의 권리 또한 적어도 손에 더운 커피 컵을 들고 있는 순간엔 아무 것도 아닌 것이 된다, 심지어는 병실의 정우까지도. 그냥 다 잘 될 것 같은 느낌, 뒤엉킨 일들은 커피 향처럼 가볍고 향기롭게 풀릴 것이란 생각만이 그윽하게 마음에 차오를 뿐이다.

6

무참

"오빠!"

병실 문을 열었을 때, 자지러지는 수진의 외마디가 먼저 터져 나왔다.

"…!"

평화롭던 심장이 별안간 미친 듯이 뛰고 머릿속은 터지기 직전의 풍선처럼 팽창했다.

"오빠가… 언니!"

수진은 우느라 말을 못하고 정우는 침대에 기댄 채 씨근대고 있었다.

다리를 덮고 있어야 할 시트가 목에 둘러져 있었고 온전한 정우의 한 쪽 손이 목에 감긴 시트 한 쪽 자락을 쥐고 있었다. 수진이 병실에 당도했을 때 정우가 시트 자락을 목에다 두른 채 용을 쓰고 있더라는 것이었다, 그것도 한 손으로.

"여보!"

팽창한 머릿속이 갑자기 헐거워지고 이내 다리의 힘이 빠지면서
주저앉을 것만 같았다. 뒤엉킨 일들은 커피 향처럼 가볍고 향기롭게
풀리며 다 잘 될 것이라던 생각은 처절한 수진의 울음소리와 여전히
화가 나 입을 꼭 다문 채 시트 자락을 움켜쥐고 있는 정우에 의해 여
지없이 망가져버렸다.

실패하고 만 것이 억울하던지 정우는 여전히 성이 난 채다. 소리
라도 치고 싶은 울화와 붙들고 울고 싶은 연민이 속에서 뒤엉켰다.
두 감정이 끝이 보이지 않는 터널 더 깊은 흑암 속으로 나를 끌어당
기는 것 같았다.

"혼자 죽으면 끝나는 거야? 오빠 때문에 못 살아!"

수진이 마음대로 한다면 정우를 한 대 쥐어박고 싶다는 표정을 하
고 있다. 문득, 너싱홈 일을 더 이상 할 수 없겠다는 생각이 들었다.
돌봐야 할 사람은 너싱홈의 환자들이 아니라 정우였다.

"미안해요 아가씨."

마구 헝클어진 침대 시트며 여태 다스리지 못하고 성이 난 채인
정우, 울어대는 수진을 바라보며 겨우 말했다.

"언니가 왜 미안해요, 거기서도 여기서도 환자 때문에 고생인데."

울면서도 수진이 손사래를 쳤다.

여태 기분이 풀리지 않은 정우 곁으로 갔다. 일을 저지르고도 여
전히 성이 난 정우를 물끄러미 바라본다. 스스로 할 수 있는 일이라
고는 아무 것도 없는 사람이 보이는 절망의 표정이 질끈 눈을 감은

정우의 얼굴에 서려있다. 죽는 일과 사는 일, 어느 하나도 감당이 안 되는 아득한 벽 같은 현실 앞에서 이러지도 저러지도 못하는 사람의 좌절이 그 얼굴에 있었다.

가엾다. 이제 시작인데, 많고 많은 시련이 기다릴 텐데 시작부터 좌절 속에서 헤어나지 못하면 그 고단할 과정을 어떻게 감당하려고? 말없이 정우의 어깨를 안았다.

"어흐흐.."

여태 거칠던 숨결과 함께 정우는 기어코 더운 눈물을 쏟아낸다.

"일, 그만둘게, 내가."

결국 '혼자 있기 싫어.' 라는 절규였고 살고 싶다는 지난한 몸짓임을 나는 안다. 늘 사람들 발걸음이 오갔어도 한데 어우러지지 못해 외롭고 괴로웠다는 뜻이었다.

"불쌍해, 우리 오빠."

수진이 다시 눈시울을 닦는다.

그 때 살며시 병실 문이 열리며 민하가 들어왔다.

"민하 오빠!"

울먹이던 수진의 목소리가 그만 길을 잃어 헤매다가 엄마를 만난 아이인 듯 어리광으로 변했다. 마치 우는 그대로 민하의 품으로 뛰어들 것만 같았다.

"무슨 일 있었어요, 형수?"

민하가 다가오며 물었다.

"정우 오빠가 목에다..."

정우를 안은 팔을 푸는 사이 수진이 그간의 있었던 일을 민하에게

보고하기 시작했다. 마치 고자질하는 아이 같았다. 무슨 말을 하던 정우는 눈을 감은 채 묵묵히 듣고만 있고 나는 자리를 피했다.

"힘들었구나, 형."

발치로 가 앉으며 민하가 말했다.

"미안해요, 형. 내가 무심했어."

손으로는 꼭꼭 발을 주무르며 말하는 민하의 표정이 마치 '내 탓이요' 라며 회개하는 사람의 그것 같다. 맨 날 하루 일과처럼 병실에 들리는 사람이 정우의 심정을 살피지 않았을 리 없다. 그것은, 정우가 오래 누워있음에도 벌떡 일어나게 하지 못하고 마냥 바라보기만 해야 하는 자신의 능력의 한계에 대한 자책임을 나는 안다.

"그래도 그러지 말아요, 형."

민하가 무슨 말을 하던 정우는 입을 꾸욱 다물고 있다. 방금 깎은 잔디 같은 정우의 짧은 머리카락이 흰 머리카락과 어우러져 잿빛이다. 병실에서 잿빛은 더 짙어진 것 같다. 말로 드러내지 못하는 속의 고통이 잿빛머리카락으로 발산되었을 것이다. 잿빛으로 변하는 머리카락과 반비례하여 정우의 행동은 어깃장을 부리는 어린아이다. 그럴 수밖에 없는 자신 때문에 정우는 또 고통스러우리라.

"차 한 잔 할까 수진아?"

그 때 여태 눈자위가 붉은 수진의 얼굴을 쓰다듬듯 민하가 말했다. 묻기는 민하가 했는데 수진이 날 바라보았다.

"다녀오세요."

수진이야말로 지금 누군가의 위로가 필요하고 누군가가 바로 민하인줄 나는 알고 있었다. 오빠 때문에 울던 사람인가 싶게 수진이 얼른 얼굴을 가다듬고 민하를 따라 나섰다.

커피는 핑계였을 것이다. 정우도 나도 서로 화나고 놀란 마음을 쓰다듬고 가다듬을 우리만의 공간과 시간이 필요할 것을 알기에 자리를 비켰을 것이다. 아무리 흉허물 없는 사이라 할지라도 아내나 남편의 적나라한 모습을 남에게 보이기를 원할 사람은 없다는 것을 민하가 모를 리 없다. 매일처럼 나타나는 민하를 그러려니 하고 맞지만 내 입장에는 때로는 보이고 싶지 않은 부분이 있을 것이란 사실을 민하는 알고 있었고 그것이 오늘 같은 일이란 사실도 모르지 않았을 것이다. 그것은, 이미 다 알고 있는 일임에도 구태여 누가 묻지 않으면 민하 스스로 드러내지 않는, 애린에 관한 일과 다르지 않을 터였다.

흉허물 없는 사이임에도 민하가 스스로 말하지 않는 한 설령 안부라 할지라도 정우와 내가 결코 묻지 않는 것이 있었다. 그것은 민하의 아내 애린에 관한 일이었다. 이 땅에서는 살 수 없다며 어린 것을 데리고 서울에 가 한 해가 다 되어가도록 돌아오지 않는 애린이다.

'이것이 애 엄마가 돼서 할 짓이야, 형?'

어쩌다가 한 번씩 입을 틔워 속엣 말을 드러낼 때 민하는 가슴을 쥐어뜯었다. 애린이 어린 것을 볼모잡고 있다고 터뜨리는 울분이었다.

'엄마가 자식 데리고 간 것이 어째서 볼모냐, 민하야.'

형 앞이라고 어쩌다 마음껏 속을 드러내면 정우는 민하의 마음을 쓰다듬으면서도 바른 말을 아끼지 않았다. 감정에 휘둘리지 말고 이성적으로 생각하라는 말이었다.

환경을 바꿔보자고 충동질 한 사람은 분명 정우였다. 집안 식구가, 직장 동료가, 친구들의 질시의 시선과 험담이 없는 곳이었다. 그 때 애린은 자신이 저지른 부도덕한 일로 주위의 시선과 말에 몹시도 시달리고 있었다. 가정이란 것을 산산조각 나도록 한 잘못을 응징할 겨를도 없이 뭇사람들의 시선과 말의 몰매로부터 애린을 보호하는 일에 더 골몰해야 했던 것이 그 때의 민하 입장이기도 했다. 민하네의 이민에는 그렇게 복합적인 이유가 작용을 했었다. 그러나 애린은 이민을 원하지 않았었다.

억지로 따라 온 애린에게 낯선 땅은 곧 유배의 의미였다. 애린이 마음을 붙이도록 정우와 나는 자주 집으로 불러 자리를 함께 했었다. 특히 뒤뜰의 체리나무가 열매로 붉기 시작하면 민하 식구는 내 집에 살다시피 했다. 깊고 긴 겨울을 이겨낸 체리 나무가 하얀 꽃을 앞세운 후 앙증맞은 붉은 열매를 방울처럼 달면 민하가 먼저 바비큐 그릴부터 챙겼었다. 예전에 경험하지 못한 것들을 통해 아내 애린의 마음을 새 땅에다 붙이려던 민하의 심정을 정우와 나는 알고 있었고 우리도 기꺼이 동조를 했었다. 그러나 애린은 달랐다. 애린은 날마다 취했고 취하면 속에다 말을 담아두지 못했다.

'차라리 거기서 돌 맞을 거라고 했잖아!'

취기가 오르면 애린은 민하를 몰아세웠다. '가서 내가 돌로 쳐!' 라며 끌고 와 놓고 말려 죽일 작정이냐고 비난했다. 주위에 정우와 내가 있어도 개의치 않았다.

'차라리 돌로 쳐, 사람 말려 죽이지 말고!'

흐드러지게 열린 체리를 따며 고기를 구우며 웃음소리가 담장을 넘는 시작이었어도 남 먼저 맑은 정신을 잃어버리는 애린의 민하를 향한 비난으로 바비큐는 마무리되곤 했다.

취중에 하는 애린의 말만 듣고 있노라면 애린이 저지른 부적절했던 행동도, 뭇 질시의 시선으로부터 아내를 보호하려 서두른 이민도 모두 민하 잘못이었다. 마치 민하가 폭력을 앞세워 애린을 납치하듯 이민 길에 오르기라도 한 것 같았다. 남들로부터 쏟아지던 비방의 말과 질시의 시선을 고스란히 정면으로 받겠다던 애린의 고집은 일단은 피하고 보자던 민하의 의도와는 대치되던 것이었다.

그러나 민하는 늘 입을 다물었었다, 애린이 무슨 말을 얼마나 험하게 하던 묵묵히 고기를 굽거나 나비처럼 나폴대던 볼이 붉던 늦둥이 꼬맹이를 챙기기만 했었다. '그래, 해라. 하고 싶은 말 다 하고나서 마음 붙이자.' 라는 듯이 간간히 애잔한 눈길만 보낼 뿐이었다.

'민하 저 놈, 저 참는 거 좀 봐라'

정우조차도 혀를 내두를 때 나는 생각했었다, 그래서 애린이 마음껏 술주정을 할 수 있구나, 하고. 애린은 어쩌면 취기를 빌미로 한때의 수치를 드러내며 자학하고 있을지도 모른다는 생각도 했었다. 그러니까 민하는 참으며 숨기는 방법으로 감싸고 애린은 까발려 자신도 민하도 긁어 고통스럽게 하는 것 같았다.

뭇시선의 돌을 맞는 애린을 일단 도피시키는 방법으로 이민을 택한 것은 정우가 제의한 민하의 방법이었지만 애린에게는 결국 자신의 잘못에 대해 민하가 응징으로 내린 유배의 의미였고 선배 따라 강남 가는 의미였고 그것은 모두 민하를 충동질한 정우 탓이었다. 애린이 취기에 휘둘리면 정우에게도 서슴없이 원망의 화살을 날렸고 정우 또한 묵묵히 그 화살을 받았다. 정우 때문에 위태하게나마 가족이란 이름이 존재할 수 있음을 애린은 몰랐고 알려고 하지도 않았다. 저들끼리 해결하지 못하고 우리 집까지 끌고 와 그 적나라한 지경을 보여도 정우와 나 또한 그럴 수밖에 없는 그들 두 사람의 괴로울 속만 바라볼 수밖에 없었다. 서울에서든 낯선 땅에서든 그들은 정우와 내게 혈육 같은 존재들이기 때문이었다.

　'참는 것이 죽여 버리는 것보다 힘들더라, 형!'

　정우 앞에서 펑펑 울며 맨 정신의 민하가 한 말이었다.

　민하에게 정우는 여러 의미의 형이었다. 우상처럼 따른 대학 선배였고 그 선배를 따라 같은 대기업에 취직을 했었고 형이 이민을 한다고 따라 온 민하였다. 아내 애린은 내키지 않아 했음에도 민하는 환경을 바꿔보라는 정우의 말을 들었다. 롤 모델인 정우는 늘 한 발 앞장서서 민하를 따라오게 했고 따라갈 롤 모델을 두고 있음에 가슴 벅차도록 한 사람이었다. 애린과 아이들과는 비교할 수 없는 다른 의미의 큰 존재, 오랜 세월동안 형제처럼 밀착된 떼어놓을 수 없는 그 끈끈한 정우와의 관계를 애린은 이해하지 못했다.

그렇게 서로 몸부림하면서도 애린은 마음 붙이지 못했고 담배와 로또를 팔아야 하는 삶의 변화 또한 받아들이지 못했다. 낯설어서 질식할 것 같던 애린은 사는 동안 질시의 시선과 말에 시달린 그 땅에서보다 더 힘들어하다가 결국 어린 딸을 데리고 서울로 돌아가 버렸다. 간 지 한 해가 다 되어가도록 딸을 시켜 전화를 하는 일 외에 애린은 전화를 하지 않았다. 아니 애린이 전화를 하는지 안 하는지는 모른다. 민하 스스로 입을 다무는 일이므로. 민하가 말을 아끼므로 그래서 정우와 나도 애린에 대해서는 설령 안부라도 선뜻 묻기를 조심한다. 그 적나라한 애린의 앙살 속에서도 민하가 얼마나 애린을 감싸려고 했는지를 알고 있기 때문이었다.

커피를 핑계하며 민하와 수진 두 사람이 방을 나가자 병실엔 순식간에 깊은 정적이 내려앉았다. 정우는 이제 얌전한 환자가 되어 누워있다. 뭐라고 탓하지 않아도 정우는 지금 스스로의 행동을 돌이켜보고 있을 것이다.

"그래도 민하씨가 있어 다행이지 뭐야."

정우 옆에 앉아 내가 말했다. 정우는 눈을 씀뻑이며 내 말을 듣고 있다. 내 말을 듣고 있는 정우의 눈은 순한 소의 그것 같다. 너무 순해서 오히려 마음 아프게 하는 저 눈이 참다못해 광기를 보였을 때의 모습이 수진에게는 충격이었으리라. 그러나 마음껏 어리광을 부리도록 알맞은 시간에 나타난 민하로 인해 수진은 이미 정우 일 따위는 잊었을지도 모른다.

'그들은 지금 이 방을 벗어나 커피를 나눌 수가 있구나.'

커피를 사이에 두고 마주하고 있을 두 사람이 스쳐지나갔다.

'그들은 지금 눈빛을 나누며 대화를 할 수 있구나.'

문득 그들의 여유가 부럽고 그들이 나눌 대화를 엿듣고 싶다. 향기로운 커피를 앞에 두고 나눌 대화에 경계는 없으리라. 늘 민하에게로 흐르는 수진의 마음 한 자락, 의도적으로 더 경계를 분명히 하려는 민하의 마음 한 자락이 향기로운 커피 앞에서 서로의 경계를 허물고 자유로이 넘나드는 것은 지극히 당연한 일이리라.

문득 나도 뛰쳐나가고 싶다. 눈앞의 정우를 몰라라 하고 싶고 이 작은 방에서도 벗어나고 싶다. 놀랄 때는 '심장 멎는 줄 알았네!'라며, 나가고 싶을 때는 나가서 '숨 막혀 죽는 줄 알았네!'라며 호들갑스럽도록 어리광을 부리고 싶다. 그리고 단단히 채워둔 댐을 느슨히 해 슬쩍슬쩍 마음 자락을 흘리고도 싶다. 커피 한 잔 사이에 두고서. 나도 수도 없이 주저앉고 싶었고 심장이 멎을 듯이 놀랐으므로, 내 감정의 댐도 이미 위험수위로 잘금거리고 있으므로. 그런데 이 작은 방은 출구는 없다는 듯 닫혀있고 정우는 감당하기 벅찬 무게로 짓누른다.

'나가고 싶단 말이야!'

급기야 큰 눈동자 속에 비친 여자가 몸부림하는 것 같다. 정말 정우 눈동자 속의 여자를 끄집어내 등이라도 떠밀고 싶다, 그래, 나가고 싶으면 나가야지! 라며. 그런데 여자를 담은 그 순한 눈이 말하는 것 같다, '선아야, 나도 나가고 싶어!'라고.

애절한 눈빛이었다. 한 번도 본 적 없는 그 눈빛이 막 뛰쳐나가려던 내 뒷덜미를 낚아채는 것 같았다.

'당신도?'

마치 무망중에 덜미 잡혀 한 대 모질게 얻어맞기까지 한 듯 머릿속이 얼얼하기까지 했다. 잘금거리던 감정은 비어져 나오지도 못한 채 그대로 얼어버렸다.

'그래서 시트를 감았구나!'

뒤늦은 깨달음이 얼얼한 머릿속으로 면도날인 듯 그으며 지나갔다.

다 안다고 생각했는데 정작으로 알아야 할 것은 나는 모르고 있었다.

그 순한 눈을 나는 차마 바로 바라볼 수가 없었다.

참으로 무참했다.

7

그 집은 감옥인가

이 시간 즈음의 너싱홈은 대체로 조용한 편이다. 휠체어를 굴리며 큰 소리로 숫자를 외쳐대는 로즈마저 이른 잠자리에 들었기 때문이다. 낮잠 자는 시간과 식사 시간을 제외하고는 다니며 늘 숫자를 외치느라 지쳐 로즈는 이른 저녁이면 남 먼저 잠자리에 들 수밖에 없다. 마리는 환자 방에 있는지 보이지 않았고 간호사는 데스크에서 고개를 숙이고 있었다.

"굿 이브닝!"

인사에 발딱 고개를 드는 간호사의 표정은 그리 굿 해 보이지 않았다. 낮에 환자들에게 또 일이 생겼는지도 모를 일이다. 환자들에게 일어나는 일은 주로 침대에서 떨어진다던가 하여 다치는 경우다. 허약한 환자들이 넘어지거나 떨어지면서 겪는 가장 크고 흔한 일은 골절상이다. 노인들에게 낙상은 치명적이다. 부실한 뼈가 부서지면서 몸을 지탱할 수 없기 때문이다.

    나는 환자들의 상태를 보고 받은 후 방에 들어갈 준비를 하기 시작했다. 미처 잠들지 않은 환자들이 있으면 잠옷을 입혀 잠자리에 들게 해야 했다.

"엄마!"

대부분 초저녁잠에 들었을 그 시간에 외마디 소리가 너싱홈의 고요를 깨뜨렸다. 본능적으로 소리가 나는 쪽으로 내달렸다. 치매 환자 낸시가 있는 방에서 나는 소리였다.

"무슨 일이예요, 낸시?"

고요한 너싱홈을 공포로 몰아놓은 낸시는 몸에다 커버를 두른 채 침대 위에 웅크리고 있었다.

"무서워요, 엄마!"

겁에 질린 목소리였다. 또 무슨 꿈을 꾼 것일까? 아니면 잠 안 오는 밤에 되돌아 본 예전의 기억이 어린 낸시의 뒷덜미를 잡은 괴물로 나타난 것일까?

"괜찮아요, 괜찮아요."

나는 낸시를 달랜다.

"엄마, 무서워요."

낸시의 눈동자는 겁에 사로잡혀 있다.

어떤 일로 공포를 느낄 때 낸시는 늘 엄마를 부른다. 딸이 위기를 느꼈을 때마다 엄마가 곁에 있었을지도 모르겠다. 많은 세월 흘러 그 엄마보다 나이가 더 많은 낸시가 문득 다시 그 위기의 기억에

뒷덜미를 잡혀 울부짖게 될 때, 그 때마다 부를 엄마를 두고 있음은 불행 중 다행인지도 모른다.

금방이라도 숨이 넘어갈 듯 소리를 지르던 낸시가 울음을 멈추자 잠옷을 입혔다. 낸시의 시든 사과 같은 젖가슴이 곧 떨어질 듯 애처롭게 매달려 있다.

'이 젖으로 아이들을 키웠어.'

목욕을 시킬 때마다 낸시는 이제는 시들어 쳐진 젖을 자랑스럽게 쓰다듬으며 누군가를 그리워했다. 남편 캔이 아니면 캔과의 관계에서 얻은 자식일 터였다. 그 남편이 아내를 너싱홈에다 넣었음에도.

"꿈꿨어요, 낸시?"

이제 순한 아이처럼 다시 자리에 눕는 낸시의 어깨를 커버로 덮어주며 말을 건넸다. 낸시는 자지러질 듯 외마디 소리로 울부짖었어도 금방 잊고 지난 일들을 얘기하며 어린아이처럼 잠드는 습관이 있다.

"캔을 화나게 했어, 내가. 그래도 엄마는 내 편이었지."

품에 뛰어 들 때마다 '괜찮아, 아가야. 다 잘 될 거야.' 라며 엄마는 등을 쓸어주었다고 낸시는 말을 이었다.

그렇게 말해 놓고 슬피 울기 시작했다. 속죄를 구하는 사람의 가슴 깊은 곳에서 분출되는 울음소리였다. 낸시가 한 말은 진실일 것이다, 늘 되풀이 하는 말이므로. 어쩌면 낸시는 캔이 아닌 다른 사람에게 마음을 주어 캔을 화나게 했는지도 모른다. 캔이 낸시에게 화를 낼 때마다 엄마는 또 낸시를 품었을 것이다. 세상의 모든 엄마는 그러함에도 그 자식들을 품는 존재이므로. 문득 요양원에 계시다가 세상을 떠난 내 엄마가 떠올랐다.

'선아, 네 오라비 원망마라. 내가 가겠다고 했다.'

정년퇴직을 한 오빠가, 바쁜 자식들을 대신해 노모를 잘 봉양한다며 엄마를 요양원으로 가 계시게 하겠다고 했을 때 내가 수화기를 잡은 채 흐느끼자 엄마는 수화기 밖에서 그렇게 말하셨다. 엄마는 내가 무슨 말로 오빠 내외를 원망할 지 이미 알고 계셨고 그래서 전화를 받는 오빠 곁에서 오빠를 감싸고 있었다. 낯가림 많은 엄마는 남은 삶을 의탁해야 하는, 한 번도 가 본 적 없는 요양원이란 낯선 곳보다 엄마로 인해 내 속에 쌓인 원망이 행여 남매간의 우애에 금이라도 가게 할까봐 더 두려워 하셨다.

그 때 나는 오빠를 감싸며 남매간의 우애를 염려하시는 엄마의 너무나 맑은 정신 때문에 또 속이 문드러지는 것 같았다. 차라리 아무 것도 모른다면 엄마가 덜 괴로우실 것 같았다. 엄마가 감쌀수록 그렇게 맑은 정신의 엄마를 결국 요양원으로 가시게 하고 그곳에서 돌아가시도록 한 오빠를 나는 원망하고 또 원망했다. 그 오빠가 청춘에 홀로 되신 엄마에게 어떤 존재였던 지를 알기 때문이었다.

그 때 나는 청춘에 홀로 되신 엄마가 자식을 두고 요양원에 가셔야 한다는 사실에 사로잡혀, 홀로되신 엄마로 인해 아버지 없는 성장, 홀어머니를 모셔야 하는 책임에 눌렸을 오빠의 입장은 미처 생각지 못했었다. 그 오빠의 입장을 너무나 잘 아셨기에 엄마는 툭하면 원망을 쏟는 내 입을 막기에 급급해 하셨고 오빠 탓 아니라고 그렇게 극구 감싸셨을 것이다.

그 오빠를 이해하게 된 것은 내가 돌보는 환자들에게서 내 엄마의 모습을 읽으면서부터였다. 스스로는 아무 것도 할 수 없는 환자들의 대소변 바라지를 하고 가족도 마다하는 그들의 손발 노릇을 하면서 그럴 수밖에 없었던 오빠 내외를 이해하게 된 것이다. 어렸을 적부터 엄마를 떠난 오빠의 인생은 없었으므로 오빠 내외도 자신들만의 시간이 필요했겠다는 이해였다. 너싱홈은 어쩌면 오빠보다 엄마의 고집이었을지도 모른다는 생각을 한 것도 그 때였다. 자식의 어깨에 지워진 홀어머니 봉양이란 짐을 내려놓도록 해야 한다는 생각. 나는 많은 세월이 흘러서야 알 수 있던 것을 엄마는 오빠 내외와 함께 한 그 긴 세월 동안 늘 품고 사셨음이 분명했다.

캔을 화나게 했을 그 어떤 일이 이미 캔은 세상을 떠나고 없음에도 낸시로 하여금 수시로 두려움과 죄책감에 사로잡히도록 하고 그 때마다 따뜻하게 품은 엄마는 다급할 때 찾아 뛰어들 수 있던 피난처 같은 존재였으리라. 이미 캔은 용서 한 일이었어도 낸시 자신이 스스로를 용서하지 못하는 어떤 일이었으리라. 치매 환자의 뇌리 속에 입력된 사실은 언젠가 자신이 겪은 일일 것이므로.

낸시가 잠든 후 조용히 제프의 방문을 열었더니 그가 침대에 걸터앉아 훌쩍 훌쩍 울고 있었다. 제프는 초저녁잠이 없어 늘 늦게 잠자리에 드는 습관이 있다.
그런데 제프는 요즘 툭하면 운다. 자기가 원하는 일이 관철되지 않거나 제재를 받을 때 어린아이처럼 삐치다가 결국 울음을 터뜨렸다.

"어디 아프세요, 제프?"

나를 보자마자 더 격렬하게 운다.

"무슨 일이에요, 제프? 간호사를 부를까요?"

"아니, 부르지 마, 아무도."

간호사를 부르지 말라는 당부로 보아 제프는 아직 맑은 정신이다. 누구보다도 명석하고 판사로서의 지식과 지혜가 풍부했겠지만 지금 제프의 정신은 알츠하이머와 맑은 정신 사이를 수시로 오가는 지극히 불안정한 상태다.

"나도 이런 내가 싫어."

점점 울보가 되어가고 있다는 사실은 제프 자신도 알고 있었다.

제프는 유독 자신을 내려놓지 못하는 환자다. 평생 법으로 죄를 판결한 판사로서의 과거가 아무 것도 마음대로 할 수 없는 환자로서의 현실을 받아들이지 못해 괴로운 사람이다.

"술 마셨어요, 방에서?"

제프의 침대 위엔 미처 숨기지 못한 술병 하나가 시트를 비집고 삐죽이 고개를 내밀고 있었다. 아마도 마시던 중에 누군가가 방으로 들어와 급히 숨긴다는 것이 저렇게 목을 내밀도록 한 것 같았다. 제프가 얼마나 놀라고 경황이 없었을지 짐작할 수 있었다. 미처 제재 당하기도 전에 놀라서 술병을 숨겨야했던 자신의 모습이 서글퍼 제프는 울고 있었는지도 모른다. 그나저나 술은 어디서 난 것일까? 어쩌면 제프가 술을 마시고 싶어 한다는 것을 아는 누군가가 방문하면서 몰래 두고 간 것인지도 모른다. 제프가 더 이상 술을 마시지 못하도록 방에서 나갈 때 술병을 챙겨야겠다는 생각을 나는 하고 있었다.

"술 한 모금이 내게 어떤 의민지 당신들이 알아?"

그런데 울던 제프가 대뜸 내게 대들었다. 제프의 날선 눈길 속에 분노와 억울함과 서러움이 뒤섞여 있었다.

"내가 선고한 형량만큼 수형생활을 해야 한 그들 때문에 마시기 시작했어. 이젠 그 술을 나 때문에 마신다고, 괴로워서. 그런데 못 마셨어, 마시려다 말았다고!"

삐죽이 목을 내민 술병을 불쑥 끄집어내 흔들면 제프가 소리쳤다.

"제프 판사님!"

술병을 챙겨 나가려던 내가 나도 모르게 그렇게 불렀다. 함부로 범접할 수 없도록 하는 어떤 기운이 제프의 이름과 함께 '판사님'이란 경칭을 붙여 부르게 했는지도 모르겠다. 처음이었다.

몰래 한 모금씩 마신 술은 무료한 너싱홈에서의 시간을 죽이는 방법이었을 것이다, 함께 시간을 보낼 가족도 친구도 없는 곳이므로. 판사였던 자신의 정체성을 벗지 못해 너싱홈의 삶을 더 힘겨워하는 차갑고 비판적인 사람, 찔러도 피 한 방울 흘리지 않을 것처럼 냉정하고 이성적인 사람인 줄 알았는데 그것은 나의 오해였던가? 제프가 술을 시작한 이유가 수형자들 때문이었다니 차라리 어리둥절했다. 게다가 이제는 자신을 위해 술을 마신다니, 결국 너싱홈이 제프에게는 감옥이란 의미였다.

갑자기, 나 자신이 다시는 나갈 수 없는 감옥 속에 갇혀버린 듯 갑갑했다. 손바닥만 한 봉창조차도 없는 곳. 공기마저 희박해 가슴이 터지고 이윽고 미쳐버릴 것만 같은 공포가 짓누를 것 같은 감옥. 지금까지 제프의 심정이 이랬었고 지금도 이럴 것이라는 깨달음이 다시 제프를 깊게 바라보게 했다. 제프의 손이 되어 씻겨주고 갈아 입혀주고 갖은 시중을 들면서 다 안다고 생각했는데 나는 정작으로 알아야 할 것은 모르고 있었다. 바로 제프의 그 심정이었다.

이제야 그 심정을 알 것 같았다. 차라리 다 잊어버린 상태라면 오히려 행복할까? 자주 맑은 정신을 잃기도 하면서 그토록 괴로워한 그 일들은 어떻게 잊지도 않고 그렇게도 오래 기억하는지 안타깝다. 잊어도 좋을 것은 오히려 머릿속에서 너무 명징해서 너싱홈에서의 삶이 곧 감옥인 제프였다.

"두려워. 이곳에 길들여져야 하는 것이 무서워."

제프가 마구 흐느끼기 시작했다. 감옥 같은 너싱홈의 삶에 순하게 길들여질까 두려운 것이다. 이해하지 못하는 너싱홈의 규칙에 그래서 일일이 예민하게 반응하고 반항하기에 지친 제프는 점점 희미해져가는 남은 본래의 모습을 끌어안고 울고 있는 것이다. 괴로운 기억이었어도 행여 그것마저도 머릿속에서 사라질까 놓지 않으려 끌어안고 씨름중이다.

"평생 남을 구속한 벌을 받고 있나봐."

너싱홈에서의 삶이 제프에겐 인과응보란 의미였다. 제프에게 남은 기억의 편린은 결국 형벌처럼 고통스러운 것인가 하면 그래도 끝까지 끌어안고 싶은 건강했을 때의 삶의 한 부분이었다.

마치 양심선언 같은 그 말이 눈물과 어우러져 얼굴을 덮고 있었다.

제프를 제프이도록 한, 그가 보였던 평소의 위엄이나 가탈을 부리던 모습이 이지러진 얼굴위로 흐르고 있는 눈물과 함께 씻겨나가고 있었다. 늦은 자책이었지만 그것이 제프 탓만은 아니었으리라. 죄를 지어 벌을 받을 수밖에 없는 사람 앞에서의 판사는 엄격히 법률을 적용해야 하고 위엄을 지닐 수밖에 없는 입장이었을 것이므로.

이제야 제프가 한 겹의 옷인 듯 평생 걸치고 있던 자존심과 어느 누구의 범접도 허용치 않으려던 그 위엄으로부터 놓여난 것 같았다. 그러나 너싱홈에서의 삶을 형벌이라 여기는 제프는 안타깝다. 이곳에서의 삶도 엄연한 인생의 연속임을 모르지 않을 제프였다.

"당신은 벌이 아니라 다른 환경의 삶을 살고 있어요, 제프."

"그렇게 말하지 않아도 돼, 선아. 나도 너싱홈을 말할 수 있을 만큼 살고 있으니까."

내 말이 제프에게 공허하게 들릴 것이란 사실은 나도 알고 있었다, 그의 말처럼 제프는 이미 너싱홈에 대해 말할 수 있을 만큼 오래 너싱홈의 가족으로 살고 있으니까. 잘못을 저지른 적도 없으면서 남은 삶을 가족과 함께하지 못한 채 엄격한 규칙 속에서 살아야 하는 것을 다만 환경이 다른 삶의 형태일 뿐이라고 순순히 받아들이기에 제프는 너싱홈에 대해 너무 많이 알고 그것도 부정적인 부분에 대해서였다. 그래서 형벌이라 여기는 것이다. 어디 그 뿐인가. 돌보는 일을 하는 나 자신도 제프의 자유를 구속하는 일에 한몫을 하지 않았다고 결코 말할 수 없다. 돌봄이란 미명으로 치부까지 드러내게 함으로서 자존심과 품위까지 상하게 한 적은 또 어디 한 두 번이었을까? 이 모든 것이 제프로 하여금 지금은 다만 환경이 다른 삶을 살고 있을 뿐이라는 인식을 갖지 못하게 했을 것은 자명한 사실이다.

"이곳이 감옥이 아니란 생각을 하는 유일한 때가 언제인지 알아, 선아? 바로 당신이 나와 함께 있어 줄 때야."

"...!"

그것도 뜻밖의 말이었다. 결국 그렇게 외로웠다는 의미였다. 혹독한 외로움과 싸우다 안 되면 소리 지르는 로즈를 비난하는 것으로, 너싱홈 규칙에 짜증으로 반항하며 소일을 했다는 의미였다.

기껏해야 별 이상이 없는지 잠시 살펴보는 그 시간, 잠자리에 들기 전에, 그리고 이른 아침에 씻고 입히기 위해 찾는 그 짧은 시간의 만남에 제프는 그렇게 큰 의미를 부여하고 있었다. 행여 무안해할까 목욕 시간에 재잘재잘 더 많은 말로 제프의 마음이 다른 것을 붙잡아 두도록 한, 그래서 늘 미안하던 그것까지 제프에게는 유일한 대화의 시간이었을 것이다. 누가 가탈 부리는 제프를 상대로 조근 조근 대화를 할 것인가? 그러니까 아무도 말을 붙여주는 사람이 없다는 뜻이었고 제프에게만 시간을 할애할 수 없어 한꺼번에 많은 것을 감당해야 한 그 짧은 시간의 대화가 그래도 제프를 너싱홈에서 견디게 했다는 의미였다.

슬프고 두렵다. 이렇게 외로울 수밖에 없는 것이 노년이라면 그것은 결코 만나고 싶지 않은, 만나기 전에 피하고 싶은 생의 한 단계다. 그러나 늙어 아파보지 않은 가족은 이런 절절한 외로움을 모른다. 환자로서 필요한 의료 서비스를 받으며 새로운 삶을 누린다고 여길 것이다. 얼마나 큰 오해인가?

눈물로 씻어낸 제프의 눈동자는 '나 아직은 맑은 정신이야.' 라고 말하는 듯 흔들림이 없다. 이렇게 조금씩 더 맑은 정신을 간직한다면 어쩌면 제프도 다시 가족이 있는 집으로 돌아갈 수 있을 지도 모를 일이다. 아내의 손에 이끌려 너싱홈에 왔지만 가족과 대화가 가능하다면 남은 삶을 가족 곁에서 보내지 못할 이유가 없다.

"리아, 당신이구나! 오, 리아, 내가 얼마나 당신을 그리워했는지 알아?"

어쩐지 맑은 정신을 오래 붙들고 있다고 생각했는데 아니나 다를까 찬물에 헹군 것 같던 제프의 눈동자가 갑자기 흔들리더니 이내 길을 잃어버렸다. '리아'를 부르면 사리가 분명한 제프가 붙들고 있던 맑은 정신 자락을 놓쳤다는 의미였다.

"리아는 당신의 아내인가요?"

"아니야, 그녀는 바버라가 아니야!"

제프를 자리에 뉘며 묻는데 역시 발끈하며 정색했다. 그러니까 그의 마음속에 남아 떠오르는 사람은 연인 리아였고 바버라는 제프의 손을 끌어 너싱홈에 온 아내였다.

제프의 방을 나왔다. 한가로운 대화를 나눌 짬이 결코 허용되지 않지만 나는 제프를 외면할 수 없었다. 그 짧은 순간의 대화에 제프가 너무나 큰 의미를 부여했기 때문이었다.

마음이 상해 울던 제프는 이제 울음과 함께 연인 리아조차도 잊은 채 잠을 잘 것이다. 다른 환자들처럼 제프도 점점 더 순한 너싱홈의 환자가 될 것이다.

8

*

그녀들이 쓰는 소설

너싱홈의 규칙 중에 환자들을 가장 예민하게 하는 것 중의 하나는 자유를 구속하는 것이다. 피치 못할 상황일 때 낙상을 방지하기 위해 환자를 침대나 의자에다 고정시켜 두는 일, 일정한 시간에 깨어 목욕을 해야 하고 옷을 갈아입어야 하고 그리고 식탁에 앉아야 하는 것, 무엇보다도 너싱홈을 자의로는 나갈 수 없다는 것 등이다. 그런데 얼마 전부터 시행되고 있는 새 지침은 환자의 새벽잠을 방해하는 것이어서 간병사는 간병사대로 환자는 환자대로 불평으로 팽창되어 있었다. 그것은 환자들이 아침 단잠을 누릴 수 없다는 의미였다.

새 지침이란 이유로 곤히 자야 할 시간에 환자들을 깨워 씻기고 입히는 일은 간병사, 환자 모두에게 무리였다. 마리는 툭 하면 흥분했다, 새 지침에 인권은 없다면서.

이제 너싱 홈은 한 밤중이다. '1749'를 외치던 로즈는 벌써 잠이 들었고 '엄마!' 라며 소리치던 낸시, 침대에 걸터앉아 울던 제프까지 잠들었기 때문이다. 휠체어 바퀴를 굴리느라 손이 바지런하고 소리치느라 입까지 쉴 사이 없는 로즈는 초저녁잠이 많고 낮에도 수시로 잠을 잤다.

"정말 수면제라도 투여하는 거 아닐까?"

다른 환자들보다 일찍, 그리고 낮잠을 더 많이 자는 로즈를 두고 환자들이 잠든 짧은 휴식시간에 마리는 상상력을 발휘했다.

"설마."

티 컵을 든 채 내가 말을 받았다. 마리가 소설을 쓴다면 아주 상상력이 풍부한 이야기를 만들지도 모르겠다는 생각을 한다.

"죽을 지경이어도 너싱홈엔 안 오고 싶어."

"가족이 가자고 하면 너나 나나 와야지 별 수 있니?"

깊은 생각도 없이 말부터 뱉고 보니 내가 생각해도 매몰스럽다. 그러나 깊은 생각은 할 필요도 없다, 그것이 현실이므로.

너싱홈의 환자들은 자신들이 너싱홈에 있어야 하는 이유를 이해하지 못한다. 가족에게 둘러싸여 살다가 그들과 눈인사를 나누며 조용히 생을 마감하리란 것을 기대했기 때문이다. 그러나 그것은 환자들의 희망일 뿐이다. 너싱홈을 생각할 즈음엔 아픈 환자들보다 이미 건강한 가족의 의견이 더 실현가능성이 클 것이므로.

"하기는 혈육을 너싱홈에 보내야 하는 가족도 편할 수만은 없을 거야. 책임을 회피하는 것 같은 자괴감이 없지 않을 테니까."

내 말에 마리가 가족의 입장을 대변했다. 문득, '책임 회피'란 마리의 말이 내 마음에 와 걸렸다. 엄마가 가실 곳으로 요양원을 생각하면서부터 그곳에서 돌아가시기까지 오빠 내외를 무겁게 짓눌렀을 말이었다. 오빠만 짓누른 것이 아니라 나까지 자유로울 수 없도록 하던 말이었다.

'불안해서 안 되겠어요.'

엄마의 요양원 일로 올케가 내게 전화를 한 것은 그 때가 처음이었다. 적어도 요양원에 대한 일 만큼은 오빠 뒤에 숨어 하기 어려운 말은 오빠가 다 하도록 하는 것 같던 올케가 내심 괘심하던 참이었다.

'집을 비울 수가 없어요. 불낼 뻔 한 적이 한두 번 아니었다니까요.'

엄마가 빈 솥을 얹어두고 불을 지핀 탓이라고 올케가 말했다. 엄마로 인해 자칫 큰 일이 발생할 수 있다는 올케의 불안하면서도 단호한 어투에 나는 실은 정말 큰일이구나 하는 걱정보다 엄마가 왜 그래야 했을까를 먼저 생각하고 있었다.

맞벌이를 한 아들 내외를 도와 엄마는 부엌일을 맡으셨다. 어린 손 자녀들을 거둬야 했었고 퇴근하고 돌아올 올케가 짜증나지 않도록 엄마는 집안일을 윤기 나게 돌봐야 했었다. 엄마가 늘 하던 습관처럼 온전하지 못한 정신으로 부엌일이며 집안일에 손을 대셨으리라.

'늘 하던 일이어서 엄마가 손에서 놓지 못하셨나 봐요.'

그래서 나는 올케의 말에 동조하지 못하고 엄마의 입장에 섰다.

그것은 실은 건강하셨을 때는 잘도 일을 맡기다가 병드시니 이제 문제로 삼는구나 하는, 올케를 향한 은근한 비난이었다.

올케는 어쩌면 내게 다른 말을 기대했을지도 몰랐다. 어머나, 엄마가 큰일 내시기 전에 요양원에 가실 수밖에 없겠네요, 라는.

'아가씨는 모르겠지만 대소변 처리 못 하신지도 꽤 됐어요.'

역시나 내 말에 올케가 발끈한 기운을 실어 다시 덧붙였다. 너는 알지도 못하면서 그래도 시누노릇은 하고 싶구나, 하는 말 같았다.

'....'

그때서야 엄마의 증세가 생각보다 심각하다는 것과 그것을 언니가 감당하고 있다는 사실에 대해 나는 몹시 고맙고 미안했다. 올케의 말처럼 나는 정말 모르고 있었다, 엄마가 그렇게까지 심각하게 앓고 계시는 줄은. 알지도 못하면서 요양원 얘기가 나올 때마다 은근히 가탈을 부린 것도 미안했다.

'실은 오빠가 고생이 많아요.'

그런데 미안하다는 내 말에 올케가 오빠에게 공치사를 했다. 그것은 곧 그 일을 오빠가 해 내고 있다는 의미였다.

'오빠가 엄마 대소변을..'

내 가슴이 미어지는 것 같았다. 누가 그 일을 해 내고 있느냐는 것보다 아들 앞에 아랫도리를 보일 수밖에 없는 엄마의 그 깊은 병 때문이었다. 속옷 하나도 남의 손에 맡기거나 심지어는 식구들과 함께 빠는 세탁기에도 넣지 않고 당신 손으로 조물조물 비벼 빨아 늘 빨래대 한 쪽 눈에 띄지 않은 곳에다 늘어 말리시던 엄마였다. 그 엄마가 아들에게 아랫도리를 내 놓고 대소변 수발을 받을 수밖에 없음이 슬프다 못해 짜증이 났다. 홀로 평생 고생을 한 분의 남은 삶은 보상을 받은 듯 건강하고 평화로운 것이야 한다는 것이 내 생각이었다.

한 남자의 죽음으로 어렸던 나이에 두 자식을 어깨에 얹어 기나긴 거친 삶을 살 수밖에 없었던 것은 결코 엄마의 자의에 의한 것이 아니었다, 그것이 엄연한 엄마의 삶이었음에도. 그러므로 노후는 엄마가 원하는, 엄마가 결정할 수 있는 그런 삶이어야 했다, 그것이 공정하므로. 그런데 올케의 말에 의하면 엄마는 삶의 주권을 쥔 그 누군가의 힘에 여태 휘둘리다 못해 이젠 모든 것 내려놓고 처분만을 기다리는 것만 같았다. 지극히 작고 연약한 한 여자의 삶을 끝까지 쥐고 마음대로 흔드는 것 같은 그 누군가의 횡포가 너무나 화나고 그 횡포에 객기로라도 어깃장조차 놓을 수 없도록 이미 약할 대로 약해진 내 엄마가 슬펐다.

그때서야 나는 짐작할 수 있었다, 왜 엄마가 요양원에 가겠다고 당신 스스로 말하셨던 지를. 그것은 그 고통스런 일을 할 수밖에 없는 오빠로 하여금 그 일에서 놓여나게 하기 위함이었다. 그리고 엄마가 맑은 정신을 찾았을 때만 생각할 수 있던, 엄마의 인생을 엄마 스스로 재단할 마지막 기회를 그 큰 힘에게 내 놓고 싶지 않다는 강한 의지의 표현이었다.

사랑하는 사람을 너싱홈으로 보내야 하는 현실 앞에서 책임회피라는 마음의 부담은 결국 가족이 끌어안을 수밖에 없는 일이다. 그 것으로 늙으신 부모님은 남은 삶 동안 가족과 격리된 채 살다가 눈을 감아야 하기 때문이다. 전문가는, 너싱홈에 갈 수밖에 없는 환자라면 적절한 때를 놓치지 않아야 한다고 말한다. 대소변 시중을 들어야 하고 잠시도 한 눈을 팔지 못하도록 보호가 필요한 환자를 가족이란 이유로 전문적인 케어를 회피하는 것은 오히려 환자를 더 악화하게 하는 원인이 될 수 있기 때문이라고 한다.

그러함에도 너싱홈이 삶의 마지막을 의탁할 곳으로 정착되고 있는 것은 시대의 흐름에도 그 이유가 있을 것이다. 바쁜 사회가 가족을 대신해 너싱홈이란 기능적인 기관을 이용하도록 하기 때문이다. 그러나 깊은 외로움, 소외감만큼은 너싱홈도 해결해 줄 수 없는 곳이어서 환자들은 그래서 몸과 함께 마음의 상처를 안고 죽어갈 수밖에 없는 곳이기도 하다.

"나 같은 흑진주는 어떡하지?"

문득 마라가 날 바라보며 말했다. 듣고 보니 마리의 말속에 뼈가 있었다. 표현은 않았어도 로즈의 인종차별 발언이 마음에 맺혀 있다는 뜻이었다.

'난, 마리 네가 싫어. 다른 사람 보내줘!'

마리가 이른 아침에 씻기고 입히는 일로 로즈를 바라지하면 로즈는 마리를 거부했다. 검은 피부의 마리에게 자신의 몸을 맡기고 싶지 않다는 의미였다. 백인우월의식까지 유전인자로 물러 받은 사람이었다.

로즈가 인종차별 발언을 예사로 하면 내가 먼저 긴장했다. 잘 참다가 '나도 당신 같은 인종차별주의자는 싫어!'하고 마리가 로즈를 팽개칠 수도 있는 일이기 때문이었다. 그러나 그럴 때마다 마리는 잘 참았다. 로즈의 무례하고 행패 같은 말을 받아줄 때 마리는 늘 입을 꼭 다물고 눈을 내리깔았다. 말은 할 줄도 모르는 사람처럼 보였다. 마치 수도승 같았다.

"속상하지, 로즈 때문에?"

얼른 마리의 눈치를 살폈다.

"환자잖아."

짧게 표현했지만 늘 있는 로즈의 인종차별 발언에 마리는 상한 마음을 스스로 다스리고 있음에 분명했다. 분명 문제를 삼을 수 있는 예민한 일임에도 눌러 참으며 감싸는 마리의 너그러움은 내게는 없다. 마리가 그렇게 너그러움을 보이면 나는 속으로 생각한다, 넌 피부 때문이 아니라 바로 그 마음 때문에 흑진주야, 라고.

"치매가 아닐지도 모른다는 생각이 들어."

'환잔데 뭐.'라며 금방 마음을 다스린 마리가 비밀번호를 외치며 다니는 로즈를 두고 눈으로 초승달을 그리며 또 다시 상상력을 발휘하기 시작했다. 어떤 일에 마리가 호기심과 의혹을 느낄 때, 그래서 이유를 알고야 말겠다는 야심찬 의지를 얼핏 흘릴 때 드러내 보이는 결코 예사롭지 않은 눈매다.

"치매가 아니면?"

'여태 소설 쓰고 있었어?'란 의미로 나는 눈을 부릅떠 보름달을 만들었다.

실은 로즈의 숫자 외치는 일은 조금만 깊이 생각해 보면 그 속에 궁금증이 한 둘이 있는 것이 아니었다. 그 궁금증은 치매환자로 가족의 손에 이끌려 너싱홈에 들어 온 로즈가 어떻게 바깥으로 나가는 문의 비밀이 아닌 비밀번호를 아는가 하는 것이었고 그렇게 번호를 안다면 속으로 기억해 둘 것이지 왜 소리를 치며 다 드러내고 다니는가 하는 것이었다. 너싱홈은 바깥에서 들어올 때가 아닌, 나갈 때를 위해 번호를 눌러야 하는 장치를 두고 있고 그것은 환자를 보호하기 위한 것이다.

눈만 뜨면 숫자를 외치며 휠체어를 굴리고 다니는 그 로즈에 대해 마리는 급기야 상상력을 발휘하기 시작한 것이다. 그러니까 알게 된 번호를 외치고 다니며 방심하게 한 후 어느 날 허를 찌르듯이 로즈가 너싱홈을 나갈 의도란 것이 마리의 상상인 것 같았다. 그것은 로즈를 치매환자로 보는 일에 마리가 동의할 수 없는 이유이기도 했다. 로즈에 대한 마리의 상상력은 논리 정연한 사실에의 변호를 생명으로 알아야 할 변호사였던 그녀가 보이는 뜻밖의 면이었다.

그러나 내 생각은 달랐다. 치매가 아니라면 정신도 맑지 않은 환자들 속에서 뭣 하러 환자노릇하고 있겠느냐는 것이 내 생각이었다. 비밀번호 알겠다, 정신 맑다면 집 찾아갈 줄 알겠다, 그냥, 너싱홈을 나서서 집으로 가버리면 될 일을.

"집으로 돌아가지 못할 사정이 있겠지. 가족이 데리고 왔었잖아? 그러니까 어딘가 갈 곳이 있다는 희망을 잃고 싶지 않다는 몸부림이랄까? 그러다가 한 번은 나가겠지. 그래도 집이니까."

로즈를 주인공으로 한, 마리가 그리는 소설은 그런대로 설득력은 있었다. 그러나 마리가 소설적인 상상을 할 때 나는 또 다른 생각을 했다. 너싱홈 사람들의 인내에 대해서. 잠자는 시간만 제외하고 눈만 뜨면 큰 소리로 숫자를 외며, 그것도 휠체어를 굴리며 이곳저곳을 다녀도 아무도 말리는 사람이 없다는 사실이었다. 휠체어에 앉아 티브이에다 눈길을 주고 있거나 멍하니 앉아 있는 환자들, 심지어는 간호사들까지도. 제프만 짜증을 낼 때가 있었다, 그것도 맑은 정신일 때.

　환자들은 그러려니 하지만 간호사들의 침묵은 늘 의아했다. 로즈를 제동 걸 일이 아니어도 눈코 뜰 사이 없이 바쁘기 때문일까? 아니면 입에다 재갈을 물릴 수도, 설령 재갈을 물릴 수 있다한들 로즈가 듣지 않을 것을 알기 때문일까? 마리의 상상은 그 부분에서 확실한 신념을 갖고 있었다. 간호사들이 생각하는 로즈의 치매 상태는 이미 심각하므로 설령 현관문을 열어 바깥으로 내 보낸다 해도 어디로든 스스로는 갈 수도 없다는 믿음에서 오는 방관이거나 방심이라고. 그러면서 마리는 덧붙였다, 언젠가는 그 날이 올 거라고. 그것은 로즈가 스스로 비밀번호를 눌러 유유히 너싱홈을 탈출하는 날이란 의미였다.

　마리와의 짧은 시간의 대화는 퇴근까지의 남은 시간을 견디게 하는 에너지다. 어느 날, 로즈가 출입문을 열고 유유히 너싱홈을 나갈지도 모른다는 마리의 조금 과한 상상력은 나로 하여금 새벽 졸음의 고비마저 유유히 넘기도록 했다. 마리의 소설적인 상상력 덕분이다. 졸음과의 씨름 없는 밤을 보내고 맞는 아침은 마치 흉몽이 없던 잠을 잔 것처럼 늘 개운하다.

9

그것은 회오리

　수진은 현명한 시누다. 이미 장기 적인 보살핌을 받아야 하는 처지의 제 오빠를 위해 내가 해야 할 일을 나눠 감당함으로써, 그리고 내게 정우로부터 잠시라도 놓여날 수 있는 여유를 줌으로써 장기치료에 대비하고 있었기 때문이다.

　너싱홈에서 환자를 돌보는 일과 병원에서의 정우를 돌보는 일을 비교할 수는 없다. 똑 같이 환자를 대하는 일이지만 정신적인 무게 차이 때문이다. 정우는 세상의 모든 환자를 더한 무게보다 무겁다, 적어도 내게는. 그 무게를 알기에 수진은 잠시라도 그 무게를 나눠 날 가볍게 해 주려는 것이다. 그러나 나는 더 많은 환자들 속으로 들어갔고 너싱홈의 복직은 단순히 정우를 벗어나는 의미만은 아니었다. 언젠가부터 돌봐야 할 정우를 위한 나 자신의 트레이닝 과정이다. 세상의 모든 환자를 돌보는 것 같은 무게를 감당하려면 혹독한 트레이닝 과정이 필요했다. 환자들 가장 가까이서 그들의 심리를 더 많이 알아야 하고 그들이 진정으로 원하는 것, 진정으로 필요로 하는 것을 가장 가까이서 더 많이 배워야 했다. 무엇보다도 너싱홈 복직은 정우를 너싱홈 환자와 동일시하고 싶지 않다는 내 고집의 확인의 과정이다. 복직은 그래서 휴직 이전의 직장의 의미와는 다른 의미의 그 무엇이다.

　간밤의 피로를 잠으로 씻어내고 병실에 갔을 때, 수진이 아닌 민하가 와 있었다. 불쑥 반가운 마음부터 앞섰다. 반가움이 축 쳐져있던 말초신경까지 일으켜 깨우는 것 같았다. 가슴속에서 고요히 가라앉아 있던 침전물들이 민하의 얼굴 앞에서 갑자기 휘저은 듯 부유했다.
　"민하씨 왔어요?"
　일렁이고 있는 가슴속이 은연중에 드러날까 애써 지그시 눌렀다.

　어느 때부턴가 민하의 역할은 커지기 시작했다. 그냥 왔다가 잠시 앉았다 가도 민하가 다녀간 자리는 눈에 띄었고 그것은 공간이 아닌, 함께 한 남은 우리들의 표정을 통해서였다.
　잠시 또는 길게 앉았다 가면 각자의 마음에다 민하가 내뿜는 보이지 않는 기운을 채웠다. 그 기운은 다시 각자의 마음속에서 기다림이란 씨앗으로 발아하고 기다림은 아득하고 갑갑한 병상을 견디게 하는 신비한 힘이 되었다. 정우는 그 힘으로 병상을 견디고 수진은 푸른 눈으로부터 받은 모진 상처로 황폐해진 가슴에다 흠모하는 마음을 심을 수 있었다. 나는 또 어떤가? 자신도 모르게 주는 민하의 그 신비한 기운으로 정우처럼 쓰러지지 않았다. 그런데 그 기운이 어느 날부턴가 미세하게 떨리면서 가슴에 침전되기 시작했다.

"갑갑했던가 봐요, 형이."

땀범벅이 된 얼굴로 민하가 날 바라보았다. 손으로는 연신 흐트러진 시트를 여미고 있었다. 여미는 손놀림이 지극했다.

부유하던 침전물들이 얼어붙어버린 듯 마구 떠오른 그대로 정지되었다. 정우가 무슨 일을 만들었음이 분명했다. 그러고 보니 병실에는 미처 가라앉지 못한 한 바탕의 회오리가 비정상적인 적막을 이루고 있었다. 정우가 만들었을 어떤 그 일을 다 듣지 않아도 나는 짐작할 수 있었다.

재활치료를 해야 하는데 거부하며 발작을 하듯이 몸부림을 했을 것임이 분명하다. 움직이지 않는 한 쪽 팔 다리가, 의미를 지닌 단어로 터져 나오지 못하는 목소리가 발작의 이유였을 것이다. 자신의 처지를 받아들일 수 없어서이거나 아니면 너싱홈에 가기 위해 일부러 보인 행동인지도 모른다. 점점 맑은 정신을 찾아가면서 정신처럼 회복되지 않는 몸 때문에 자신의 장래에 대한 생각을 정우는 하고 있었을 거였다. 너싱홈이 자신과 같은 사람을 위한 곳이란 사실도 알고 있을 거였다. 나만 아는 정우의 어떤 면이다.

그러나 왈칵 화가 솟구쳤다. 아무리 친 동기간처럼 흉허물 없는 사이라도 민하에게 그런 모습을 보이는 건 싫다. 민하에게 정우는 기침이라도 따라하고 싶은 우상 같은 사람이었다. 그렇지 않다 하더라도 남편이 남에게 연민의 대상이 되는 건 싫다. 민하는 어디까지

나 남이었다. 그래서 마음이 상했다.

"왜 그랬어요, 민하씨한테?"

그러나 정우는 시침 떼듯 입을 꾸욱 다문 채 눈까지 감고 누워있다. 자신의 몸으로 스스로 할 수 있는 것이라고는 아무 것도 없는, 하나부터 끝까지 도움을 받아야 하는 현실을 받아들이지 못해 그렇게 발작 아닌 발작을 의사표현으로 드러내야 하는 사람이었다.

"내가 형이라도 그랬을 거예요, 형수."

그러나 이 순간에 형을 위해 할 수 있는 일이란 겨우 시트나 여미는 일 뿐인 것이 미안하다는 듯 민하는 처연한 눈길로 정우를 바라보고 있다.

그런데 무슨 어이없는 생각일까? 두 남자 중 한 사람을 이 순간에 안아야 한다면 정우보다 처연한 눈길로 난감하게 서 있는 저 남자, 민하를 안고 등을 쓸어주고 싶다.

"가게는 어떡하고요?"

마음을 가라앉히며 민하에게 시선을 돌렸다.

"제이슨 있잖아요. 제 때에 안 나올 때도 있지만 언제 불러도 나와줄 때도 있거든요."

헬퍼 제이슨은 바로 민하의 옆집에 사는 퇴직을 한 노인이다. 퇴직을 한 후에도 일거리를 찾고 있던 제이슨을 민하가 자신의 가게에 헬퍼로 채용을 했다. 아내를 잃은 후 가끔 데이트를 즐기는 제이슨은 민하의 말에 의하면 데이트를 하는 날 출근해야 할 시간을 잊고 민하를 난감하게 한다는 것이다.

"고마워요, 민하씨."

"형수는... 그 말이 왜 필요해요?"

민하가 손바닥으로 쓱 땀을 닦았다. 땀이 밴 이마를 쓱 닦으며 지나가는 민하의 우람한 손이 탐스럽다.

'남자의 건강이 탐스럽다니..'

문득 얼굴에다 헤어드라이어를 들이댄 듯 후끈하니 덥다.

"어차피 제이슨이 와 있으니까... 형수는 좀 쉬세요."

날 바라보는 민하의 눈길엔 늘 촉촉한 그 무엇인가가 따라다닌다. 그 눈길이 닿을 때마다 마음 한 귀퉁이가 젖는 것 같았다. 정우가 일을 당한 이후부터 의식한 눈빛이다.

정우는 눈을 감고 있다. 아마도 자신이 드러내 보인 히스테리를 스스로 괴로워하며 되씹고 있을 것이다. 스스로도 용납하지 못하는 자신의 행위, 히스테리가 끝난 후 죽은 듯이 눈을 감고 있어도 그래서 그 속이 더 힘들다는 것을 나는 안다.

"좀 쉬세요, 민하씨."

정우의 발치에 가 앉으며 말했다. 그리고 마비된 다리를 주무르기 시작했다. 평소엔 늘 민하 몫이던 정우의 다리다.

"제가 할게요, 형수."

시트 속에 들었음에도 피가 통하지 않는 서늘한 다리를 주무르는데 민하가 손을 내밀었다. 어차피 먼저 시작했으므로 정우 발목에 가 있는 손을 나는 거둬들이지 않았다. 마치 이것은 나만 할 수 있는 일이란 듯이 민하의 손도 서슴없이 시트 속으로 들어왔다. 미처 시트 속에서 끄집어내지 못한 내 손과 민하의 손이 정우의 발목 위에서 마주쳤다. 얼른 손을 뽑으려 내가 쥐고 있던 발목을 놓았다.

발목을 놓은 내 빈손을 민하의 손이 덮었다. 시트 속에서 민하와 내 손이 멈췄다. 잡힌 채 황망히 민하를 올려다보는데 눈이 눈부셨다. 늘 바라보던 젖은 눈빛이 아니었다.

"…!"

잡힌 손목에 눈에서 쏟아지는 뜨거운 빛이 옮겨 붙은 것 같았다. 말없이 뽑으려 손목을 뒤틀었다. 그러나 그럴수록 민하의 손은 더 강하게 조였다. 민하를 바라본 눈을 급히 돌려 정우를 바라보았다. 정우는 여전히 숨소리도 내지 않은 채 눈을 감고 있다. 그렇게 히스 테리를 부린 뒤라면 아직 잠이 들었을 리 없다. 급기야 내 심장은 요동치고 맥박은 가빠졌다. 숨이 멎을 것만 같다.

손목을 잡힌 채 민하를 노려보았다. 아직 정우가 잠들지 않았을 것이므로 소리는 낼 수 없었다.

"오지마세요, 더 이상."

손목의 뜨거움으로 이미 가슴이 끓고 있음에도 쏟아내는 말은 얼 음장이다.

"아파 죽겠어요, 형수 때문에 더."

민하가 말했다. 아주 작은 소리다. 그 눈에서 금방이라도 눈물이 쏟아질 것 같다.

"동정 같은 거 필요 없어요, 우리."

작은 소리로, 그러나 '우리'를 강조했다. 손목을 감싼 힘이 고요 히 풀렸다, 마치 스쳐지나가듯이. 풀렸음에도 여전히 숨이 가빴다.

"동정으로 보여요?"

이번에는 옴짝할 수 없도록 강렬한 눈빛으로 옭매었다. 앙탈을 부리면서도 풀려날 수 없도록 더 옭매이고 싶은 것은 무슨 어이없는 심사인지 알 수 없다. 눈앞에다 정우를 두고 벌이는 작태는, 간음에 다름 아니었다.

"아픈 사람 앞에 두고... 민하씨 의도, 의심할 거예요."

그러나 입으로는 나직이, 그리고 날카롭게 몰아쳤다.

"무심할 수가 없어요. 그러고 싶은 마음도 없고요."

민하의 표정은 더욱 단호하다.

"애린씨 없는 외로움을 이런 식으로 드러내면 곤란해요."

싹을 잘라야 했다, 할 수 있는 아픈 말로. 두 가슴에서 자라고 있는 싹이다. 싹이 잘려나간 그 자리에 그러함에도 강렬한 한 가닥의 욕구가 스쳐지나갔다, 그대로 쓰러질 것 같은 곤한 몸과 마음을 기대고 싶은 욕구다.

"상관없는 일이란 거, 몰랐어요?"

민하가 작정을 한 듯 속엣 말을 드러내고 있었다. 현기증이 일어 정우의 발목을 다시 잡았다. 정우의 발목은 미동도 하지 않았다. 이 순간에도 시트를 차 던지고 벌떡 일어나지 못한 채 죽은 듯이 누운, 신경이 끊기고 피가 흐르지 않는 발목이 슬펐다.

"오지마세요, 다시는. 내가 할 거예요."

문득 북받치는 덩어리 하나를 삼키며 앙칼지게 뱉었다.

"그러지 말아요, 형수. 정말 안 왔으면 좋겠어요?"

눈을 감았다. 정우 앞에서 더 이상 이래서는 안 되는 일이다. 잔인한 일이다, 너무나. 갑작스런 병으로 내 인생을 헝클어버린 정우보다 더.

10

집요한, 너무나 집요한

　일을 시작하기 전에 체크부터 하는 환자의 명단에 변화가 없으면 나는 안심한다, 환자들이 모두 무사하다는 의미이므로. 고령의 환자들은 잠자리에서 일을 만날 수도 있다.

　정작으로 환자들에게는 아무 일도 일어나지 않았는데 가슴으로 회오리가 불고 있었다. 속에서 은밀하게 일어나던 바람결이 마주 불어오던 바람과 어우러져 회오리가 되고 말았다. 거센 자락을 휘날리며 닿는 것마다 휘감아 헝클고 산산조각 내는 미친바람이 이렇게 대책 없이 가슴속에서 요동칠 줄 몰랐다. 그것으로 끝인 줄 알았는데 오히려 시작이었다. 이미 휩쓸고 지나갔음에도 가라앉을 줄 모르고 여전히 요동치고 있었다.

　회오리의 요인은 이미 내 속에서도 아주 고요히 그 조짐을 보이고 있었다. 어느 날부터 감당하기 힘든 삶의 무게를 인 머릿속으로 고요히 또는 아릿한 통증을 동반하고 흐르던 그 바람. 그것은 분명 회오리의 전조였을 것이다. 그러나 한 번 시작된 바람은 더 결속하여 산산조각의 끝을 보아야 멈춘다는 듯 누운 정우 앞에서 그 횡포를 부렸었다. 눈을 감은 채 발목을 맡길 수밖에 없던 정우를 죽이는 회오리, 정녕 미친바람이었다.

여전히 가슴의 요동이 가라앉지 않고 머릿속마저 뒤숭숭할 때는 일에 몰두해야 한다.

나는 내 몸을 혹사하고 싶었다. 행여 찰나를 비집고 들어 와 상스러운 생각이 정신을 어지럽힐까 의도적으로 더 일을 만들었더니 아직 잠들지 않은 환자의 옷을 갈아입혀 재우는 일이 남았음에도 몸은 이미 땀에 젖었다. 그러나 제인 할머니의 귀저기를 채우는 순간에도 민하가 한 말은 귀에서 이명인 듯 울렸고 세라 할머니의 옷을 갈아입힐 때도 민하의 뜨거운 눈빛은 뇌리에 머물렀다. 잠시도 쉴 틈이 없도록 손을 움직여도 여태 손목에 남아 있는 민하 손아귀의 힘, 눈에서 번진 더운 열기가 화끈거려 머리를 흔들었다.

쫓으려 할수록 생각은 매달리며 엉겨 붙었다. 집요한 만큼 집요하게 떼어내야 했다, 그것은 미친 생각이므로. 그런데 차라리 미쳐버리자고 하는 것 같았다. 미쳐버리기 전에는 끝날 일이 아니라는 것 같았다.

정우가 아무리 감당하기 벅찬 일을 만들어도 민하가 있으면 견딜 것 같은 생각을 한 적이 있었다. 갑자기 정우가 쓰러져 수술을 받아야 했고 길고 모진 치료과정이 있었어도 덩달아 쓰러지지 않고 버틸 수 있었던 배경에는 그렇게 민하가 있었다.

　민하, 그는 동생 같은 사람이었다. 정우의 후배이므로. 대학과 직장의 후배였고 낯선 나라로 뒤따라 왔으니 이민의 후배이기도 했다.

　'형수님, 밥 좀 주세요.'

　그는 정우가 집에 있든 없든 불쑥 불쑥 찾아 와도 이상하지 않았고 식탁에다 수저만 놓으면 그대로 식구처럼 어울렸다. 정우를 따랐으므로 당연히 날 따랐고 그래서 내게도 동생 같은 사람이었다. 그 민하에게 어떻게 기댈 생각을 할 수 있을까, 아무리 타국의 삶이 외롭기로?

　정말 미치지 않고는 가능치 않은 일이었다. 그렇다면 민하도 미친 것일까? 그 또한 미치지 않고는 보일 수 없던 행동이었다. 그것도 정우 앞에서. 침대커버를 갈고 환자의 젖은 옷을 갈아입히며 나는 민하에겐지 내겐지 모를 화를 내고 있었다.

　"도와줘!"

　나 스스로 화가 난 채 움직이는 내 귀에 외마디 소리가 들려왔다. 램지 부인이 있는 방에서였다. 램지 부인은 침대 바닥에 넘어져 일어나지 못했다.

　"아야야 …"

　급히 간호사를 불러 일으켜 앉히려는데 자지러지는 소리를 냈다. 화장실에 가려다가 넘어진 것 같았다. 낙상은 뼈가 부실한 환자들에게는 치명적이다.

램지 부인은 간호사들이나 간병사들 사이에 잘 알려진 환자다. 그녀가 너싱홈에 처음 온 날을 기억하기 때문이다.

그 날은 크리스마스이브였다. 일부 환자들은 찾아 온 가족과 외출을 하고 있었고 너싱홈은 환자들을 위한 파티를 준비 중이었다. 정신이 맑은 환자들도 일하는 사람들도 크리스마스이브란 이유로 조금 들떠있던 분위기였다. 램지 부인은 그날 아들이 미는 휠체어를 타고 처음 너싱홈에 들어왔다.

'하고 많은 날 두고 하필이면 크리스마스이브야?'

사람들이 수군거리는데 아들이 엄마에게 말했다. '이제부터 이곳이 엄마가 살 집이야. 다시는 날 볼 수 없을 거야.' 라고. '또 올게.' 라던가 하는, 조만간에 또 만날 수 있다는 언질조차도 아들은 건네지 않았다. 엄마를 너싱홈에 데려온 아들이 하는 말치고 너무나 매몰차고 냉정해서 듣고 있던 사람들이 민망할 지경이었다. 더구나 크리스마스이브였다.

그 램지 부인은 몸은 불편해 휠체어에 의존해야 했지만 정신은 맑았다. 아들이 떠난 후 마치 말문을 닫은 듯 입을 다물었는데 그녀가 한 말은 오직 '단 일 달러도 안 줄 거야.'였다. 그것으로 그녀가 아들에 대해 얼마나 분노하고 있던 지를 사람들은 짐작할 수 있었다. 그런데 그 엄마를 너싱홈에 데려다 둔 아들은 다시는 나타나지 않는데 며느리가 자주 찾아왔다.

'아들도 외면한 시어머니를? 착한 며느리네.'

그것도 흔한 일은 아니어서 며느리가 오면 바라보는 사람들조차도 흐뭇해 인사를 건네기까지 했다. 며느리는 찾아 와 한참 얘기도 나누다 가고 가끔은 램지 부인을 모시고 외출해 식사도 하곤 하는 것 같았다. 램지 부인은 늘 며느리를 기다렸다.

너싱홈에서 램지 부인은 자신의 유언장을 다시 썼다. 정신이 맑았으므로 가능한 일이었다.

슬픈 너싱홈의 시작이었으나 사람들은 오래 그 일을 기억하지 않았고 기억할 수도 없었다. 사정은 제각기 달랐지만 램지 부인이 아니어도 환자들은 모두 가족을 두고 너싱홈에 와야 했고 무엇보다도 바쁘게 돌아가는 너싱홈의 일 자체가 사사로운 동정을 오래 마음속에다 두도록 하지 않았다.

그 램지 부인이 다쳤다고 아들이 찾아 올 리 만무한 일이었다.

'가엾은 부인.'

그러나 가엾다고 부인을 위해 해 줄 수 있는 것이 없다. 너싱홈에서 케어의 한계가 있는 증세라면 전문적인 진찰과 치료를 위해 환자를 병원으로 이송하는 것이 취할 수 있는 전부이다. 그래도 그 아들이 한 번은 엄마를 찾아 얼굴을 보여주기를, 그 며느리는 아들이 해야 할 일을 시어머니를 위해 계속할 수 있게 되기를 바랄 뿐이었다.

11

센스와 넌센스

아무 일 없었던 것처럼 병실은 고요했다. 마치 건강했던 그 때처럼 정우는 고른 숨을 쉬며 잠을 자고 있었다.

'아직 안 왔네?'

퇴근 후 한나절을 내가 집에서 쉴 동안 바지런한 수진이 와 정우 곁에서 휠체어를 밀어주며 얘기를 나누고 있을 시간인데 보이지 않았다.

수진이 와서 도란도란 말을 하며 오빠의 시중을 들 때 정우는 말 잘 듣는 아이처럼 순했다. 수진의 일방적인 말 걸기이지만 경청하는 정우의 표정은 늘 진지했다. 단발머리의 어렸던 여동생이 어느 사이 자라서 이젠 오빠의 대화 상대가 되고 있다는 사실에 마음 한편으로 몹시 흐뭇하리라. 그러나 자식도 낳고 한창 살림 사는 재미를 붙여야 할 동생이 이혼을 하고 자신의 병시중을 들고 있다는 사실 때문에 마음 아프기도 할 것이다.

시부모님이 연세 드셔서 얻은 늦둥이가 다 성장하는 모습을 보지도 못한 채 세상을 뜨신 바람에 나의 결혼생활은 수진과 함께 시작해야 했다. 그러니까 수진은 내게도 딸 같고 여동생 같은 존재였다. 그 수진이 이곳에서 공부를 마치고 결혼할 때 정우는 마치 딸을 시집보내는 아버지처럼 가탈을 부렸었다. 동생에 대한 남다른 마음 때문이었다.

수진이 결혼하겠다며 푸른 눈의 남자를 처음 데리고 왔을 때 정우는 마뜩찮아 했었다.

'저 눈 속에 무슨 생각이 들었는지 모르겠단 말이야?'

푸른 눈들이 사는 땅으로 삶의 터전을 옮겨와 그 푸른 눈들을 고객으로 둔 사람이 유독 여동생 짝으로의 푸른 눈은 경계했었다. 사람의 눈동자는 모름지기 검어야 한다는 듯 푸른 눈의 빛깔까지 가탈을 부렸다. 그러나 정우의 가탈과 상관없이 수진은 이미 그 푸른 눈에 빠져 침몰 중이었다. 어느 누구의 말도 귀에 들어가지 않을 때였다.

'수진을 사랑해요. 영원히 사랑할 거예요.'

정우라면 평생에 한 번 입에 올릴까 말까 하는 '사랑'을 푸른 눈은 입에다 달고 있었고 수진은 행복에 겨워했다. 오글거리던 '사랑'도 자꾸 들으면서 적응이 된 것일까, 속에다 꾹 넣어두고 표현할 줄 모르는 것보다 낫다는 생각이 들었다. 말이란 표현하라고 있는 것이었다.

결혼 생활은 적당히 화려한 수진의 취향과 어우러져 더없이 멋져 보였다. 주말엔 카티지에서 즐기며 호수에다 보트를 띄웠다. 덕분에 정우와 나까지 보트에 오르는 호사를 누렸으니 그것은 그렇게 못마땅해 한 푸른 눈 덕분이었다.

'이렇게 살 수도 있구나! 우리 이러다가 담배고 로또고 다 시시하다고 팽개치는 거 아니야?'

햇살에 반짝이는 물살을 가르는 보트에 앉아 와인 잔을 기울이며 정우와 나는 걱정 아닌 걱정을 했었다. 매일 담배를 팔고 로또를 파는, 매일 환자들을 바라지하는 정우와 내 눈에 그들의 삶은 경이로움 그 자체였다. 영화에서나 본 삶의 방식이었고 시작부터 남달랐던 결혼 생활이었다.

딴 세상의 사람들 같은 그들의 삶의 방식을 보며 웬만큼 푸른 눈에 대한 신뢰를 쌓아갈 즈음에 수진이 이혼을 선언했었다.

그 날, 이혼한다고 해 놓고 넋이 나간 듯 말도 잇지 못하던 수진이 '죽여 버릴 거야, 내가!' 라며 어금니를 다문 뺨을 부르르 떨 때 정작으로 골프 클럽을 집어 들고 뛰쳐나가려 한 사람은 정우였다. 사랑을 입에 달고 다닌 푸른 눈의 외도 때문이었다. 수진과 내가 양팔에 매달려 정우의 완력에 휘둘리고 있었을 때 민하가 와 저지하지 않았다면 푸른 눈에게 필경 무슨 일은 벌어졌을 것이고 정우는 그 참지 못한 성질의 대가를 철창 속에서 받았을 것임이 분명했다.

'미안해요, 오빠. 나 때문에 오빠가 병 얻었어.'

한바탕 이혼의 충격이 지나가자 이번엔 정우가 쓰러졌다. 수진은 저 때문에 오빠가 병을 얻었다고 자책했다.

정우가 당한 일은 수진이 생각하는 것처럼 정말 수진의 이혼으로 인한 충격 때문일까? 이혼과 정우의 일이 앞서거니 뒤서거니 하고 일어났으니 영향이 전혀 없다고는 할 수 없다. 그러나 설령 그렇다 할지라도 그것은 수진이 의도한 일이 결코 아니므로 수진 탓은 아니었다. 사노라면 이혼 같은 원치 않은 일은 얼마든지 만날 수 있고 그 일에는 수진도 피해자일 뿐이었다. 바로 눈앞에서 불륜을 저지르고도 용서는커녕 변명조차도 할 줄 모르던 푸른 눈의 그 비열한 태도에 수진이 받은 상처는 그 무엇으로도 꿰맬 수 없도록 크고 깊기 때문이다. 그 상처를 안고도 내색하지 않은 채 수진은 나를 도와 정우의 간병에 나섰고 남매의 유난스러운 깊은 정은 그래서 이해되는 일이었다.

"나 늦었어요, 언니."

마악 생각에서 벗어나려는데 수진이 조금 상기된 볼을 한 채 병실에 들어섰다. 수진의 손엔 쇼핑백이 들려 있었다.

"오빠는 잠들었네?"

쇼핑백을 바닥에 두고 먼저 정우를 살펴보던 수진이 말했다.

"쇼핑했어요?"

상기된 수진과 본 적이 없는 쇼핑백에 번갈아 눈길을 주며 물었다.

"아, 얼마 만에 가 본 백화점이었는지 몰라요."

수진이 이미 상기된 볼을 조금 더 붉히며 쇼핑백을 바라보았다. 수진의 목소리는 행여 정우가 단잠에서 깨어날까 한껏 낮춘 채였다.

"오빠 잘 동안 우리, 커피 마셔요, 언니."

어제 밤 내내 환자를 돌보면서 민하를 생각했고 퇴근을 해 집에서 쉬면서도 그 생각을 하느라 제대로 쉬지 못한 눈은 뻐근하고 머리는 맑지 못했는데 그래서 수진의 말이 반갑다.

수진은 나서며 쇼핑백을 챙겨 들었다. 자랑하고 싶은 모양이다. 쇼핑 좋아하는 사람이 백화점에 갈 겨를이 없었으니 갑갑하기도 했을 것 같았다.

정우가 단잠을 잘 동안 수진과 나는 아래층의 팀 홀튼에서 커피를 사들고 뜰로 나갔다. 뜰의 단풍나무는 끓어오르던 열정에 제풀에 그을린 듯 이제 볼품없이 오그라든 잎을 듬성듬성 매단 채 바람에 나부끼고 있다. 불붙은 것 같던 사랑은 기억에도 없다는 듯 초라한 모양새였다. 사랑의 끝이란 저런 것일까? 문득 허무했다.

"아, 세상은 이렇게 아무 일이 없는데..."

수진이 커피 컵을 들고 하늘을 향해 길게 숨을 토해내며 말했다. 정우의 일이 수진에게도 얼마나 큰 근심인지 그 한마디로 알 수 있었다. 의지했던 유일한 혈육이 무너져 다시 일어날 것이라는 희망을 주지 않기 때문이었다.

"그렇게 보일 뿐이겠죠."

아마도 그럴 것이다. 다들 아무렇지도 않은 것 같은 얼굴들을 하고 다니지만 지금 이 시간에 병원을 찾은 이 사람들은 분명 그들과 상관있는 그 누군가의 건강의 문제로 와 있을 것이다. 설혹 이곳이 병원이 아니라 하더라도 사람들의 표정으로 어떻게 그들의 속을, 사정을 알 수가 있을까? 한 점의 불안도 의혹도 없이 예사롭게 각자의 일터로 떠난 그날 아침, 정우에게 그 일이 있기까지의 그 아침도 평화로웠고 그 평화는 마냥 이어질 줄 알지 않았던가? 너싱홈에서도 잠시 정신이 돌아온 환자들은 내게 말했다. 넌 좋겠다, 젊고 예쁘고 건강해서. 나도 말이야, 한 때는 너 같았던 적이 있었단다. 엄청 사랑받았지, 라고. 그리 깊게 속을 파헤치지 않더라도 나는 치매에 걸려 너싱홈에다 몸을 맡기고 사는 환자들보다 더 막막하게 하는 젊은 남편, 정우를 두고 있는 것이 현실이었다.

"그럴까요, 언니? 그래도 잠시라도 커피 잔 들고 여유부릴 수 있어 좋아요."

수진의 얼굴에 분명한 이유를 알 수 없는 행복감이 스며있었다. 위험한 고비를 넘긴 정우로 인한 여유인지도 몰랐다. 아니면 쇼핑백 속의 물건과 관련이 있는 것일까?

"오늘은 민하 오빠가 늦네요?"

마치 당연히 와야 할 사람이 늦기라도 한 듯 수진이 말했다.

수진의 '민하' 라는 호칭만으로도 가슴은 요동을 쳤다. 그러면서도 한편으로는 발끈 심술도 일었다. 거침없이 민하의 행방을 말하고 마음대로 민하를 기다릴 수 있는 수진에 대한 심술이었다.

"아직 교대 시간 아니잖아요."

똑 같이 기다리는 입장이면서도 수진과 같을 수 없는 나는 조금

퉁명스럽게 대답했다.

"참, 그렇지."

수진은 금방 자신을 다스렸다.

피곤했다. 간밤 환자들 바라지를 하는 동안 내내 불쑥 불쑥 솟구치던 민하의 그 눈빛과 손목을 잡던 그 손아귀의 힘 때문에 힘들었다. 집까지 그 생각은 따라와 잠시라도 쉬어야 하는 시간에 제대로 쉴 수가 없어 눈동자는 기름 치지 않은 바퀴가 굴러다니는 것 같고 머릿속은 잔뜩 안개가 낀 것처럼 무겁고 아팠었다. 그런데 또 민하 얘기였다.

생각을 자르듯 커피 컵을 쥔 손에다 힘을 주었다.

"애린 언니는 이제 안 올까요?"

느닷없이 수진이 민하의 아내, 지금은 아이와 서울에 가 있는 애린을 언급했다. 아내와의 불편한 관계를 드러내는 일에 민하가 몹시 신중한 탓에 마치 금기인 듯 지금까지는 의도적으로 피한 것이 애린에 대한 언급이었다. 그런데 알게 모르게 함구의 대상이 된 애린의 근황이 수진에게는 깊은 관심이다. 애린의 일이 수진에게 관심이 되는 이유를 나는 이미 알고 있었다.

"스스로야 오겠어요, 민하씨가 데리러 가면 모를까."

민하가 데리러 가면 모를까 라며 구태여 하지 않아도 될 말까지 덧붙인 데는 지나치게 스스럼없는 수진의 말을 누르고 싶은 은근한 의도가 있었다.

민하가 데리러 오지 않는 한 한 발자국도 움직이지 않겠다는 것은 지금의 애린의 심정일지도 모른다. 그렇지 않고는 아이를 앞세워 서울로 간 애린이 한 해가 가까이 되도록 돌아오지 않을 리 없는 일이다.

"민하 오빠가 왜요?"

수진이 발끈했다. 숨기지 못하는 질투의 불덩어리가 수진의 눈에서 뚝뚝 떨어지는 것 같다. 이미 사랑에 빠진 여자의 시기다.

"부부잖아요. 이혼할 일 아니라면 그래도 가서 데려와야죠."

차마 노골적으로 화를 내지 못하고 수진의 숨결만 거칠어지는 것 같다.

미안했지만 일리가 없는 말은 아니다. 이민 생활에 적응을 하지 못해 아이 데리고 친정에 가 일 년이 되도록 오지 않는 아내와 이혼할 생각이 아니라면 당연히 남편이 가 설득을 하는 것이 순서다. 애린이 이혼을 내세우지 않으면서도 그렇게 서울에서 버티고 있는 것도 결국 민하로 하여금 데리러 오라는, 우회적인 싸인의 의미에 다름 아니었다. 그런데 그것을 수진은 이해하지 못했다.

수진이 어떤 심정으로 민하를 말하든 사랑에 빠진 심정이려니 하면 될 일에 일일이 갉아 기어코 시샘을 자극하고 마는 나 자신도 못마땅했다. 그것 또한 수진에 대한 시샘이었다. 지금 수진과 나는 시누올케 사이가 아닌, 한 남자를 사이에 둔 연적이다. 수진은 상상조차도 하지 않을 삼각관계였다.

"민하 오빠도 답답해. 그러니까 애린 언니가 고집을 부리지."

오늘따라 수진의 반응도 과하다. 그러니까 수진은 끝까지 애린과 민하의 관계를 부정적으로만 보고 싶은 것이다. 어쩌면 푸른 눈과의 관계를 비교하는지도 몰랐다.

카티지에서의 정사사건 이후, 수진이 푸른 눈에게 물었단다, 당신, 내게 할 말 없느냐고. 죽을죄를 지었노라 며 잘못을 빌며 용서 구하기를 기대했었고 그것은 잘못을 저지른 자의 당연한 태도였다. 사람이 마음 헷갈리면 때로 엉뚱한 일도 저지르기도 하므로 한 번의 지나간 미친바람으로 알고 덮고 갈 요량이었다.

'할 말 없어. 이혼해.'

그러나 푸른 눈은 용서는커녕 구구한 변명조차도 거절한 채 이혼부터 선언했다. 듣는 사람이 오글거리도록 '사랑'을 남발하던 푸른 눈이었다.

변명이 필요 없던, 너무나 명백하던 눈앞에서의 정사는 이혼으로 귀결된다는 사실을 변호사인 푸른 눈이 더 잘 알고 있었기 때문일 터였다.

사랑을 배신과 기만으로 갚은 푸른 눈에 대한 실망, 용서 한 번 구하지 않은 채 '이혼'으로 잘못을 인정하던 그 푸른 눈의 지극히 법적이던 처신으로 수진은 다시 한 번 깊은 상처를 받았었다.

'무슨 이런 경우가 다 있어?'

개나 하는 짓을 저지르고도 뻔뻔하던 푸른 눈의 방법을 정우도 이해하지 못했다.

이혼은 당연히 피해를 입은 자의 주장이어야 했고 잘못한 사람은 법 이전에 용서부터 구하는 것이 순서라는 사고를 가진 정우였다.

푸른 눈의 '할 말 없음'은 결국 수진에게 한 번 쯤 눈감고 용서할 여지조차도 허용하지 않는다는 의미였고 그것은 수진에게나 정우에게나 도무지 이해할 수 없던, 정나미 떨어지게 하던 낯선 땅의 방법이었다. 이민 와 이민을 후회한 첫 번째 일이 아마도 그 일이었으리라.

그렇게 이혼을 경험한 수진에게 애린과 민하는 이것도 저것도 아닌 어중간하고 이해할 수 없는 관계일 것이다.

"애들이 있잖아요."

내가 말을 했다. 애린과 민하의 관계가 결코 수진과 푸른 눈의 관계와 같을 수 없는 큰 이유이기도 했다. 만일 수진과 푸른 눈과의 사이에 자식이 있었다면 푸른 눈도 어쩌면 그렇게 모질고 어이없던 방법으로 수진에게 상처를 남길 수는 없었을 지도 몰랐다.

자신만만하던 수진의 눈빛이 낭패를 만난 것처럼 크게 한 번 흔들렸다. 늘 애린만 의식하느라 두 사람 사이의 아이란 존재의 의미는 미처 생각지 못한 것 같았다.

"그럼 나 이거 잘못 사 온 것 같네요, 언니?"

수진이 들고 있던 쇼핑백을 던지듯 툭 내려놓으며 말했다. 갑자기 꺾여버린, 듣기에 민망하도록 풀죽은 목소리였다.

"날씨도 추운데 남자가 혼자서… 안 됐기도 해서 겉옷 하나 샀거든요. 혼자일수록 입성은 남루하지 않아야 하잖아요."

"민하씨 옷이었어요?"

금방이라도 후루루 떨어지고 말 것 같은 눈물을 애써 눈 속에 가두고 있는 수진을 바라보았다. 거침없이 타오르던 민하를 향한 수진의 마음의 불길이 급기야 그러한 눈물에 제압된 것 같았다. 민하를 생각하며 옷을 사러 다닌 수진은 얼마나 행복했을까? 그러니까 애들을 들먹인 건 그 행복에다 얼음물을 끼얹은 형국이었다.

"입고 다니는 옷은 철지난 것이고, 애린 언니는 뭘 믿고 남자를 그렇게 팽개쳐 두는지... 어쨌든 정우 오빠를 그렇게 지극정성으로 돌보는 오빠를 몰라라 할 수 없잖아요."

이번에는 수진이 내 마음에다 얼음물을 끼얹는 것 같았다.

정신이 퍼뜩 들었다. 수진의 말은 일일이 옳았다. 왜 그 생각까지는 하지 못한 것일까? 매일 눈으로 보면서도 입은 옷이 철지난 것이란 걸 깨닫지 못했고 애린이 뭘 믿고 제 남자를 팽개쳐 두는가에 대해서도 생각지 못했고 정우를 그렇게 지극정성으로 돌봐도 워낙 형을 따르는 사람이니 그러려니 했었다. 고마움의 표시라면 당연히 내가 나서서 해야 할 일인데 엉뚱한 감정에 사로잡혀 정작으로 신경써야 할 일은 소홀히 한 셈이었다. 몹시 부끄러웠다. 시누를 상대로 시샘이나 느끼고 있던 나 자신이 어이없고 민망했다. 그리고 수진의 센스와 지혜가 부러웠다. 감정에 빠진 채였어도 할 도리를 할 줄 아는 사려 깊은 여성이었다.

"내가 해야 할 일을 했네요."

"누가 하면 어때요? 언니는 그럴 겨를도 없었잖아요."

나는 입을 다물었다. 수진 앞에서 내가 드러낼 수 있는 합당한 말을 찾지 못해서였다. 몹시 부끄러워서였다.

12

그 죽음 앞에서

제프가 갑자기 세상을 떠난 것은 내가 너싱홈을 떠나 있었던 낮 시간이었다. 교대 시간에 너싱홈에 당도했을 때 제프가 썼던 방은 이미 깨끗하게 치워져 있었다.

"....!"

"심장마비였대."

물끄러미 제프의 빈 방을 들여다보는 내게 마리가 말했다. 그것은 뒤통수를 한 대 얻어맞은 것 같은 충격이었는가 하면 심장이 찔리는 것 같은 통증이었다. 아침에 시중들어 식탁에 앉게 한 사람이 그렇게 죽어버리다니 어이없고 황당했다. 마치 돌보는 환자 모두가 한꺼번에 죽어버린 듯 휘휘했다.

죽을 아무런 준비가 없던 사람이었다. 툭 하면 울면서 '죽을 거야' 라고 했지만 그것은 사람처럼 살고 싶다는 그만의 표현이었다. 치매

와 고혈압을 앓고 있었지만 심장마비라는 복병이 그를 기다리고 있을 줄은 몰랐다. 문득 며칠 전 시트자락을 목에 감고 낑낑대던 제프의 피가 몰린 시뻘건 얼굴이 스쳤다.

모닝케어를 위해 노크소리를 내는 일조차도 미안해 아주 조심스럽게 제프의 방엘 들어갔는데 당연히 자고 있어야 할 제프가 침대에 엎드려 용을 쓰고 있었다. 제프가 수음이라도 하는 줄 알고 조용히 다시 나가려다가 불현듯 멈췄다.

모닝케어를 위해 무심코 방에 들어서면 제프가 혼자 가쁜 숨을 몰아쉬고 있을 때가 있었다. 금방이라도 부러질 것 같은 농익은 바나나 같은 것을 쥐고 진땀을 흘리는 제프를 본의 아니게 보게 되면 그만 기겁을 하고 문을 닫곤 했다. 그런데 그것이 아니었다. 엎드린 제프의 목에 침대 시트자락이 감겨져 있었다.

'뭐해요, 제프?'

제프는 엎드린 채 쓸 수 있는 한 쪽 팔과 다리로 목에다 매듭을 매고 있었고 얼굴엔 이미 붉게 피가 몰려 있었다.

'죽을 거야!'

시트를 목에 감은 채 제프가 신음하듯 뱉었다.

평화롭게 흐르던 피가 순식간에 증발해버린 것 같았다. 덜덜 떠느라 마음대로 움직이지 않는 팔로 무엇부터 해야 할지 순간적인 판단조차도 할 수 없었다. 그 경황에도 침대 시트로 목을 매려한 정우 때문에 수진이 울며 한 바탕 소란을 일으킨 일이 떠올랐다. 정우와 제프는 정말 죽고 싶어서 목을 맨 것일까? 어쨌든 제프의 목에 둘러진 것부터 풀어야했다.

불편한 한 손과 다리로 얼마나 조였던지 매듭은 쉬이 풀리지 않았다. 아마도 내 손이 떠느라 제대로 풀지 못했을 수도 있었다.

'왜요, 제프, 왜 죽으려고 요!'

가까스로 다 푼 후에야 가슴을 쓸며 내가 소리쳤다. 이유는 사실 들을 필요도 없었다. 잠시 맑은 정신이 돌아올 때 제프가 자신의 병 때문에 고통스러워한다는 사실은 나도 알고 있었다. 붙잡고 몸부림 하는 맑은 정신은 수시로 혼란을 일으키고 한쪽 수족은 이미 쓰지 못하는 상태였다.

'이게 사는 거야, 선아?'

매듭에서 풀려난 제프가 울기 시작했다. 툭하면 울기부터 하는 제 프 때문에 짜증이 났다. 환자들을 아직 다 깨우지도 않았는데 물에 허우적대다 나온 듯 몸은 땀으로 젖고 전신의 기운마저 빠져 달아난 건 전적으로 제프 때문이다.

'여긴 감옥이야. 당신들은 잠도 못 자게 하잖아!'

'....!'

그러니까 제프의 자살기도는 수시로 맑은 정신과 알츠하이머 사 이를 오가는 회복될 수 없는 자신의 병 때문이 아니라 새 규칙 때문 이란 뜻이었다. 간병사들도 선뜻 나서지 못하는 일에 제프가 목숨 을 걸었다는 의미였다.

'그렇다고 죽어요?'

우는 제프를 우두커니 바라보다가 마음 같지 않은 핀잔을 주었다.

제프가 엉엉 소리 내어 울기 시작했다. 툭하면 우는 심약한 사람이 평생 판사 일은 어떻게 감당했는지 알 수 없는 일이다. 목욕을 시키고 옷을 갈아입혀 휠체어에 태웠다. 휠체어에서 제프는 곧 순한 환자가 되었다.

맑은 정신보다 정말 환자 같은 제프의 모습에 나는 오히려 안심했다, 그 정신으로는 목을 맬 일은 없을 것이므로.

죽으려 했지만 그것은 살고 싶다는 다른 몸짓이었음을 알고 있었다. 그는 자신의 방에서는 담배 한 대도 술 한모금도 입에 대지 못하도록 하는 너싱홈의 규율을 유독 못 견뎌했고 자기 의지대로 뭔가를 하고 싶어 했고 자유를 갈구 했었다. 그것은 곧 살고 싶다는 다른 표현이었고 살되 사람답게 살고 싶다는 의지였다. 순한 너싱홈의 환자로 변화해 가는 자신을 유난히 못견뎌하던 사람, 평생 자신이 구속한 사람들의 인과응보로 자유가 없는 너싱홈에 갇혀 있다며 맑은 정신일 때 자신을 긁던 제프였다.

"가엾은 제프! 그 때 숨겨둔 그 술, 마음껏 마시게 할 걸."

그 간절해 한 것을 하지 못한 채 울던 그 모습이 떠올랐다. 무료한 너싱홈에서의 술 한 모금은 수시로 떠오르는, 자신이 선고한 수형자들을 잊게 하는 묘약 같은 것이었을 것이다. 그리고 금지된 일을 은밀하게 해 냄으로써 쾌감을 느끼게 하고 무엇보다도 가족과 떨어져 홀로 병상에서 씨름하는 슬픈 자신을 잊게 하는 그 무엇이었으리라. 뒤늦게 마음 아프게 하는 것이 어디 술 한 모금뿐일까? 늦잠을 자고 싶어 하던 그를 일으켜 씻긴 일이며 맑은 정신이 돌아 왔을 때 보이기 꺼려하던 그의 아랫도리를 목욕이란 이유로 드러내게 한 일

등은 그가 싫어한 일이었음에도 청결이란 규율을 앞세워 저지른 유린이었다.

간밤에도 울었지만 다른 환자를 돌봐야 했기에 병실을 떠났었다. 그리고 잠시 짬이 나 제프가 잘 자는지 확인을 했을 땐 잠이 든 것 같아 안도를 했었다. 잘 자고 일어났으리라 여긴 제프를 씻기고 새 옷을 갈아 입혀 아침 식사를 위해 휠체어에 앉게 한 후 퇴근을 했는데 불과 몇 시간 후에 영원히 눈을 감으리라고는 생각지 못했다. 근무 중에 그 일을 만났다면 제프의 마지막을 내 손으로 보살펴 줄 수 있었을 텐데 그 일도 안타까웠다.

돌보던 환자가 운명하면 간병사가 먼저 환자의 눈을 감기고 몸을 닦은 후 옷을 갈아입혀 떠나게 한다. 너싱홈을 감옥으로 느끼지 않는 유일한 순간이 내가 곁에 있을 때라던 제프의 마지막 순간을 함께하지 못해 몹시 미안했다.

"잊자, 선아. 우리 손 떠난 환자들 다 기억하면 우리도 온전한 정신으로 견딜 수 없어."

마리가 위로했다.

환자들은 '그 먼 나라에 꼭 가야겠니?' 라며 차마 붙잡지는 못하고 돌아서서 눈물을 닦으시던 노모 같은 분들이지만 마리의 말처럼 감상적인 생각에서 벗어나지 못한다면 하루도 이 일을 해 낼 수 없을지도 모른다. 너싱홈이 지시하는 규율을 지키며 적당히 이성적이어야 감당할 수 있는 일이다.

그러나 제프의 갑작스러운 죽음은 여전히 충격이어서 일이 손에 잡히지 않았다. 제프를 위해 내가 해야 하고 할 수 있는 일이 더 있을 것 같은데 느닷없이 기회를 빼앗긴 것처럼 허탈했다. 제프에게서 정우의 모습을 보았기 때문이다.

'관심'

마냥 슬퍼할 여유조차도 없이 그러함에도 동동거리며 환자들 방을 오가며 살펴야 하는 내 머릿속으로 문득 '관심'이란 단어가 맴돌았다. 좀 더 눈여겨보고 좀 더 많은 시간을 제프에게 할애할 수 있었다면 이토록 마음이 허하지는 않을 거라는, 후회를 동반하는 단어였다.

그 '관심' 이란 단어가 정우에게도 머물렀다. 누군가 찾아가지 않으면 종일 홀로 제한된 병실에서 누워있어야 하는 사람. 제프처럼 갇힌 공간에서 세상에 대해, 사람에 대해 관심을 갖고 또 관심을 받기 원하는 사람. 정우에게도 필요한 것이 관심이었다. 그것은 몇 알의 약과 재활치료만큼이나 중요한 그 무엇이었다. 그리고 지금이야말로 정우를 위한 결단을 할 때란 생각도 머릿속으로 스쳤다.

제프에 대한 기억과 씨름하며 보낸 밤이어서 더 피곤한 몸을 끌고 집에 가서도 쉬이 잠을 이룰 수 없었다. 힘겹게 눈을 붙였다가 병실을 찾았는데 수진과 민하가 정우의 침대 앞에 둘러앉아 있었다. 침대를 세워 기대고 있는 모습이 마치 정우가 대화에 동참을 하고 있는 것처럼, 관심의 중심에 있는 것처럼 보였다. 마치 시간 가는 줄 모른 채 거실에 앉아 두고 온 내 땅에서의 이야기며 이민초기의 낯설었던 일들을 반은 웃으며 반은 눈물지으며 나누던 그 때 같았다.

'인생 참 알 수 없는 거야. 우리가 이 땅에 와 담배팔고 있을 줄 누가 알았겠느냐고?'

'이민 안 했더라면 지금쯤 형은 사장이 돼 있을 거야.'

적당히 술기운까지 오르면 두 남자는 말이 많아지면서 적당히 허풍도 허세도 부렸다. 다 포기하고 왔으면서도 '그곳에 있었다면 분명히', 라는 가정에 사로잡혀 자신들이 한 때 꾸었던 꿈의 자리에 앉아보는 황홀경에 사로잡히곤 했다.

'이제야 하는 말이지만 사장자리 한 번은 꿰차고 싶다는 욕심이 있었지.'

'내가 형 믿고 목에 힘 준 거 모르지?'

알큰하게 술기운이 들어가면 세상에 모르는 것이 없고 세상에 가능치 않은 것이 없던 것이 두 남자의 말투였다.

'아이고 원통해라, 사장 사모님 소리 한번 들을 수 있었는데 놓쳤네!'

뜬구름 잡는 것 같은 공허한 소리로 두 남자가 주거니 받거니 하면 나는 졸다가 한 번씩 끼어들곤 했다.

남자들이 목소리를 높이면 맨 날 그 소리가 그 소리다 싶어 나는 옆에서 꾸벅꾸벅 졸고 애린은 홀짝홀짝 와인을 마셨다. 취하기만 하면 '차라리 돌로 쳐!' 라며 민하를 긁던 애린이 두 남자가 회사 얘기를 할 땐 이상하게도 입을 다물었다. 아무 할 말이 없다는 듯, 아니 너무나 할 말이 많아 드러낼 수 없다는 듯 그렇게 입을 다물고 눈을 내리깐 채 술만 들이켰다. 두 남자가 일했고 애린은 민하와 결혼을 하고도 비서로 일한 회사였다.

그래서 회사 얘기가 나올 때는 이제 그만하라고 두 남자에게 눈치를 보내면 이미 얘기에 도취한 정우와 민하는 애린이 왜 회사 얘기만 나오면 입을 다무는지를 염두에 두지 않았다. 실은 두 남자가 만났다하면 지난 얘기에 소리를 높이는 것이 이해가 되기는 했다. 이 고적한 이민 생활에서 지난 삶의 얘기, 특히 남자들에게 군대 얘기와 회사 얘기를 제하면 무슨 할 말이 있겠는가? 더구나 정우와 민하는 같은 대학, 같은 회사에 다녔으므로 공통으로 나눌 얘기는 무궁무진 하던 터였다.

정우를 중심으로 민하와 수진이 앉아 얘기를 나누는 모습이 바로 그 때를 연상하게 했다. 두고 온 것들에 대한 아쉬움과 그리움을 마음껏 드러낼 수 있었던, 참 평화롭고 넉넉한 저녁들이었다. 두고 온 그리움들은 늘 몇 배로 더 미화하고 마음에 맺혀 속을 긁던 것들은 몇 배로 더 악질로 둔갑시켜 무자비한 말의 융단폭격을 퍼부어도 결코 남의 귀에 새어나갈 일 없던, 저녁들이었다. 그러나 그 때는 그 저녁들이 얼마나 아름다웠는지를 알지 못했다.

"언니!"
수진의 말소리가 애린을 들먹이던 어제 같지 않게 후우 불어 날린 비눗방울 같다. 민하가 곁에 있기 때문이다. 민하와 정우는 눈으로 웃고 있었다.
"재미나는 얘기 중이었나 봐요."
나는 정우 곁으로 가 이미를 짚어보고 손도 잡아본다. 아무 표정이 없어도 그 눈빛 속에 반가움을 품고 있다는 것을 느낄 수 있다. 민하가 없으면 민하를 기다리고 내가 없으면 나를 기다리는 눈이다.

"피곤해 보이네, 언니. 커피 좀 사 올까요?"

눈치 빠른 수진이 정우와 민하까지 두루 돌아보며 물었다.

"형수님 모시고 갔다 올래? 나는 형하고 놀게."

이럴 때 민하는 눈치가 빠르다. 민하의 마음을 짐작할 수 있었다, 저로 인해 내가 불편해 하고 있다는 것을 이미 알고 있을 민하의 그 속마음을.

수진과 나는 아래층의 팀 홀튼에서 커피를 들고 뜰로 나갔다.

"아, 이래서 사람들은 커피를 마실 거야."

더운 컵을 들고 향기를 음미하며 수진이 지그시 눈을 감았다. 코 망울이 찬 기운에 발그레하다. 수진의 얼굴에 정우로 인한 근심은 다 떠나고 지금 누리는 향기로운 커피가 주는 행복감과 싱그러움만 가득 찬 것 같다. 아닐 것이다, 그것은. 수진이 거침없이 내뿜는 저 기운은 한 사람을 향한 더운 마음일 것이다.

수진과 나는 목덜미로 스미는 찬 기운을 머플러로 여미며 바닥이 찬 벤치에 나란히 앉았다. 찬 공기여서 더운 커피 향은 더 진하고 입속에서 향기롭다.

"그런 일이 있었어요, 언니? 그래서 피곤해 보였구나."

제프의 죽음을 전하자 수진이 미간을 찌푸렸다. 헝클어진 긴 머리칼을 한 중년의 여자가 한 쪽에서 담배를 태우고 있다. 뭔가 속에 찬 근심을 담배로 태우는 것 같았다.

'누가 아픈 것일까?'

그 누군가 때문에 태우는 근심일 것이다. 얼굴에 묻은 근심이 담배연기처럼 날아 흩어졌으면 좋겠다. 문득, 술 한 모금을 제대로 마시지도 못한 채 슬피 울던 제프가 떠올랐다. 그 때 제프에게 술 한 모금은 너싱홈에서 버텨낼 힘이었거나 숨쉬기였을 것이다, 저 중년 여자가 입에 문 한 개비의 담배처럼.

자신이 선고한 형량만큼 감옥을 살아야 한, 죄를 지은 사람들에 대한 미안함을 술 한 잔으로 다스렸다던 제프는 얼마나 인간적이던 가? 만일 제프가 너싱홈을 경험하지 않았다면 자유가 없는 작은 공간에서의 수감생활은 결코 이해하지 못했으리라. 냉정하고 매몰차 과연 더운 피가 흐르는 사람인가 싶던 제프의 가장 깊은 곳에 감춰진 따스함은 그렇게 너싱홈의 삶을 통해 비로소 드러날 수 있었다.

"이제야 조금 나아지네요. 제프 때문에 우울했거든요."

"다행이에요, 언니."

마치 노래하듯 수진이 말했다. 민하로 인해 수진의 목소리에는 멜로디가 스며있음을 나는 안다. 그 민하와의 기억으로 내 마음은 지금도 한 번 휘저어진 듯 혼란스럽다. 정우 발목을 잡고 그 미친 짓을 저지르고도 여전히 아무렇지도 않은 듯 그 앞에서 웃고 얘기하는 민하와 나, 아는 듯 모르는 듯 그러함에도 그 시간을 기다릴 수밖에 없는 정우. 만일 제프가 살아 있다면 그가 내릴 수 있는 가장 무거운 형량을 내게 선고하리라.

한결 가벼워진 기분으로 정말 하고 싶었던 말을 수진에게 하고 싶었다. 정우의 남은 삶을 제프를 통해 미리 보았으므로 그 길로는 가게 할 수 없다는 말이었다. 이미 수없이 생각으로, 너싱홈에서의 일로 마음을 다잡고 있었지만 말로 드러내어 기정사실화 한 적은 없었다. 지금이 그 때인 것 같았다. 어차피 수진도 알아야 할 일이었다.

"퇴원 준비를 해야겠어요."

갑자기 퇴원을 언급했으므로 커피 한잔을 마음껏 음미하던 화사하던 수진의 얼굴이 급히 얼어버렸다. 언 표정을 풀지 못한 채 나를 바라보았다. 그 눈 속으로 설핏 두려움이 스쳐 지나가는 것 같았다.

퇴원 후의 정우의 거처는 차마 드러낼 수 없는 근심으로 수진의 가슴속에 가라앉아 있을지도 몰랐다. 바로 오빠의 남은 삶에 대한 결정이기 때문이었다.

"너싱홈으로 요?"

노래하듯 멜로디가 스몄던 목소리가 갑자기 초연하고 슬픈 음색으로 바뀌었다.

"집에 가야죠."

"집이요? 너싱홈이 아니고요?"

수진이 놀라다 못해 어리둥절한 눈으로 날 바라보았다.

"예, 집으로."

내가 '집'에다 강세를 더했다.

오래 살아 손발에 익숙하고 친근할 곳. 그곳에는 건강했을 때 자신이 했던 집안일들이 있고 그 일들이 정우를 기다리고 있다. 아이들이 뒹굴며 놀았던 뜰의 잔디가 자라면 깎아주고 싶을 것이고 체리

나무 아래서는 체리를 따던 시절을 맞고 싶을 것이다. 손길이 필요한 집안 곳곳은 일일이 잔손질하던 그의 습관을 다시 일깨울지도 모른다. 정우에게 집은 단순히 익숙한 거처의 의미이기 전에 뭔가 하고 싶다는 의욕을 불러일으킬 곳이고 그것은 곧 삶에 대한 관심일 것이었다.

"집에 가고 싶을 거예요."

내가 말했다. 정우가 만일 말을 할 수 있게 된다면 '집에 가고 싶어!'란 말을 가장 먼저 하고 싶을지도 모른다.

"일은 어쩌고요?"

수진은 여전히 어리둥절해 하는 표정이었다. 정우로부터 잠시라도 벗어나 쉬라고 했음에도 너싱홈에 복직을 한 것을 두고 내가 너싱홈 일에 애착을 느낀다고 생각했을 것이다.

"트레이닝은 그것으로 충분해요."

"트레이닝? 무슨 뜻이에요, 언니?"

수진은 이제 내가 무슨 말을 하는지 도무지 알아들을 수 없다는 듯 다가앉았다. 정우를 위해 내가 구체적인 준비를 하고 있었다는 사실을 수진이 알 리 없었다.

"몸도 마음도 준비와 다짐이 필요하잖아요, 집에서 간호하려면."

"언니!"

그 때서야 수진이 한 손으로 덥석 내 손을 잡았다. 어리둥절해 하던 눈에 금방 눈물이 고였다.

정우의 퇴원결정에는 실은 제프의 죽음이 준 충격이 한몫을 했고 다른 하나는 민하를 향한 감정의 싹을 자르려는 의미가 있었다.

제프의 모습에서 나는 정우의 장래를 보았다. 낯가림이 심한 정우가 가족과 떨어져 너싱홈에 있을 때 보일 수 있는 모든 것은 이미 제프가 보여준 것들이었다. 다르다면 제프는 속에 든 말을 드러낼 줄 알았고 정우는 아직 드러낼 줄 모른다는 것이었다. 말로 드러내도 다 들어 줄 수 없는 너싱홈에서 소리조차도 내지 못하는 정우가 가서 겪어야 하는 일은 구태여 상상해 볼 필요도 없다. 정우는 더디게 드러내는 환자이므로 기다리며 들어줘야하고 그것은 집에서나 가능한 일이다. 나는 그 시간을 정우와 나누고 싶은 것이다.

그리고 집에 가는 다른 이유 하나는 민하를 향해 대책 없이 자라는 싹을 차단하려는, 차마 말로는 드러낼 수 없는 안전장치이기도 하다. 정우와 함께 함으로써 민하를 단속하고 무엇보다도 정우에게다 나 자신을 묶어두려 한다. 어느 누구도 비집고 들어올 수 없도록, 다시는 흔들리지 않도록 정우에게다 고정시켜두려는 의도다.

"그래도 언니 혼자는 힘들어요."

"아가씨도 있잖아요."

"그렇구나, 나도 있구나!"

갑작스런 집으로의 퇴원 선언에 어리둥절해하던 수진이 그 때서야 화사하게 웃었다. 만개한 꽃 같았다.

"또 어떻게 알겠어요, 집에 가면 어느 날 벌떡 일어나게 될지."

꽃 같은 얼굴로 바라보는 수진을 향해 내가 여유를 부렸다, 농으로. 그것은 희망사항이기도 했다.

13

고양이 목에 방울달기

    간병사들 사이에 은밀하게 오가던 불만이 제프의 죽음으로 구체적인 소리가 되어 드러나기 시작했다. 제프가 유달리 너싱홈의 규율을 못 견뎌했다는 사실을 간병사들은 알고 있었다. 그러니까 제프의 죽음을 계기로 환자들과 간병사들의 주장을 관철하겠다는 것이었다. 그래서 늘 말없이 환자의 손발이 되어 움직이던 간병사들은 구석구석에서 은밀한 대화를 나누기 시작했고 결국 모종의 합의를 하기에 이르렀다. 그것은 새 지침의 부당함에 대한 항의였고 간병사뿐 아니라 환자들의 인권을 위한 것이었으므로 설득력이 있었다. 간호사들 모르게 암암리에 의기투합한 간병사들은 무엇보다도 누가 고양이 목에다 방울, 즉 부당한 새 지침에 대한 불만을 간호원장에게 전달을 할 것인가 하는 의견을 나누기에 이르렀고 그 일에 간병사들은 하나같이 흑진주 마리를 떠올리고 있었다. 그녀는 누구보다

120

도 새 지침의 부당함을, 그것으로 환자의 인권이 침해를 당하고 있음에 흥분을 한 사람이었다. 그런데 간병사들의 건의는 그것을 수렴해야 할 간호원장 앞에서가 아니라 뜻밖에도 의협심에 불타던 흑진주 마리 앞에서 좌절을 맞아야 했다.

"싫어, 아니 못해."

뜻밖에도 마리가 그 역할을 거부했기 때문이었다. 마리가 나서야할 일은 간병사들과 환자 모두를 위한 행동이란 것을 마리 자신이 더 잘 알고 있었다. 시간에 쫓기며 고분하지 않은 환자들을 씻기고입히느라 마리가 지친 탓인지도 몰랐다.

"못해? 왜?"

동료 간병사들은 입을 다물지 못했다. 마치 믿은 사람에게 뒤통수를 얻어맞기라도 한 듯 모두 어이없어했다. 고양이 목에다 방울 다는 일은 당연히 내가 한다며 누가 시키지 않아도 마리 스스로 나설 것이라고 믿어 의심치 않던 간병사들이었다.

"이건 간호가 아니라 학대란 거 마리도 알잖아."

간병사들은 너도나도 나서서 마리를 다그쳤다. 이제 곧 너싱홈을 그만 둘 것이므로 나는 나서서 참견하고 싶지 않았다.

"알아도 난 못해!"

뜻밖에도 마리의 생각은 요지부동이었다. 환자의 인권에 거품을 물며 누구보다도 흥분하던 마리였다.

"우리 모두 네가 할 수 있을 거라고 믿고 있어, 마리!"

너싱홈이 일방적으로 새 지침을 내렸던 것처럼 간병사 한 사람이 또 강압적인 어조로 마리를 몰아붙였다.

"이러지 마, 난 못해."

그러나 마리는 더 완강했다. 그녀의 검은 눈동자엔 더 이상 범접할 수 없는 꼿꼿한 고집이 날을 세우고 있었다.

"농담 아니었구나, 너?"

급기야 내가 나섰다. '너, 인권 변호사 맞니?' 란 비아냥거림이 내 말에 묻어 있었다. 조국에서는 변호사, 그것도 억울한 사람들의 편에 서서 일했다는 사람이 정작 행동으로 보여야 할 환자를 위한 일에는 매몰차게 거절하니 그 말이 마리의 말이어서 더 어이없었다.

"농담 아냐!"

마리는 내 말에도 선을 분명히 했다. 마리의 날렵한 말과 눈빛에 헉, 하고 내가 주춤 물러섰다. 문득, 로즈가 아무 이유 없이 마리를 무시한 것은 아니었을 것이란 생각이 들었다. 알고 보니 흑진주는커녕 유리구슬도 되지 못했다. 마리에게 처음으로 실망하는 순간이었다.

"나, 남편 없이 애 셋 키워."

그 마리가 갑자기 목소리와 함께 날을 세운 눈빛을 꺾었다. 급히 꺾인 마리의 눈빛이 흡사 영문도 모른 채 꼭두새벽부터 씻기고 입히고 휠체어에 앉혀 불안해하는 환자들의 그것 같았다.

"…!"

마리 하나를 코너로 몰아 기어코 고양이 목에다 방울을 달게 하려던 간병사들 모두 주춤 한 발 물러서는 순간이었다.

"여기 아니면 나, 갈 데 없어. 흑진주여서 더 고단하다는 거 알잖아."

"...!"

그러니까 고양이 목에다 방울을 달자고 아비 없는 아이들의 밥줄을 자를 수는 없다는 것이 마리의 말이었다.

실망으로 외면하려던 내 뒤통수를 마리가 모질게 한 대 친 것 같았다. 얻어맞은 것 같은 멍한 표정으로 마리를 바라보았다. 인종차별의 수모에 시달린 절박한 눈이 날 바라보고 있었다. '넌 친구면서 날 그렇게도 모르겠니?'하는 원망어린 눈빛 같았다.

전혀 예기치 않은 이 상황에서 나도 마리에게 뭔가 말을 해야 하는데 알맞은 말을 생각해 낼 수가 없었다. '그래서 너만 살자고 도망 왔니?' 란 말은 튕겨져 나오려다가 진작 목구멍에서 걸려버렸기 때문이었다. 그렇지 않다 하더라도 잡다한 말이 필요한 상황이 아니었다. 목구멍에서 튀어나오려는 할 말이 있어도, 할 말이 없어도 몹시 난감할 수밖에 없는 순간이었다.

'미안하다, 마리. 내가 너였어도 그렇게 말했을 거야, 못 한다고.'

차마 소리로는 드러내기 민망해 눈빛으로 겨우 말했다. 외줄타기 같은 밥줄 위의 마리를 두고 흑진주니 유리구슬이니 하며 흔들어댄 것이 몹시 미안하고 부끄러웠다.

나를 포함한 간병사 모두가 마리만 믿었으므로, 그리고 마리 대신 나서서 방울을 달겠다는 사람은 아무도 없었으므로 새 지침에 대한 불만은 각자의 밥줄에 가려져서 있어도 없는 듯 흐지부지되고 말았다. 그것은 환자들이 계속 새벽잠을 누릴 수 없다는 의미였고 간병사들은 여전히 고달파야 한다는 의미이기도 했다.

14
*

그 집, 너싱홈

이제 나는 너싱홈에서의 퇴직을 준비한다.

너싱홈에서의 퇴직은 정우와 함께 집으로 가기 위한 준비이기도 하다.

정우는 환자들과는 다른 정신적인 무게로 날 짓누를 것이다. 비록 불발로 끝나긴 했지만 너싱홈에서 불만이 있을 때는 간병사들끼리 하소연이라도 할 수 있었지만 집에서는 아무리 벅차도 철저히 내 몫이다. 그 무게에 짓눌려 신음이 비어져 나올 때는 재택간호의 선택을 후회하게도 되리라. 그러나 지레 염려할 필요는 없다, 그 일은 그 때 생각할 일이므로.

여느 때처럼 너싱홈을 나선 나와 마리는 건너편 맥도날드에 앉아 모닝커피를 들고 있다. 길 건너 편 너싱홈엔 지금쯤 아침 식사를 마친 환자들이 졸거나 더러는 휠체어에 앉아 무료한 시간을 보내고 있을 것이다.

"너무 슬프지 않아, 남은 인생을 저곳에서 보내야 한다면?"

커피 컵을 든 채 너싱홈 쪽으로 시선을 주고 있는 마리가 질문인지 답인지 경계가 모호한 말을 했다. 마리도 너싱홈의 정경들을 머릿속으로 그리고 있었음이 분명하다.

"슬프지, 슬프고말고. 가족도 없이 남은 삶을 살아야 하는데."

내가 말했다. 가족 없이 홀로 저곳에서 살아야 한다는 사실만으로도 가슴이 미어질 일인데 엄연히 존재하는 가족을 없는 듯 잊어야 남은 삶이 덜 괴로운 곳이 저곳이다.

"나이 들수록 가족이 필요한데 왜 가장 필요로 할 때 저곳에 가야 하는 걸까?"

오늘은 마리의 질문이 많은 날이다. 그러나 답을 몰라서 하는 질문이 아니란 사실을 나는 안다. 그냥, 슬퍼서, 환자들의 노년이 너무 슬퍼서 하는 말이다.

그 슬픈 노년을 맞아야 했던 내 엄마를 나는 또 떠올리고 있었다.

몇 년 전, 오빠 내외가 엄마의 거처를 요양원으로 옮긴 후 나는 서울을 찾았다. 내 엄마가 요양원에 계시기 때문일까, 오랜만에 우리 땅을 찾은 내 눈에 이민을 준비하던 그 때는 없던 요양원이란 간판이 도시에도 시골에서도 눈에 띄었다. 노인 인구가 증가하고 바쁜 사회의 구조가 요양원 증가에 일조했을 것이다.

엄마가 거하시던 요양원은 서울 근교의 한 병원에 부속된 곳이었

다. 겉보기엔 시설 좋은 휴양지처럼 수목이 아늑하게 둘러져 있고
뜰엔 갖가지 봄꽃으로 화사했다. 그러나 아무리 휴양지 같은 시설이
어도 자식과 떨어져 살아야 하는 엄마에게 주변 자연의 아름다움은
아무 것도 아닐 것만 같았다.

엄마는 평생 오빠와 나, 그리고 내가 결혼하고 이 땅으로 이민을
온 후부터는 오직 오빠 식구들과 그 세계가 전부인양 사신 분이다.
오빠 집을 벗어난 낯선 곳에서는 결코 마음 붙이고 살지 못하실 분
이었다. 그렇게 사신 적이 없으므로.

요양원은 깨끗하고 고요했다. 실내에는 가동되지 않던, 그러나 산
산한 날씨에는 분명 따스한 온기로 그 주변으로 환자들을 불러 모을
벽난로며 벽에 걸린 좋은 글귀가 적힌 그림 하나까지 분위기를 밝고
따스하게 했다. 그러나 환자들에게 그 좋은 글귀가 얼마나 좋은 글
귀가 될지 나는 짐작할 수 없었다.

벽난로를 비켜 묵직하게 버티고 있는 대형 티브이 스크린을 중심
으로 환자들은 휠체어를 탄 채 또는 깊은 소파에 몸을 묻은 채 눈길
을 주거나 졸고 있었고 한 부인은 탁자에 앉아 뭔가를 쓰고 있었다.
아마도 머릿속에서 자꾸만 사라지려는 글자를 놓지 않으려 쓰고 있
을 것이다. 로즈가 소리로서 기억을 붙잡으려 한다면 부인은 쓰면서
기억에 매달릴 것이다.

그 속에 엄마는 없었다. 엄마는 두 사람이 거하는 방의 침대에 작
은 몸을 웅크린 채 모로 누워계셨다. 엄마의 방에 엄마의 것이라 짐
작되는 것은 침대 옆 작은 탁자와 접어진 채 세워진 휠체어가 전부
였다. 엄마의 소지품은 그것이 무엇이든 두 쪽으로 된 탁자 문을 열

면 그 속에 있을 것이 분명했다. 여든 해를 사신 엄마가 최종으로 지닌 그 무엇의 부피의 소박함이 몹시 슬펐다. 야월 대로 야윈 엄마의 작은 몸피보다 큰 무게의 덩어리 하나가 콱 가슴을 틀어막았다.

'누구세요?'

내가 비어져 나오려는 울음소리를 입술로 누른 채 짧게 잘린 무명실 같은 머리카락이며 움푹 꺼진 볼을 쓰다듬자 힘겹게 눈두덩을 밀어 올리며 엄마가 말했다.

'누구세요?'

엄마는 나와 눈길을 맞추고서도 날 알아보지 못하셨다. 불안해 보이는 엄마의 눈동자가 그 경황 중에서도 집요하게 날 붙잡았다. 엄마의 생각의 중심에 내가 있었다는 증거였다.

'선아예요, 엄마!'

집 잃은 텃새 같은 엄마의 어깨를 끌어안고 울기 시작했다. 내가 엄마의 움푹 꺼진 뺨을, 앙상한 손을, 젖은 새 날개 같은 어깨를 쓰다듬으며 흐느껴도 도무지 모르겠다는 듯이 물끄러미 바라보기만 했다.

'우리 선아, 알아요? 우리 선아 어딨어요?'

엄마가 고개를 치켜들었다. 마른 엄마의 두 눈에 질펀하니 눈물이 고이더니 그 눈물은 이내 자글자글한 뺨으로 넘치기 시작했다. 언제든 흐르려 준비된 눈물이었다.

'엄마!'

그렇게 엄마를 만난 나는 서울에 머물 동안 요양원에다 양해를 구하고 엄마의 방에서 함께 지냈다. 나는 간병사를 대신해 엄마를 돌보았다. 환자들을 돌보는 일에 이미 익숙해진 내 손이었다. 엄마는 올케의 말처럼 대소변을 가리지 못했고 스스로의 힘으로 드시지 못했고 목욕을 하지 못했다. 그러니까 내가 너싱홈에서 환자들을 위해 하고 있던 그 일들을 고스란히 내 엄마가 받아야 하는 입장이었다.

'선아야, 내가 할 수 있다. 할 수 있다니까?'

엄마가 날 알아 본 것은 어느 날 내가 엄마를 목욕시키고 있던 그 순간이었다. 앙상하니 주름진 엄마의 몸을 벗겨 따스한 물로 머리를 감기고 몸을 씻는데 아랫도리를 씻어드리려 하자 엄마가 손으로 황급히 시든 사과 같은 가슴을 가리고 아랫도리를 가리며 몸을 꼬셨다, 내가 할 수 있다면서.

'대소변 수발을 드는데 대소변 흘린 일보다 내게 아랫도리를 내놓으신 일을 더 못 견뎌하시더라.'

내가 요양원의 엄마를 뵙기 위해 서울 오빠 집을 먼저 찾았을 때 오빠가 변명처럼 한 말이었다.

'우리 엄마는 다 보상 받으며 사셔야 하는데 어흐흐흐.. 선아야, 내가 골병이 드는 것 같더라.'

청춘에 홀로되신 엄마의 고되고 억울한 삶을 일일이 다 기억해 내기도 전에 오빠가 울음부터 터뜨렸다. 오빠의 그 말에 나도 골병이 드는 것 같았다.

'이젠 엄마 차례야. 엄마도 오빠하고 나 어렸을 때 해 주셨잖아.'

자꾸만 몸을 웅크려 아랫도리를 가리는 엄마를 향해 문드러질 것 같은 마음을 숨기며 내가 말했다.

맑은 정신이 돌아왔을 때 아랫도리를 내 보이며 목욕을 해야 하는 일을 가장 곤혹스러워 하던 제프가 문득 떠올랐다. 그 제프의 관심을 다른 곳에다 두기 위해 나는 몸을 씻어주며 재잘재잘 더 많이 말을 해야 했다.

'우리 엄마, 많이 드셔야겠다.'

나는 마치 그 때의 제프 앞에서처럼 관심을 다른 곳으로 돌리기 위해 재잘대며 삭정이 같은 엄마의 몸을 씻었다.

엄마의 아랫도리는 너무나 초라하고 빈약했다. 그러나 청춘에 혼자되어 두 자식만 바라보고 사신 내 엄마의 아랫도리는 마치 아무도 발걸음을 한 적 없는 깊은 숲처럼 내 눈에 청정하고 경건했다. 그곳을 통해 두 생명을 얻었고 두 생명이 또 생명들을 얻도록 했고 무엇보다도 끈질기게, 또는 집요하게 따라다녔을 젊음의 욕망을 엄격하게 다스린, 아무나 함부로 범접할 수 없도록 한 비원 같은 곳이었다. 엄마의 엄격함이 얼마나 엄마 자신을 힘들게 했든 오빠와 나는 그 품에서 아버지 없는 설움에 힘겨워하지 않았고 엄마마저 우리를 떠날까 불안한 사춘기를 보내지 않았다. 우리에게 엄마는 결코 허술하지 않던, 견고한 울타리였다.

목욕을 이유로 그 깊고 은밀한 숲을 흘깃 바라보노라니 마치 마구잡이로 훼손이라도 하고 있는 듯 나는 딸이면서도 엄마에게 미안했다. 그런데 제프의 마음은 어땠을 것이며 다른 환자들의 심정은 어떠했을까?

'네 오라비한테 내가 못 할 짓 시켰다.'

미안한 내 마음을 감싸듯이 오히려 엄마가 미안해했다. 오빠의 말처럼 엄마의 머릿속에는 오빠가 대소변 수발을 든 사실이 아주 깊게 각인되어 있음이 분명했다. 그러니까 제프가 내게 느끼던 곤혹스러움을 엄마는 아들 앞에서 느낀 것이었다.

'미안해, 엄마.'

마치 그 환자들 모두에게 고백하듯 나는 엄마의 아랫도리를 씻기며 중얼거리고 있었다. 내 눈에선 거침없이 눈물이 흐르고 있었다. 그리고 엄마를 요양원으로 모실 수밖에 없던 오빠의 입장을 그 때서야 이해할 수 있었다. 그것은 내 오빠 뿐 아니라 식구를 요양원에다 모실 수밖에 없던 다른 모든 가족에 대한 이해이기도 했다. 그리고 그것은 중풍으로 몇 년간 자리보존 하셔야 했던 할머니를 청춘에 홀로 된 젊은 엄마가 수발해야 했던 오래 전의 그 일을 내 오빠나 다른 가족에게 더 이상 기대해서는 안 된다는 것에 대한 이해이기도 했다.

"그래서 아프지 말아야 해."

몇 년 전 요양원에서 뵌 엄마를 잠시 떠올리다가 내가 마리를 향해 말했다. 아프고 싶어 아픈 사람은 없다는 걸 알면서 한 말이다. 그런데 나이 들어 몸 아픈 것이 가족과 헤어져야 하는 이유라면 나이 먹는 것은 너무 슬프다.

"자식이 아플 때 부모는 끌어안잖아. 늙고 병든 부모는 왜 너싱홈에 보낼 생각을 할까?"

마리가 무슨 말을 하고 싶은 것일까? 오늘따라 이어지는 말의 의미가 심상찮다.

"그렇게 만든 바쁜 사회도 책임이 없다고 할 순 없겠지. 너싱홈이 바쁜 가족 대신 전문적인 케어를 해 줄 수 있다는 인식을 갖도록 하잖아."

"그런데 우리가 그 역할을 제대로 하고 있다고 말할 수 있을까?"

이것은 마리가 늘 하던 질문이다. 환자들의 건강을 위해 운동 시설을 두고 있고 갖가지 취미생활을 하게하고 때로는 파티로 너싱홈의 삶을 흥겹게 북돋워주지만 그것이 가족이 없는 외로운 삶을 충족시킬 수는 없다는 것이 마리의 말이었다. 시간에 쫓기는 탓에 환자의 입장에 서서 들어주고 기다려주고 배려하는 일은 불가능한 현실을 탓하는 것이다.

그러함에도 너싱홈은 늘어나고 너싱홈에 가기 위해 환자들은 대기를 해야 하는 것 또한 현실이다. 사람들의 의식은 시대의 조류에 편승할 수밖에 없고 모르긴 해도 너싱홈은 어린 생명들을 위한 유아원 숫자보다 빠르게 증가할 것이다. 가족이란 끈끈한 관계가 허물어진 자리에 너싱홈이 들어서고 백세 수명시대는 그 현상을 부추길 것이 분명하다. 그래서 사람들은 생각할 것이다. 너싱홈은 아픈 노년을 위해 인간이 고안해 낸 가장 이상적인 곳이라고. 그러나 자신에게 닥친다면 절대로 가고 싶지 않은 곳이라고.

이상과 현실의 괴리를 안은 너싱홈의 그 점을 마리는 못견뎌했다. 그러나 마리의 불만은 낯선 땅에서의 밥줄이란 현실을 뛰어넘지 못했고, 너싱홈은 감옥이라던 제프의 비판은 어차피 게임이 될 수 없던, 알츠하이머 환자의 신음 같았을 뿐이었다. 결국 문제를 알고 있었어도 그 문제를 관철시키는 데는 한계를 두고 있었다.

"그래서 남편을 집에서 간호하려는 거야, 선아?"

마리가 말했다.

"시간을 주고 싶어서. 관심과 의욕을 느낄 시간. 집에서나 가능한 일이잖아."

"멋지다, 선아. 너싱홈엔 환자와 나눌 시간이 없다는 거, 우리가 알지."

그렇다, 너싱홈은 시간의 여유가 없는 곳이다. 느린 환자들의 행동을 기다려서 동행할 수 없고 느리고 어둔한 환자들의 말을 참고 기다리며 귀 기울여 들을 수 없다. 정해진 시간에 정해진 환자들을 돌봐야 하므로 쫓기고 서두르고 재촉하는 방법밖에 존재하지 않는다. 서두르고 재촉하는 눈에 느리고 어둔한 환자들의 기다려 달라는 말없는 하소연이 보일 수도 들릴 수도 없다. 환자들의 간절한 하소연은 그래서 환자들의 환자다운 신음으로 치부되고 맑은 정신으로든 흐린 정신으로든 신음으로 남은 삶을 살다가 그렇게 세상을 떠나는 것이다. 한 인생의 말년이 그렇게 종지부를 찍는다면 그건 너무나 슬픈 일이다.

"네가 아프리카에서 올 남편을 기다리는 것과 같은 의미겠지."

마리도 그 기다림 하나에 모든 것을 걸고 온갖 수모도 감당하고 있다.

마리는 아프리카의 조국에서 남편과 함께 인권변호사였다. 독재 정권하에서 핍박을 받다가 아이들 셋만 데리고 먼저 이 땅에 온 마리는 남편과의 재회를 기다리며 가장 노릇을 하고 있다. 공부를 더 하여 이 땅의 변호사가 되는 것이 목표이지만 남편과 재회할 때까지 마리는 너싱홈에서 벗어날 수가 없다. 환자가 건강했을 때 사회적으로 어떤 존재였든 이곳에서는 그냥 환자일 뿐이듯 이민자에게도 조국에서의 그 무엇은 한낱 기억에 남아 때로는 자괴감에 빠지게도 하는 과거일 뿐이다.

"빵보다 소중한 것이 있는데 나는 참 비겁했어. 남편과 아이들을 핑계했으니까."
아프리카에서 올 남편이란 내 말에 마리가 갑자기 자책을 했다. 고양이 목의 방울 달기를 거절한 그 일에 대한 자책이었다.
"널 앞세운 우리가 오히려 비겁했어."
그 때 마리가 거부했을 때 '그럼 내가 해!' 라며 간병사 중에 그 누구도 나선 사람이 없었다. 마리를 앞세워 불만을 관철하려 했으므로 비겁자는 마리가 아니라 나를 포함한 간병사들이었다.
"선아와 모닝커피 즐길 날도 얼마 남지 않았네."
마리가 아쉬움을 잔뜩 담은 눈으로 바라보았다.
"그리울 거야, 마리 너와 모닝커피를 즐기는 이 시간이."
아직 마리를 마주보고 있는데 마음이 앞질러 가 벌써 마리가 그립고 이 시간이 그립다.

이제 너싱홈을 떠나 정우와 함께 집으로 가면 집은 숨 막히는 작은 감옥이 될 지도 모른다. 그것은 석방의 기약조차도 없는 감옥일 것이다.

주저앉고 싶을 때, 그래서 막막할 때는 마리를 떠올리리라.

"선아 넌 잘 할 수 있어. 친절하잖아."

마리가 방긋 웃는다. 그래서일까, 짓눌릴수록 정신은 더 고상한 마리처럼 되고 싶다는 욕구가 향기로운 모닝커피처럼 고요히 번진다. 생각해 보니 마리와 함께 할 수 있었던 것, 그래서 그녀 가까이서 그녀의 정신세계를 엿볼 수 있었던 것도 모두 정우를 위해 준비된 누군가의 큰 계획이었던 것 같다. 이렇게 준비가 완벽하니 어쩐지 잘 해 낼 수 있을 것 같은 용기마저 솟구친다. 모두 마리 덕분이다.

15

뻔뻔한 고백

맥도날드를 나선 나는 집으로 향하지 않고 병원으로 발길을 옮겼다. 마리가 실어준 기운이 사라지기 전에 정우와 나누고 싶어서였다.

그 날, 정우의 발목 위에서 벌인 그 일 이후, 나는 평소처럼 정우의 병실엘 들락거렸다. 정우가 말을 할 줄 모른다고 나까지 아무 일 없었던 것처럼 그렇게 입을 다문 채였다. 말이 없어도 말로 드러낼 때보다 갑절의 고통이 속에서 난투를 벌이고 있을 것임을 번연히 알면서도 나는 시침을 뗀 채 병실에 들락거리며 그 앞에서 민하와 눈길을 맞추고 여상하게 대화를 했었다. 위선이었다. 또다시 정우를 죽음에 이르게 할 수 있음을 알면서도 여태 아무런 변명도 아무런 용서도 구하지 않았다. 수진의 눈앞에서 여자와 놀아나고도 한 마디의 변명도 용서도 구하지 않은 푸른 눈에게는 거품을 물고 흥분했던 나였다.

　지금이 그 시간일 것 같았다. 마리가 준 용기로 차마 드러내지 못한 내 속을 있는 그대로 드러내는 시간이었다. 그리고 용서를 구할 시간이었다, 그것으로 내가 만신창이가 되는 한이 있더라도.

　아침 식사를 마친 정우는 등을 세워 기댄 채 눈을 감고 있었다. 잠이 든 것일까?

　그러나 나는 안다, 정우가 생각에 잠겨있다는 것을. 무슨 생각을 저리도 골똘히 하는 것일까? 내가 다가가도 눈을 뜨지 않는다.

　정우 머릿속에서 수없이 들끓고 있을 그 생각을 나는 도무지 알 수 없다. 생각을 알 수 없어 눈을 감고 있는 그 모습이 오히려 두려워지기 시작한 것은 주인이 다른 두 손이 벌인 미친 짓의 그 때부터였다. 그것은 정우를 향한 지금까지의 지극한 마음조차도 아무 것도 아닌 것으로, 아니 오히려 가증한 위선으로 만들어버린 아주 나쁜 것이었다. 생각이 목까지 차올라 이제는 더 이상 품고 속에다 가둬둘 수 없다 할지라도, 그래서 미치는 한이 있더라도 결코 그래서는 안 되는 일이었다. 그것은 무장해제 한 정우를 향해 휘두른 무자비한 칼질이었다.

　정우의 심정을 가리가리 찢어놓고도 여전히 민하를 포기할 줄 모르는 이 뻔뻔함까지 토해 내리라. 당신이 벌하지 않았어도 내가 날 벌하고 있다고도 하리라. 그리고 드러낼 수 없어 속에 가득 품고만 있을 정우 속의 울분을, 배신을, 분노를, 괴성으로든 폭행으로든 드러내게 하리라. 눈 감은 저 타는 속을 다 쏟아내게 하고 은밀한 내 속의 것도 회개하듯 다 쏟아버린 후 다시 시작을 하리라.

결심을 하고나니 마음이 조급했다.

"여보!"

정우가 감은 눈을 천천히 떴다. '어, 당신 왔어?' 하는 것 같은 그 눈에 그래도 반가움이 비쳤다.

슬쩍 비치던 그 눈빛에 염치없는 나는 그만 안도한다.

"잘 잤어요?"

내가 말이 없으면 없는 대로, 많으면 많은 대로 내 속을 들여다 본 듯이 날 아는 사람이란 사실을 알기에 나는 선뜻 진심을 드러내지 못한다. 마치 아무 일을 만나지도, 그래서 아무 것도 모른다는 듯 정우 또한 표정에다 속을 드러내지 않는다.

'이럴 때는 내가 말을 못하는 것이 내가 생각해도 다행이야.'

나 또한 그의 속에 들어갔다 나온 사람처럼 지금 정우가 하고 있을지도 모를 생각을 어림짐작한다. 더 깊은 죄의식을 느끼며.

"식사는 잘 했어요?"

정우가 고개를 끄덕여 대답을 했다. 이렇게 의사소통이라도 할 수 있음은 불행 중 다행이다. 뇌수술을 한 후 회복 단계에 들었을 때 의사는 말했었다. 어쩌면 언어 기능을 잃어버릴 수도 있다 고.

언어 기능을 잃는다는 의미가 알고 보니 기가 막히는 후유증이었다. 의사에 말에 의하면 후유증인데 나는 아무리 생각해도 정우가 화가 나 말을 안 하고 있는 것만 같았다. 그 때, 그 순간의 충격으로 스스로 말문을 닫았을 것만 같았다. 가증스럽던 기억에 얼굴이 더워

지면서 내 속에서 다시 죄책감이 소용돌이치기 시작했다.

"나, 할 말 있어요."

다 고백하리라, 그것은 용서 받을 수 없는 미친 짓이었다고. 미친 짓이므로 그 미친 짓 때문에 당신까지 미치지는 말라고. 분노든 화든 다 드러내라고. 그래야, 당신이 산다, 고.

내 말을 알아들었을까, 정우의 눈길이 내게로 다가왔다. 마치 말문을 열어 '무슨 말?' 하고 묻기라도 하는 것 같았다. 왈칵 반가움이 앞섰다. 밀어내지 않고 받아주는, 수백마디의 말을 대신한, 눈빛이었다.

"일 그만하려고요."

그런데 엉겁결에 한 말이 일 그만둔다는 것이었다. 속에서 솟구치는 것을 고백해야 하는데 차마 입 밖으로 드러낼 수 없었다. 가까스로 억누르며 겨우 눈길로 다가오려는 사람에게 죄책감에서 벗어나겠다는 욕심으로 다시 그 미친 짓을 되돌아보도록 할 수가 없었다. 다 알고 있음에도 모른 척하기 위해 죽을 고통으로 몸부림하는 사람이었다. 정우의 눈동자가 크게 열렸다. 마치 '왜?' 하고 묻는 것 같았다.

"당신하고 놀려고."

마치 준비한 말인 것 같았다.

"당신이나 나나 열심히 살았으니까 우리는 좀 놀아도 돼. 안 그래요?"

다 드러내리라고 작정한 말은 간데없고 엉뚱한 말이 술술 쏟아져 나왔다. 정우는 놀란 눈을 부릅떠 날 바라보다가 생각에 잠길 때처

138

럼 눈을 감았다.

'그래, 노는 거야, 당신도 나도. 이민 와 낯선 땅에서 고생도 할 만큼 했어.'

그런데 엉뚱한 말이어도 거짓은 아니었으므로 오히려 나 자신도 그 말에 맞장구를 치고 있었다. 나는 갈수록 뻔뻔해졌다.

"휠체어 탈 수 있으니까 이젠 집에 가요."

그 때 정우가 다시 눈을 부릅뜨며 날 바라보았다. 너싱홈이 아닌 집으로 가자고 했기 때문일 것이었다.

"집에 사람 온기가 없어서 나도 들어가기 싫어!"

나는 그를 자극하고 싶었다. 자신이 왜 필요한 지를 생각하게 하고 싶었다.

"참, 내 친구 마리는 날더러 좋겠대, 이제 맨 날 당신과 놀 수 있다고. 그 친구가 오매불망 아프리카에 있는 남편만 기다리잖아."

마리로부터 받은 강한 기운이 드디어 정우에게도 전해진 것일까, 정우가 빤히 내 얼굴을 바라보고 있었다. 이미 물기에 젖은 눈빛이었다. 집에 가고 싶었다는 마음이 든 눈빛일 것이었다. 그러나 만일 지금 정우가 뭔가를 말할 수 있다면 그는 분명 이렇게 말할 것이다, '선아야, 당신 지금 엄청 수다스러운 거 알아?' 라고. 나도 내가 몹시 수다스럽다는 사실을 알았다. 아니 뻔뻔했다. 그러나 개의치 않았다. 비록 내 속의 은밀했던 것은 여태 속에 든 채이지만 집에 가는 일을 정우가 반기므로 그것으로 된 것이다. 드러내겠다던 작정도 결국 정우를 살려 다시 시작을 하겠다는 것이 목적이었으므로. 가만히 내 눈을 들여다보던 정우가 드디어 고개를 끄덕였다. 날 믿는다는 의미였다.

　정우가 날 믿어준 것으로 드디어 예전처럼, 정우가 일을 당하지 않았고 함께 마음 견고하던 그 때로 돌아갈 수 있게 되었다. 정우는 어쩌면 진작 집으로 돌아가고 싶었는지도 모른다. 때로는 몸부림하며 때로는 죽은 듯 눈을 감은 채 내 입에서 집에 가자는 말이 떨어지기를 기다리고 있었는지도 몰랐다. 너싱홈이 아닌, 집에 가야하는 이유였다.

16

로즈, 탈출하다

제프가 갑자기 죽고 로즈가 너싱홈을 나간 일은 공교롭게도 며칠 후 새벽에 일어났다. 제프는 내가 돌보는 환자였고 로즈는 마리의 환자였다.

"로즈가 나갔어, 선아!"

학교 안 간다며 이불 속으로 파고드는 세라 할머니까지 소풍가자 며 깨워 씻기고 틀니를 물려준 후 휠체어에 태우고 나오는데 마리가 말했다. 그런데 '로즈가 없어.'가 아니라 마리는 '로즈가 나갔어.' 라고 했다. 그것은 로즈가 적어도 너싱홈 안에는 없다는 사실을 마리는 이미 알고 있다는 의미에 다름 아니었다.

"로즈가? 어디로?"

버럭 지른 내 소리에 마리가 급히 두툼한 입술에다 손가락을 세로로 세웠다, 조용하라는 의미였다. 제프 때문에 이미 혼이 나간 적이 있는 나는 마리가 보이는 행동에 차라리 어리둥절했다.

마치 제프와 로즈가 약속이나 한 듯 연거푸 흔들어대고 있는 새벽임에도 너싱홈은 너무나 고요해 오히려 이상하고 마리의 행동이나 표정도 분명 정상은 아니었다. 로즈가 일찍 깨었다면 분명 '1749!'부터 외칠 텐데 조용한 것으로 보아 로즈가 적어도 너싱홈 안에 없는 것은 분명했다.

"보고해야지, 아니 찾아야지!"

오히려 내가 허둥댔다.

"잠깐, 잠깐만 있다가."

자신이 돌보는 환자가 나갔다 면서도 너무나 침착한 마리의 행동이야말로 정상을 크게 이탈한 것이었다.

"어디 있는지 내가 알아."

마리가 목소리를 죽였다.

"뭐야?"

그 때서야 마리만 아는, 그러나 남이 알아서는 안 되는 뭔가가 있는 것 같아 나도 목소리를 꺾었다.

"모닝 케어 들어갔는데 로즈가 없는 거야. 그런데 현관문 앞에서 비밀번호 누르는 로즈와 맞부딪쳤어."

큰일 났다 싶어 휠체어를 잡았는데 그 눈빛, 그 간절한 로즈의 눈빛 때문에 말릴 수가 없었다고 했다. 로즈는 툭하면 검둥이는 싫다며 마리를 무시하고 거부했었다.

"그러니까 탈출에 동조한 거네?"

"'맥도날드에서 커피 한 잔 마시고 싶어.' 라고 하는데, 선아, 너라면 안 된다고 할 수 있겠어?"

마리가 대들듯 도로 물었다.

"마리, 네가 한 일이 어떤 의민지 아니?"

오매불망 남편을 기다리다가 급기야 마리가 실성해진 것 같았다. 맨 정신으로는 결코 할 수 없는 일을 마리가 저질렀기 때문이다. 이 상황이 뭘 의미하는지 마리는 분명 모르지 않을 것이었다. 이 일이야말로 밥줄이 끊길까 두려워하는 마리가 간병사로서의 일자리를 스스로 포기하는 것에 다름 아니었고 그것은 곧 세 아이들 밥줄이 끊긴다는 의미였다.

"난 알아, 그 심정. 맥도날드에 데려가 커피 안겨주고 왔어. 로즈는 나랑 한 약속, 지킬 거야."

마리가 말하는 로즈와의 약속은 커피만 마시고 너싱홈으로 돌아온다는 조건의 자유였다.

"커피 한잔 마시려고 그렇게 열심히 번호를 외웠잖아."

"…"

로즈 살아생전에 마지막으로 누리는 맥도날드에서의 커피일 거라는 말도 덧붙였다. 마리의 뺨엔 어느 사이 흑진주가 굴러 내리고 있었다.

마리와 나는 아무도 모르게 너싱홈을 나왔다. 그리고 길 건너 맥도날드로 갔다. 그곳엔 커피 컵을 든 창가의 로즈가 여태 어둑한 창밖을 바라보고 있었다. 손을 들어 보이며 미소 짓는 로즈는 모닝커피를 즐기는, 교양 있어 보이는 여느 백인 할머니였다. 몹쓸 인종차별 발언으로 마리를 무시하고 함부로 대한 그 로즈라고는 나는 도무지 생각할 수 없었다. 로즈의 휠체어는 얌전하게 접혀져 있었다.

"내가 그렇게 못되게 굴었는데 마리 넌 한결같구나."

커피 컵을 양손으로 감싸 쥔 채 로즈가 말했다. 마리와 내가 물끄러미 로즈를 바라보았다. 그러니까 로즈는 의도적으로 마리를 괴롭혔다는 의미였다. 가족도 마다한 자신을 수족인 듯 돌본 마리에게 로즈는 무슨 억하심정으로 그렇게 못되게 군것일까? 치매로 수시로 맑은 정신을 잃으면서도 드러낸 로즈의 인종차별은 로즈의 심중에 유색인종에 대한 반감이 그만큼 깊게 뿌리내려 있음을 의미했다.

"미안하다, 마리. 애꿎은 네게... 오기 싫다는 날 너싱홈에다 넣어두고 다시는 찾지 않는 자식에게 할 화풀이였지."

로즈가 울기 시작했다. 몸속에 여태 눈물이 남았던지 빛바랜 푸른 눈에서 넘친 눈물이 한 번 구겼다 펼친 화선지 같은 로즈 뺨의 고랑을 타고 흘렀다. 파삭하던 뺨이 이내 눈물에 젖었다.

"그래도 집에 가고 싶구나."

"그래서 번호 외웠어요, 로즈?"

마치 당장 로즈의 집까지 동행이라도 하려는 듯 마리가 다가앉으며 물었다.

"자꾸만 기억에서 사라지려고 해서...하지만 누가 반기겠니?"

커피 잔을 들고 꼿꼿하던 로즈의 작고 여윈 몸체가 눈물에 젖어 맥없이 허물어질 것만 같았다. 커피 한 잔 마신 후 집에 가려고 기억에서 사라지려는 번호를 그토록 열심히 외쳐 막상 바깥에 나왔지만 아무도 반기지 않는다는 새삼스런 깨달음이 또 로즈의 발목을 잡은 것이다.

"애들한테 어떻게 또 그 짓을 하도록 하겠니, 마리."

이윽고 로즈가 탁자 위에 엎어졌다. 스웨터를 걸친 로즈의 가녀린 어깨가 마구 떨었다.

엄마를 반기지 않는 집이지만 로즈는 그 집에 가고 싶은 것이다. 그러나 또다시 엄마를 너싱홈에 보내야 하는 일을 겪을 자식들을 염려하는 로즈는 그래서 너싱홈을 나와서도 차마 집엘 가지 못하는 것이다.

마리가 다가가 말없이 로즈의 어깨를 안았다. 로즈의 눈물에 젖은 주름진 얼굴을 쓰다듬고 명주실 같은 머리카락도 쓸었다. 마치 다시는 너싱홈에 갈 일 없다는 듯 마리의 행동은 거침이 없었다. 너싱홈에서라면 삼가는 행동이었다.

탁자에 허물어져 우는 로즈에게서 나는 내 엄마를 읽고 있었다. 수시로 맑은 정신을 놓으면서도 당신을 요양원에다 보내려던 오빠를 기어코 감싸고 말던 내 엄마였다.

짜증이 났다. 자식을 향한 엄마들의 마음은 왜 이토록 일방적이기만 한 것인지 그것이 짜증났다. 로즈의 마음이 곧 세상 모든 엄마들의 마음일진대 왜 그것을 자식들은 모르는지도 짜증났다. 하기는 치매에 걸린 엄마를 두고 다시는 볼 수 없는 이곳으로 떠나온 나는 더할 말이 없는 자식이었다. 나도 그랬는데 로즈의 자식들을 어떻게 탓할 수 있을까? 짜증은 나는데 대상을 두고도 짜증낼 수 없음이 나는 또 짜증났다.

그렇게 원한 커피가 식어가는 줄도 모른 채 흐느끼는 로즈를 마리와 나는 그 동안 왜 엉뚱한 사람한테 화풀이 했느냐고 탓할 수가 없었다. 결국 로즈도 버림받은 사람이었다, 그것도 자식에게 버림받은 슬픈 어머니.

"고맙다, 마리야, 모닝커피 마셨으니 됐어."

엎드린 고개를 세우며 로즈가 손바닥으로 눈물을 닦았다. 마리가 손가락으로 베개에 눌린 로즈의 짧은 하얀 뒤 머리칼을 쓰다듬다가 스웨터를 걸친 등을 쓸어주는데 내 가슴에선 또 짜증이 일었다. 자식 입장 생각하느라 집에 가고 싶은 그 간절하던 마음을 기어코 접고야 마는 너무나 맑은 정신의 로즈에 대한 짜증이었다. 짜증이 나는데 왜 눈물이 흐르는지 알 수 없었다.

길 건너 너싱홈 건물이 미명을 뚫고 눈에 들어왔다. 모두 잠든 것 같아도 더 자고 싶은 환자들과 깨워야 하는 간병사들 간의 실랑이로 결코 고요하지 않을, 가족에 의해 보내진 수많은 로즈들이 있는 너싱홈이었다.

"마리 네가 상상한 소설의 결말이 너무 슬퍼."

나는 로즈라는, 마리가 상상한 소설속의 캐릭터가 힘겹게 외운 비밀번호로 너싱홈을 유유히 빠져나가 맥도날드에서의 커피가 아니라 정말 자식들이 있는 집으로 돌아가는 반전이라도 기대를 한 것일까? 세워둔 휠체어에다 눈길을 보내는 처연한 로즈의 모습에 내 마음이 몹시 허탈했다.

무슨 뜻이야, 하는 눈빛으로 바라보던 마리가 금방 그 의미를 알고 소리 없이 미소를 지었다. 언젠가 그 밤, 한 밤중의 티타임에 비

146

밀 번호를 외치는 로즈를 두고 한 자신의 상상이 법률처럼 맞아떨어
지고 있음에 대한 미소란 사실을 나는 알고 있었다. 우리 둘의 눈엔
곧 굴러 떨어질 눈물이 위태롭게 매달려 있었다.

　우리의 기분과 상관없이 모닝커피는 여전히 향기로웠다. 다시 너
싱홈에서 일을 할 수 있다는 보장이 없는 행동이었지만 우리는 이미
눈빛으로 주고받고 있었다, 이 시간엔 그냥 커피나 즐기자고, 로즈
와 함께. 밥줄이 끊길지도 모를 그 때를 생각하기엔 모닝커피 향이
너무나 그윽한 새벽이므로.

17

이유들

'언어도 재활치료가 필요하죠. 이제 말을 배우는 중이라 생각해야 합니다.'

퇴원을 앞두고 의사가 한 말이었다. 그냥 흘려들을 수 있는 말이 었지만 다시 생각해 보니 기대하지 않았다가 느닷없이 얻은 선물 같았다, 그것은 '당신은 언어 기능을 잃었습니다.' 란 말과는 비교도 할 수 없는 희망적인 의미였고 배워도 안 되는 것이 아니라 배우면 된다는 의미였다.

긴장하고 주저하며 조심스럽게 다시 사람들 속으로 들어가려는 정우와 내게 들려준 의사의 말은 마치 깜깜한 터널 속으로 기세도 좋게 쏟아지는 한 줄기의 빛 같았다. 마치 이때까지의 고난이 이 순간을 위한 한 바탕의 깜짝 쇼라는 느낌마저 들면서 정우와 함께 어서 빨리 집으로 돌아가고 싶다는 조급증마저 일었다.

"언니, 정말 괜찮겠어요? 지금이라도 생각을 바꾼대도 원망하지 않을 거예요."

그런데 그렇게 건강의 대열에서 쳐져 있다가 이제 조심스럽게 발걸음을 내딛으려는데 수진이 제동을 걸었다. 내가 기운을 잃고 쳐져 있을 때 너스레를 떨어서라도 날 일으켜 세우던 수진이었다. 그러니까 수진은, 아직도 무리한 선택이라 생각하는 것 같았다. 언젠가는 지쳐 내가 손을 들고 물러설 거란 뜻이기도 했다. 어차피 의사가 권유한 일이므로 너싱홈에서 시작하는 일이 오빠를 덜 힘들게 할 거란 말도 했다.

그러나 수진이 미처 생각하지 못한 것이 있었다. 그것은 가족의 의미에 관한 것이었다. 떼어둘 수도 있지만 그래도 눈앞에 있어야 더 마음이 편한 관계가 가족이란 것을. 더구나 너싱홈은 생각으로도 할 수 없는 젊디젊은 남편이었다. 다시 긴 시간이 필요한 사람이므로 기다리며 옆에서 지켜보는 것은 당연한 일이었다. 그것도 집에서.

"우린 집에 갈 거예요."

그러나 나도 완강했다. 이미 정우와 약속한 일이고 그것은 당연한 결정이었다.

"미안해요. 고생을 눈으로 보는 것 같아서요."

"죽을 고비도 넘겼잖아요."

수진이 걱정이 많을 때는 내가 수진을 일으켜 세울 수밖에 없다. 서로가 서로의 버팀목이 되면서 그 고단한 과정을 걸을 수 있었다. 민하는 모두가 의지한 버팀목이었지만 이제부터 민하란 버팀목은 잊어야 한다. 그것은 집으로 가는 이유 중의 하나이기도 했다.

"민하 오빠도 놀랄 거예요, 집으로 간다면."

이제부터는 정말 잊어야 하는데 수진은 오히려 민하를 떠올렸다. 민하란 이름을 입에 올림과 동시에 근심을 털어버린 수진의 목소리는 반짝이는 눈빛과 어우러져 경쾌한 멜로디였다. 수진의 저 눈빛의 의미를 나는 안다, 사랑에 빠진 사람의 눈빛이란 것을. 수진은 눈부신데 나는 또 쓸쓸하다. 아무리 단속하고 또 단속해도 마음은 늘 제멋대로다.

이혼 후 씩씩하게 아니, 씩씩한 척하며 살아도 외로웠을 게다.

'그 저질을 난 왜 알아보지 못했던 걸까요, 언니?'

푸른 눈과 자르듯 정리를 하고도 분을 풀지 못한 수진은 수시로 분개했다. 푸른 눈을 저주하다가 그 저주의 화살로 수진은 마구 자신을 찔렀다. 주말마다 호숫가의 그 카티지로 수진을 데리고 다닌 이유가 바로 연인을 만나기 위함이었을까? 그 미련한 푸른 눈은 그러한 관계가 오래 갈 수 있다고 믿었던 것일까?

'수진을 사랑해요. 영원히 행복하게 해 줄 자신 있어요.'

사람의 눈동자는 모름지기 검어야 한다는 듯 푸른 눈을 불신하던 정우의 마음이 기울어지기 시작한 것은 푸른 눈이 한 '영원히 행복하게'란 그 말의 무게 때문이었다. 정우에게 남자의 한 마디는 일천금보다 무거운 그 무엇이었다.

'젊은 놈이 제법 심지가 굳어 보이지 않아?'

나중에 마음이 바뀐 뒤 정우는 그렇게 푸른 눈을 치켜세웠던가,

심지가 굳을 사람으로? 그 때 내 눈에는 푸른 눈을 향한 수진의 심지가 오히려 더 굳어 보였었다.

그 푸른 눈으로부터 이혼이란 상처를 얻고도 수진이 늘 씩씩하게 지낸 것은 어쩌면 마음의 중심에다 민하를 두고 있었기 때문인지도 모른다. 갑자기 이혼은 했지만 마음의 준비가 없었으므로 혼자 고통스러웠을 것이다. 그 고통을 민하에게 기대며 감당해내고 있었을 것이다. 민하가 어디 수진에게만 힘이 되고 있을까? 정우에게도 내게도 기댈 그 무엇이 아닌가, 비록 아무도 민하가 그런 존재란 사실을 입 밖으로 드러내지는 않지만. 마치 하나의 신을 사람들이 각자 자신만의 것인 듯 가슴에 담아두고 숭배하듯이 식구 모두가 각자의 마음에다 민하를 소유한 그 넉넉함으로 고된 날을 이기고 있었다.

"집으로 가기로 했다고 전화할까요, 언니?"
당연히 알게 될 일을 알리지 못해 수진은 안달했다. 수진의 심중에 민하 뿐이란 뜻이었다. 수진의 그 심정을 지그시 억누르듯 나는 고개를 흔들었다. 구태여 말하지 않아도 어차피 알 것이었고 이미 내 속에는 조금 심술이 일고 있던 차였다. 행여 그 마음 한 자락을 흘릴까 손으로는 정우의 다리를 주무르기 시작했다. 그러나 다리를 주무르는 내 손목 위에는 민하 손의 흔적이 있었다.
"서운해 할 텐데..."
차마 내 의견에 반대하지는 못한 채 수진이 혼잣말을 했다.
'민하는 정말 서운할까, 집으로 가기로 했다고 알리지 않으면."

손안의 정우 발목에다 힘을 주며 나는 생각한다. 만일 민하 모르게 집으로 간다면 민하가 서운해 할 것이 아니라 그것으로 단 몇 시간이라도 민하가 병원 대신 집을 찾아오는 시간이 늦어졌을 때 식구들의 기다림의 농도가 민하의 서운함보다 오히려 더 짙어질지도 모른다. 그리고 각자 내색 않은 채 기다리고 또 기다릴 것이다. 결국 서운할 사람은 민하가 아니라 식구들이란 의미였다.

"이젠 벗어나야죠, 민하씨 그늘에서."

나 자신에게 하듯 수진에게 말했다. 이미 감정은 넘쳐 알게 모르게 흘리고 다니면서 자신도 없는 공허한 말로서 용을 쓰고 있는 것 같았다. 그 경황에도 차라리 솔직한 수진이 부러웠다.

"그러네요, 민하 오빠의 그늘. 근데 언니, 우리는 알고 있는 민하 오빠를 애린 언니는 왜 모를까요?"

정우의 다리를 주무르던 손을 멈추고 다리에다 둔 눈길을 얼른 들어 수진을 바라보았다. 빛나던 수진의 눈길이 창밖에 가 있다. 마음만 간절할 뿐 마음대로 할 수 있는 일은 없다는 눈빛이다.

"왜 모르겠어요, 남편인데."

수진의 저 애타는 시선을 차단하듯 던지는 내 말에 여전히 심술이 스며있다. 수진이 먼 곳에 있는 애린을 의식하고 있다면 나는 수진을 의식한다. 이 땅에 없어도 수진이 끊임없이 애린을 의식하는 이유는 애린이 아직은 민하의 아내이기 때문이다. 매일 바라보면서도 마음대로 할 수 있는 것은 아무 것도 없는, 애만 타는 이유도 바로 그 때문이다.

"알면서 그렇게 오빠를 방치하고 있어요?"

수진은 오늘 부쩍 말이 많다. 그 말 속 갈피마다 민하에 대한 애타는 심정이 묻어 있음을 나는 알 수 있었다.

"방치가 아니라 믿음이겠죠, 부부니까."

좀 냉정하다 싶도록 애타는 수진의 심정에 찬 물을 끼얹었다. 그것은 수진을 향한 것이기도 했고 수진처럼 자꾸만 민하를 기다리는 나 자신을 향한 것이기도 했다. 마른 나무둥치처럼 누운 정우를 두고도 그 누구도 흔들 수 없는 부부 관계의 믿음은 시퍼렇게 살아 있는데 하물며 민하와 애린일까?

수진의 표정에 일순간 그늘이 내렸다. 그 누구도 어떻게 해 볼 수 없도록 하는 아직은 연결된 부부란 관계 앞에서. 그래서 더 대책이 있을 수 없는 수진의 마음은 수시로 천국을 거닐고 수시로 지옥을 헤맬지도 몰랐다.

"그 부부관계를 그 인간은 어떻게 그렇게 짓밟을 수가 있었을까요? 나는 또 왜 그렇게 바보 같았을까요, 언니?"

이미 남남이 되었음에도 푸른 눈과의 기억은 무망중에 나타나 또 수진의 심정을 긁었다.

그 푸른 눈의 남자. 주말마다 수진을 데리고 가 호숫가 그 카티지의 옆집에 둔 애인과 애정행각을 벌이며 신뢰를 저버린 인간이다. 신뢰를 저버린 것이 아니라 어쩌면 애당초부터 그 푸른 눈에게는 신뢰 같은 것은 없었는지도 모른다. 푸른 눈을 믿지 못한 정우의 안목은 옳았다. 신뢰와 함께 팽개쳐진 수진에게 민하마저 없었다면 어쩌면 아직도 그 푸른 눈의 망령에 휘둘려 시달리고 있을지도 몰랐다.

신뢰를 저버린, 가치 없는 인간이라 할지라도 부부란 충분히 그럴 수 있는 관계이므로. 그 때 애린은 아이를 데리고 서울로 날아가 버린 뒤였고 민하가 수진을 위해 한 일은 아무 것도 없었지만 존재 그 자체만으로 수진의 마음이 가파르게 기울 이유는 충분했다. 어쩌면 민하도 애린이 떠나버린 그 빈 가슴에다 수진으로부터 알게 모르게 채웠을 그 힘으로 버티고 있었을지도 몰랐다.

두 여자의 이야기가 제법 표현의 경계를 오르내리며 길어지고 있음에도 듣고 있는지 아니면 자는지 정우는 눈을 감은 채였다.
"오빠 잠들었는데 우리 차 한 잔하고 올까요?"
이미 알고 있는 애린의 존재를 들먹여 수진을 그늘에다 빠뜨리고 나니 미안했다. 나또한 그 못된 감정에 휘둘린 탓이었다.
"아니요, 언니."
'언니, 가요, 우리 차 마시러.' 라며 평소 같으면 반색을 할 수진이 울음보라도 터뜨릴 위태로운 목소리로 말했다. 수진의 시선이 창밖 어딘가에 가 있어도 그 눈이 아무 것도 보고 있지 않다는 것을 나는 알 수 있었다. 눈과 마음의 방향이 다르기 때문이다. 몹시 미안했다.
"내 친구 마리의 환자 중에 로즈란 할머니가 있거든요?"
커피로도 수진의 마음을 쓰다듬을 수 없던 나는 너싱홈 이야기를 하기 시작했다. 이 때 민하가 문을 밀고 나타난다면 수진의 기분은 금방 화사해지겠지만 무슨 일인지 다 저녁까지 민하는 나타나지 않았고 나는 이제 며칠 남지 않은 너싱홈에서의 일을 끄집어냈다. 수진의 눈길은 여전히 창밖 어딘가에 가 있었다.

"그 로즈가 사라진 거예요, 그것도 새벽에."

"..?"

창밖 어딘가 가 있던 수진의 시선이 순식간에 내게로 건너왔다. 다시 반짝이기 시작하는 수진의 시선을 의식하며 내 말이 탄력을 받기 시작했다.

"평소에 휠체어를 굴리면서 늘 1749라는 숫자를 외치던 환자죠"

"그게 무슨 번혼데요, 통장 비밀번호?"

수진도 언젠가의 제프처럼 통장 비밀번호라고 생각했다.

"너싱홈에서 나갈 때 눌러야 하는 출입문 번호예요. 환자들 보호용으로 들어 올 때가 아니라 나갈 때 번호를 누르도록 장치를 해 뒀거든요."

"로즈가 너싱홈을 탈출할 준비를 했나 보네요?"

수진의 가라앉았던 기분은 이미 호기심으로 바뀌어 있었다.

"제프 죽은 지 얼마지 않아 일어난 일이라 더 당황했죠."

"그래서 어떻게 됐어요, 찾았어요?"

수진이 다가앉으며 다그쳤다. 그 얼굴에서 그늘 같은 것은 이미 사라지고 호기심만 넘쳤다.

"그 로즈가 글쎄, 길 건너 편 맥도날드에 있는 거예요, 커피마시며."

로즈는 잠옷 위에다 스웨터를 걸친 채 커피 컵을 들고 창가에 앉아 있었다. 커피 컵을 든 로즈는 환자가 아니라 그냥 모닝커피를 즐기는 우아한 서양 할머니였다.

'그래도 집에 가고 싶은데…누가 반기겠어.'

그 말을 하며 로즈가 울기 시작했었다. 모닝커피를 마신 후 집으로 가는 것은 로즈의 기억에 인식된 당연한 하루 일과였을 것이다.

'애들한테 더 이상 그 짓시킬 수는 없어.'

그토록 그리운 집이지만 엄마를 다시 너싱홈으로 돌려보낼 자식의 입장을 생각하며 접을 수밖에 없던 로즈였다. 당장 집까지 동행할 태세이던 마리가 로즈의 눌린 하얀 뒤 머리칼을 쓰다듬고 어깨를 감쌌었다. 마리의 깜부기 같은 손이 로즈 할머니의 젖은 석고 같던 얼굴 매무새를 고쳤어도 '난 마리 네가 싫어.' 란 말을 하지 않았다. 흑진주 마리 품속의 로즈 할머니는 둥지를 잃은 한 마리의 작은 새였다.

그날 새벽, 그 사건의 시작부터 끝까지, 마치 다시는 너싱홈에 갈 일 없는 사람처럼 간병사로서 금지된 행동에 마리는 거침이 없었다. 마리가 차라리 퇴직을 앞 둔 나 같았다. 내 눈에 마리는 너싱홈의 규칙이 아닌, 다만 마음이 시키는 대로 하는 것 같았다.

알츠하이머에 걸렸다고 아내를, 엄마를 너싱홈에 보낸 식구들은 편안히 잠자고 있었을 그 새벽에 맑은 정신 한 가닥을 찾은 로즈는 그리움에 잠을 이루지 못하고 그토록 열심히 외운 비밀번호로 문을 열고 바깥으로 나오기까지는 성공했다. 그러나 자식들로 하여금 너싱홈으로 다시 엄마를 보내는 일을 하게 할 수 없다며 그렇게 맥도날드에서 울다가 너싱홈으로 돌아와야 했다.

마리의 소설적인 상상력보다 더 눈물겹던 로즈의 너싱홈 탈출기는 그것으로 끝이었다. 너싱홈으로 돌아온 그 시간부터 로즈는 요주의 환자로 분류되어 감시의 시선을 받아야 했다.

"아, 다행이네, 찾았으니. 근데 왜 그렇게 번호를 외웠대요?"
"맑은 정신이었을 때 봐 둔 번호가 행여 기억에서 사라질까 그토록 열심히 외웠겠죠, 결국 모닝커피 한잔을 하고 돌아왔지만. 오빠를 그곳에 있게 하고 싶지 않아요."
정우의 발목을 주무르고 있는 내 손목을 수진이 잡았다. 마치 민하가 그랬던 것처럼.
"너무 슬퍼요, 언니."
수진이 눈물을 쏟기 시작했다, 슬프다며. 주저앉을 일에도 의연히 서서 잘 버티던 수진이었다. 오빠 정우도 이미 헤어진 푸른 눈도, 무엇보다도 애린과 부부관계로 묶인 민하를 향한 자신의 부질없는 감정이 슬퍼 우는 것인지도 몰랐다.
나도 울고 있었다. 어쩌면 시누와 올케가 말은 없어도 같은 이유로 그렇게 울고 있는지도 몰랐다, 그 가운데 정우가 있고 민하가 있었다.
정우는 눈을 감은 채였다.

18
*

모닝커피의 그 시간들

밤일을 마치면 새 날을 위한 통과의례인 듯 마리와 나는 맥도날드부터 찾는다. 남들은 출근으로 바쁜 아침에 맥도날드에 앉아 커피를 마시는 여유는 야근을 했기 때문에 가능하다. 사람들은 자동차에 앉아 커피를 주문해 출근을 하고 이미 건너 편 너싱홈에서 퇴근을 한 마리와 나는 집으로 바로 가는 대신 모닝커피를 즐긴다. 느긋하게 커피 컵을 들고 있으면 더운 종이컵의 온도가 가슴까지 덥히는 것 같다. 맥도날드에서의 모닝커피도, 아침의 대화도 이젠 오늘로 마지막이다. 너싱홈을 떠나면 가장 그리울 것이 마리와 즐긴 맥도날드에서의 모닝커피가 되리라.

"로즈가 아주 조용한 환자가 되었어."

커피 컵을 든 채 건너 편 너싱홈을 바라보던 마리가 말했다. 로즈는 숫자를 외치기는커녕 먹는 일도 마다하며 아주 말없는 환자가 되어 자리에 누워있다. 바깥으로 나가는 일도, 집으로 가는 일도 이제는 가능치 않은 줄 아는 로즈가 그래서 지레 삶을 포기한 것 같았다. 한 때는 깊은 호수 같았을 푸른 눈동자는 초점을 잃고 빛마저 바래 마치 '이제는 당신들 마음대로 하세요.' 라고 말하는 것 같았다. 마치 마음대로 되지 않은 고단한 삶 앞에서 두 손을 들어버린 사람 같았다.

"급격히 나빠지는 일만 남았겠지. 가엾은 로즈."

다른 환자들을 통해 이미 경험한 일이다. 제프처럼 집과는 다른 너싱홈의 환경과 규율에 반항하고 투정을 할 때의 환자들은 적어도 살겠다는 의지가 있었으므로 말로든 표정으로든 뭔가를 끊임없이 드러내보였다. 살아야 한다는 의욕의 표출이었다. 그러나 의지와 희망을 잃었을 때 그들의 몸과 마음은 함께, 그리고 순식간에 무너졌다. 무너진 채 다시 일어날 기력조차도 찾지 못했다. 간신히 잡고 있던 의지와 희망의 끈을 이미 놓았기 때문이다.

너싱홈 문을 한 번 열고 나가기 위해 로즈는 얼마나 오랫동안 비밀 번호를 외워야 했던가? 자꾸만 가물거리는 기억을 놓지 않으려 수도 없이 휠체어 바퀴를 돌리며 목소리가 쉬도록 외쳐야 했었다. 누구나 아무 때나 들러서 마시는 맥도날드의 커피가 로즈에게는 머나 먼 험한 여정 끝에 얻을 수 있던 한 방울의 감로수 같은 것이었으리라.

"한 번의 외출로 영영 감시의 눈길을 피할 수 없게 됐으니 더 안됐어."

실은 나가라고 문을 열어둔다 해도 나갈 기력을 잃은, 감시가 필요 없는 로즈였다. 그런데도 너싱홈은 요주의 환자로 주시를 한다. 로즈의 무단외출은 너싱홈 규칙을 크게 위반한, 너싱홈에서 일어난 일 중에서도 심각한 경우에 해당되었다.

"너싱홈 올 정도로 안 살고 싶어. 나 같은 흑진주를 누구한테 맡기겠어?"

마리의 말에는 뼈가 있었다. 아니라고 해도 로즈의 인종차별발언은 마리의 가슴에 대못으로 박혔을 것이다.

"힘들었구나, 로즈 때문에?"

"…"

마리는 말없이 커피만 마신다. 그 심각한 인종차별에 이 정도 반응도 보이지 않는다면 마리가 오히려 비정상이다. 마리여서 로즈는 끝까지 보호받아야 하는 환자로서의 권리를 누릴 수 있었고 로즈는 사과를 했다.

마리 같은 간병사가 되고 싶었다, 나도. 가족도 감당하지 못하는 일조차도 묵묵히 해내며 마리처럼 환자의 품위를 지키고 싶었다.

어쩌면 그것은 너싱홈에서 눈을 감으신 내 엄마 때문이었는지도 모른다. 당신의 삶임에도 당신 스스로 감당을 할 수 없다고 여긴 그 순간부터 오빠를 채근해 시작하신 엄마의 너싱홈에서의 삶에 딸이면서도 아무 것도 한 것이 없는 미안함이 늘 부채처럼 내 속에 남아 있었다. 엄마에게는 이미 기회조차도 잃었지만 내 엄마를 바라지하듯이 그렇게 환자들을 대하고 싶었다.

그러나 환자의 몸을 씻기고 틀니를 씻어 끼워주고 옷을 갈아입히고 침대를 정리하면서 어떻게 하루 같이 고분고분하게 환자의 입장에서 일을 했다고 할 수 있을까? 환자들을 바라지하며 그들이 곧 내 엄마란 생각을 내가 과연 며칠이나 할 수 있었을까? 오히려 이민을 온 이유가 기껏 남의 대소변 치다꺼리나 하는 것이었던가 하는 자괴감을 안은 채 환자를 대했을 것이다. 애린이 담배 팔고 로토를 파는 현실을 이해하지 못해 아이를 데리고 도로 서울로 날아가는 것으로 반응했듯 비록 애린처럼 떠나지는 않았지만 나도 자괴감을 느끼며 환자를 대한 적이 분명히 있었다. 한 인간의 질편하고 적나라한 본능의 치다꺼리에 부대끼노라면 정신마저 넝마가 되는 것 같은 적이 없었다고도 결코 말할 수 없다. 그 넝마 같은 정신으로 다른 환자를 대했을 때, 환자가 받았을 간호에 인권이 존재했다고 자신 있게 말할 수는 없는 것이다. 가족보다 간호사들보다 환자와 더 가까이서 일을 한 간병사로서 후회도 당당함도 한꺼번에 갖게 하는 세월이었다.

그러나 너싱홈에서 마리를 만난 것은 행운이다. 마리를 통해 환자에게도 환자로서 보호받아야 할 당연한 인권이 있음을 배웠고 환자의 자존심은 가장 가까이서 손발이 되어야 하는 간병사가 세워주어야 함도 알았다.

"간병사가 모두 너 같다면 너싱홈은 분명 생의 마지막을 보내고 싶은 곳이 될 거야."

'아파도 너싱홈에는 안 오고 싶어.' 라는 마리에게 내가 말했다. 그것은 진심이다. 마리는 늘 환자의 입장을 생각하는 간병사이므로.

"난 빵 때문에 비굴했어."

마리는 손 사레를 쳤다. 그러나 그 때, 마리가 아이들의 밥줄이란 이유로 고양이 목에다 방울 다는 일을 거부 했을 때, '그럼 내가 해!' 라며 나선 간병사는 아무도 없었다. 마리가 비굴했던 것이 아니라 마리를 앞세워 뜻을 관철하려던 나를 포함한 다른 간병사들이 오히려 비굴했었다.

"행동도 없이 공허한 말만 앞세웠어."

나는 그때의 마리를 이해한다. 빵, 그것도 자식의 입에 들어 갈 빵 앞에서 신념만을 고집할 모성이 어디 있겠는가? 잠시 흔들렸던 마리의 그 모습조차도 지극히 진솔했으므로 오히려 그녀를 돌보도록 했다.

"남편과 행복해라, 선아. 네 방법이 참 마음에 들어."

낯선 나라에 와 처음 시작한 일이 너싱홈의 일이었는데 생각보다 버거워 늘 그만 둬야지 하면서도 오늘에야 떠나는 날 두고 마리가 유난히 흰 치아를 드러내며 웃는다.

"고마워, 마리 변호사님. 당신 남편과 꼭 재회하기 바래."

지금은 접어두고 있는 꿈의 불씨로 의욕의 불을 지피고 싶었다. 낯선 땅에서 아이들과 먹고 살아야 해서 자신이 변호사였다는 사실도 잊은 채 산다고 했지만 잊은 것이 아니라 잊은 척하며 살 것이다.

"와, 오랜만에 들어보는 호칭이다! 나 다시 변호사가 된 기분이야, 선아!"

눈물을 글썽이면서도 마리는 함빡 웃음을 웃고 있었다.

'다 잘 될 거야, 마리.'

마리가 내게 그러했듯 나도 마리에게 그렇게 힘을 실어주고 싶었다.

이제 나는 너싱홈을 떠나 내가 선택한 삶 속으로 걸어가야 한다. 다행인지 불행인지 환자를 대하는 방법은 이미 충분히 경험을 했으므로 미숙으로 인한 시행착오는 없을 것이다. 어쩌면 너싱홈에서 제대로 하지 못한 일을 다시 제대로 해 보라고 주어진 기회이듯이 그렇게 정우를 대해야 할 것이다, 마리가 로즈에게 했듯 그렇게.

"잘 할 수 있어, 선아. 환자들이 당신을 좋아했잖아."

마리가 말했다. 마리의 그 말을 믿고 싶다. 그리고 마음에다 새겨두고 싶다.

19

집에 오다

"집이야, 우리 집이야!"

드디어 정우는 집으로 왔다. 쓰러진 후 많은 시간이 지나서야 돌아온 집이다. 하마터면 정우와 함께 오지 못할 뻔 한 집이었다. 수술 후 깨어나지 못했을 때 목숨의 포기를 생각해야 했던 고비가 있었고 너싱홈을 권유받기도 했기 때문이다. 그 긴 시간동안 정우는 삶과 죽음의 문턱을 넘나들다가 결국 삶의 자락을 잡았다. 그 날 아침 '돈 많이 벌어올게.' 라며 출근한 사람은 건강을 잃어 이제 농담처럼 진담처럼 인사처럼 즐겨하던 '돈 많이 벌어올게.' 라는 말을 할 줄 모른다. 정우는 휠체어를 타야하고 나는 정우의 손발이 되어야 한다.

비록 휠체어로 왔지만 드디어 와야 할 사람이 집을 채우고 있으므로 벌써 사람의 온기가 도는 것 같았다. 엄마 생각이 났다.

'집엔 그저 사람이 드나들어야 한다.'

엄마가 맞벌이를 하던 올케대신 살림을 사셨을 때, 고적하고 단정한 집안 분위기가 드나드는 객식구에 의해 흐트러지는 것을 반기지 않던 올케를 향한 말이었다. 엄마에게 집은 곧 사람이 드나들며 온기를 만드는 곳을 의미했다. 엄마가 늘 그 말을 한 이유는 일찍 남편을 잃고 남매를 데리고 외롭게 사신 삶의 궤적에서 찾을 수 있을 것이다. 사람은 사람끼리 서로 부비며 살아야 하는데 청춘에 홀로 되신 엄마의 삶이 그러하지 못했다. 청상의 입장에서 남의 집에 여상하게 드나드는 일도 내 집으로 드나들게 하는 일도 조심스러운 일이었다. 너무 일찍 떠나신 아버지로 인해 내 집은 늘 절간 같았고 그래서 남편 없는 집에서 자리에 누운 시어머니조차도 온기를 채울 분이어서 오랜 수발도 당연한 일로 감당할 수 있었을 것이다.

이민 후 처음 집을 사 이 집으로 이사 한 날 정우가 말했었다. 선아야, 우리도 이 땅에서 집 샀다, 장모님부터 모시자! 라고. 누구보다도 엄마를 좋아했고 엄마가 말한 집의 온기에 대해 이해를 한 정우였다. 그래서 우리 집엔 늘 민하 식구가 살다시피 했는지도 모른다. 그러나 그 엄마는 내 집이 사람들의 온기로 얼마나 따스한 지와 보시기도 전에 돌아가셨다.

이제 이 집 주인이 왔으므로 그것으로 된 것이다.

처음 이민을 작정하던 정우는 잘 다니던 대기업에서의 자신의 일을 그만둬야 하는 걸 아쉬워했었다. 중견 간부로 올라와 사는 형편도 나아졌던 그 때, 위를 바라보며 좀 더 욕심을 부린다 해도 실현이 불가능하지는 않을 것 같던 그 즈음에 다 접고 이민을 와야 했기 때문이다. 식구들끼리 많이 웃으며 사는 것이 이민 목적이었다.

'많이 웃자고 이민을? 남들 들으면 우리가 맨 날 싸우는 줄 알겠네.'

'싸움도 얼굴을 봐야 하는데 그럴 겨를이 없잖아.'

자식 공부도 아니고 돈을 버는 이유도 아닌, 하도 엉뚱한 이유여서 이민을 앞두고 우리가 나눈 대화였다.

그러나 늘 바쁜 정우의 일상에 웬만큼 적응이 되어 있던 나는 손길이 닿은 집을 떠나는 일을 아쉬워했었다. 아이들 시집 장가보내고 여기서 노후를 맞자던 던, 아담한 뜰이 있던 그 집이었다.

작은 아파트에서 시작해 뜰을 갖춘 이층집을 처음 샀을 때 그것이 내 인생의 마지막 집이 되어도 좋겠다는 생각을 했었다. 뜰에는 봄부터 갖가지 꽃이 피고 앵두가 익었고 마당 한 쪽엔, 이제는 수도에 밀려 식수로 보다는 두레박으로 뜰의 나무와 잔디를 적시던 우물과 우물가의 감나무엔 항아리 감이 가을꽃인 듯 붉던 집이었다.

그 집 떠나기 싫다며 미적대며 뒤돌아봤을 때 정우가 그랬던가, 걱정 마, 내가 가자마자 당신 좋아하는 꽃밭 있는 집부터 장만할 테니까, 하고. 그 약속을 지키느라 정우는 정말 집부터 보러 다녔고 결국 뒤뜰에 체리나무가 두 그루 있는 지금의 집을 장만했다. 새로운 꿈을 안고 낯선 땅에 와 아이들을 키우며 남은 중년을 보내고 노년까지 맞으려던 첫 집이었다.

'선아야, 잔디 깎는 일도 장난이 아니야!'

땀방울을 이마에 달고 기계를 밀고 다니며 정우가 잔디 깎는 일을 투정했던 집이었다. 무슨 잔디가 돌아서면 한 뼘이냐고. 그러나 나는 알고 있었다. 그것은 잔디 깎는 일에의 투정이 아니라 바로 내게 약속한 꽃이 있고 잔디가 있는 집, 그리고 덤으로 체리나무까지 있는 집을 지닌 행복한 투정이라는 것을. 그 때는 아담하던 것이 지금은 제법 실하게 팡팡한 덩치로 자라 꽃이며 열매로 제 몫을 다 하는 체리 나무들. 그러니까 이민해 낯선 땅에서 감당해야 했던 내 식구의 삶의 애환을 때로는 웃음으로 때로는 서러움으로 마음껏 터뜨린 곳이 체리 나무 그늘아래였고 체리 나무가 있는 이 집이다.

"문턱은 낮추고 욕실도 당신 좀 더 나으면 혼자서도 쓸 수 있도록 바꿨어."

정우가 고개를 끄덕였다.

정우는 오래 걸려 돌아 온 집을 휘둘러보다 아직은 벗은 채 서 있는 체리나무를 오래 올려다보았다. 까르르 웃으며 뛰노는 민하의 꼬맹이 소리가 나고 배경처럼 어른들의 너털웃음과 그릴에선 고기가 구워지며 뜰을 채우던 구수한 냄새, 팡팡한 나뭇가지에 올라가 바가지 가득 체리를 따며 먹으며 연신 씨를 뱉어내며 '민하야, 우리 이민 잘 왔다. 서울서 너 체리 이렇게 흔전만전 먹어봤니?' 라며 정우는 너스레를 떨었었다. 내 곁에서 와인 잔을 기울이던 애린은 입을 삐죽이며 그랬던가, '체리만 있으면 단가 뭐?'하고. 체리나무 아래서 바비큐를 할 때마다 민하 식구들도 함께 한 이유는 마음을 붙이지 못하던 애린 때문이었으리라. 아니, 집에는 사람 온기가 있어야 한다던 엄마의 말을 이해 한 정우의 그 마음 때문이리라.

아직 체리 나무는 벗은 채인데 체리나무가 눈송이 같은 꽃을 달고 그 속에서 매직처럼 붉은 열매가 맺던, 그래서 그 아래서 바비큐를 한 그 때를 떠올리는 걸까? 정우는 말없이 올려다보고 있다.

"집에 오는데 오래 걸렸네."

이제 또 다른 시작이었음에도 마치 고단했던 긴 여행에서 돌아온 듯 긴장으로 굳었던 어깨 죽지가 나른했다. 앞으로 일어날 일은 그 때가서 생각하고 그 때가서 대처하리라. 지금은 정우가 집에 왔으므로 그가 집이란 익숙한 공간에서 몸과 마음을 부려놓고 쉬도록 하고 싶었다. 말은 없어도 정우는 눈으로 오랜만에 온 집을 살피고 있었고 그 눈에 눈물이 괴기 시작했다. 그리고 소리 없이 울고 있었다.

"아, 이제야 사람 사는 집 같네. 애들도 왔다가라고 할 거야."

서러운 정우를 쓰다듬으려면 내가 수다스러워야 했다.

"왜, 누구 기다려요?"

젖은 눈망울을 한 채 두리번거리며 정우가 누군가를 찾는 시늉을 했다. 정우가 기다리는 사람이래야 수진 아니면 민하일 터였다. 문득 민하에게 생각이 머물렀다. 퇴원한다는 말을 하지 않았으므로 민하는 병원으로 갈 것이고 퇴원한 사실을 알게 되면 어쩌면 서운해할지도 모르겠다. 꼭 그렇게까지 할 필요는 없음에도 퇴원을 알리지 않은 이유는 단순하지 않았다. 정우 앞에서의 민하의 행동을 자제하라는 의미이기도 했고 구태여 말하지 않아도 결국은 알게 된 텐데 하는, 조금은 어깃장의 의미도 있었다.

정우는 고개를 돌려 연신 바깥을 살핀다. 당연히 있어야 할 사람이 눈에 띄지 않는다는 눈빛이다.

"내일 일찍 온다고 했어, 수진이는."

어쩌면 민하를 기다릴지도 모른다는 생각을 하면서도 수진을 언급했다. 함께 퇴원을 시킨 후 피곤했던지 일찍 집으로 돌아가며 수진이 말했었다. 대신 내일 일찍 들릴 거라고. 퇴원 때까지 민하에게는 말을 하지 않았으니 민하는 수진이 말하지 않은 한 정우가 여태 병원에 있으리라 여길 것이다.

"퇴원 축하해요, 형!"

"..!"

그런데 느닷없이 귀에 익은 유쾌한 목소리가 들렸다. 환청일 터이지만 환청이라기엔 너무나 선명한 목소리였다. 휠체어를 잡은 채 소리를 좇아 두리번거렸다. 정우도 나처럼 고개를 돌려 소리의 실체를 찾고 있는 것 같았다.

환청과 함께 체리 나무가 일제히 하얀 꽃망울이라도 터뜨린 듯 갑자기 온 뜰이 화사해지는 것 같았다. 이윽고 내가 환청에 환영까지 보고 있었다.

"집에 오니까 좋지요, 형?"

그런데 이 목소리의 주인공, 수진이 산 낯익은 자켓 차림으로 함빡 웃음을 머금고 다가오고 있는 사람, 그것은 환청도 환영도 아닌, 바로 실체였다. 정우와 나도 이미 함빡 웃음을 웃고 있었다. 그 웃음소리에 하얀 체리 꽃이 다투어 피었다가 후루루 눈송이처럼 떨어지며 뜰을 덮는 것 같았다. 민하에게 일부러 퇴원을 알리지 않은 사실 같은 것은 나는 이미 까맣게 잊고 있었다.

"왔어요, 민하씨!"

수진과 민하의 의사소통은 생각보다 더 빨랐다. 민하의 그 눈빛이 왜 말하지 않았느냐는 아니, 말하지 않은 이유를 다 알고 있다는 것 같았다.

당연한 듯 민하는 슬쩍 내 손을 밀어내며 대신 휠체어를 잡았고 정우는 여태 웃음을 머금고 있었다.

"하마터면 병원으로 갈 뻔했어요, 형. 수진이 전화해서 퇴원하신 줄 알았어."

휠체어의 정우를 내려다보며 민하가 말했다. 역시 수진이었다.

그 사이에 천천히 휠체어를 밀어 뜰 한 바퀴를 돌더니 집안으로 들어왔다. 민하는 정우를 자리에 뉘이고 나는 차 준비를 했다.

"벌써 헬퍼가 왔어요?"

차 쟁반을 들고 들어가며 일부러 여상하게 물었다. 그러나 내 목소리는 내가 들어도 물오른 버드나무 같았고 거실 벽에 걸린 거울 앞을 지날 때 언뜻 비친 내 얼굴은 한 때의 병원 뜰의 분홍 수국 같았다.

"예, 형수."

간결하게 대답한 민하의 말은 이어졌다.

"제이슨 있잖아 형, 우리 가게 헬퍼. 그 친구가 또 차였나 봐. 며칠 간 가게도 안 나오고 애를 먹이더니 어제 갑자기 와서 그러는 거야, 여자는 다시는 쳐다보지 않을 거라고."

퇴원을 알리지 않음으로서 자신을 경계하고 있는 내 의중은 이미 알고 있다는 듯 민하는 정우에게 제이슨을 이야기를 하기 시작했다.

"그 친구, 미안했던지 나더러 볼일 보라는 거야. 여자 생각을 하지 않기 위해 일이 필요하대."

민하는 흡사 수다스러운 여자 같았다.

"수진이랑 둘이서 퇴원 수속하셨다고요 형수?"

이윽고 민하가 찻잔을 들며 눈길을 내게 주었다. 눈길이 만나는 지점에서 평소 스스럼없던 내 눈길이 잠깐 허둥댔다. 찰나의 허둥대는 눈길을 민하가 놓치지 않은 것 같았다. 짧게 주는 그 눈빛이 마치 그렇게까지 할 것은 무엇 있느냐, 너무 힘들어하지 말라, 라고 말하는 것 같았다. 마치 '안 그래도 형수, 힘들잖아요.' 하는 것 같았다.

"아가씨가 애 많이 썼어요."

내가 대화 속으로 수진을 끌어들이고 민하는 그것이 의도적이라는 것을 알아차렸을 것이다.

"형, 이제 집에 왔으니까 좀 쉬었다가 가끔 가게도 둘러보고 그래요. 내가 형을 트레이닝 시킬 거야."

나를 힘들게 하느니보다 차라리 말머리를 돌리는 것이 편안하게 할 것이라 여기는 것 같았다. 그러나 민하의 그 말은 사실일 것이다. 정우가 점점 나아지면 민하는 정말 그렇게 할 것이므로.

그런 민하를 정우는 상체를 들어 기댄 채 바라보며 싱긋이 미소 짓는다. 정우의 그 미소가 마치 '짜아식, 형을 갖고 노는구나.' 하는 것 같았다. 그러나 나는 다시 한 번 정우를 바라본다, 그 얼굴에 번진 것이 정말 미소인가 하고. 환청 같은 목소리에 소리 없는 함빡 웃음을 보이더니 이번엔 미소였다. 그것이 정말 함빡 웃음이고 미소라면 민하 때문이었다. 의도적으로 민하를 피했는데 그 민하가 정우의 얼굴에다 웃음을 만든 것이다.

"아이구, 우리 정우 오빠, 편한 시절도 다 지나갔네!"

이것은 또 누구 목소린가? 바로 내일 오겠다며 간 수진의 목소리였다.

"수진이 너도 양반은 못 되는구나."

민하가 놀렸다. 마치 약속이나 한 듯 모일 사람은 다 모인 셈이었다. 마치 곧 파티라도 열릴 분위기였고 오랜만에 집안은 온기로 훈훈했다.

민하가 있고 수진이 있으므로 분위기는 금방 바뀌었다, 화사하게. 천성적으로 밝은 수진이 말로서 온기를 만들었고 민하가 가운데 있었으므로 더 이상 좋을 수 없는 분위기였다. 슬퍼요, 사는 것이, 라며 울던 그 날의 수진은 이미 그 자리에 없었다.

"내 흉 봤구나, 민하 오빠?"

수진이 들고 온 장거리를 탁자 위에 얹으며 싫지 않은 듯 민하를 향해 눈을 흘겼다. 정우가 일을 당한 후 수진은 올 때마다 필요할 먹 거리며 일용품을 손에 무겁게 들고 다녔다.

"오늘을 그냥 보내서는 안 되겠더라고 요."

쉬지 않고 왜 다시 왔느냐는 내 말에 수진이 한 대답이었다. 오빠 퇴원 기념으로 파티를 해야 한다는 것이 내일 오겠다던 수진이 생각을 바꾼 이유였지만 어쩌면 민하가 보고 싶었을 것이다.

병원이란 공간을 벗어났다는 것뿐이지 정우를 둘러싼 세 사람은 여전히 그 자리에 있었다. 정우는 흡족한 표정으로 오가는 농담들을 듣고 있었다.

"형, 실은 어제 애들 엄마가 전화했더라고요."

긴장으로 조심스럽던 작은 병실을 벗어나 내 집에서 마음껏 터뜨리는 웃음소리가 여태 메아리처럼 집안을 채우고 있는데 민하가 갑자기 서울에 가 있는 애린을 언급했다. 안부 묻는 일조차도 삼갔던 애린에 대한 말이었다.

"애린 언니가요?"

금언인 듯 삼간 안부를 민하가 먼저 터뜨리니 나는 외려 긴장하는데 확인하듯이 수진이 다잡아 물었다. 드디어 애린이 돌아오겠다고 한 것일까, 아니면 이혼을 요구한 것일까? 정우의 시선까지 민하에게로 가 있었다.

"꼬맹이 시키지 않고 전화를 한 건 처음이었어요."

민하 입에서 말이 실처럼 이어졌다. 그 목소리에 흐뭇한 심정 한 자락이 묻어 있음을 나는 알 수 있었다. 원망하면서도 애린의 목소리를 기다렸다는 의미였다.

"뭐랬는데요, 애린 언니가?"

수진이 날카롭게 반응했다. 파티라도 하자며 금방 천정으로 오를 풍선 같던 목소리가 다가가면 찌를 바늘 같았다.

"원망하대, 혼자 사니 좋으냐고. 좋으면 그렇게 계속 잘 살아보던가, 라면서."

그러니까 애린이 민하를 기다리고 있었다는 뜻이었다. 마치 검은 너울을 드리운 듯 수진의 얼굴이 어두워졌다.

"형은 어떻게 생각해요, 애들 엄마 그 말을? 난 도무지 모르겠어. 자기가 싫다며 갔잖아? 근데 왜 날 원망하느냐 고."

누운 정우의 입에서 무슨 대답을 듣고 싶은 것인지 민하는 계속 정우를 바라보며 말을 했고 급기야 수진이 성이 난 듯이 쏘아붙였다, '민하 오빠는 그렇게도 모르겠어?' 라고.

민하가 고개를 돌려 수진을 바라보느라 눈길이 나를 스쳐지나갔다. 정우에게 물었어도 기실은 내게 소회하는 것이라고 나는 이미 알고 있었다. 아니 모두가 있는 자리에서 민하가 왜 느닷없이 애린 이야기를 끄집어내는지 그 저의를 알 수 있었다. 정우에게는 안심을, 수진에게는 감정의 단속을, 그리고 내게는 애린을 언급함으로써 자신에게 향한 경계심을 풀라는 의도란 것을.

쏘아붙이듯이 하는 수진의 말에 '너는 뭐 아는 거 있니?' 라는 눈빛으로 민하가 바라보았다. 수진의 감정은 고려하지 않은, 몹시 눈치 없는 눈빛이었다. 내 눈에 그것도 다분히 의도적인 것 같았다, 알면서도 애써 모른 척 하려는.

"오빠를 기다리고 있었다는 의미지 뭐야. 애린 언니도 참 답답해. 뭘 그렇게 솔직하지 못해, 부부간에? 그냥 애 데리고 오면 될 일을."

민하 일에 그렇게 드러나도록 흥분할 입장이 아님에도 역시 수진이 감정을 숨기지 못했다. 속마음은 그렇지 않은데 어쩌면 민하에 대한 어깃장인지도 몰랐다.

"그게 그런 의미라고 생각해 넌?"

눈치 없는 민하가 정말 미련하게 보이도록 수진의 감정에 불을 지

174

르며 느물댔다. 아내 애린의 그 정도의 속마음도 모르도록 정말 미
련한 민하는 아니었다. 수진은 몹시 심기가 불편해 보였고 기댄 정
우는 속으로 무슨 생각을 하는지 알 수 없었다. 건강할 때였다면 분
명 그랬을 것이다, '야 임마, 너 빨리 제수씨 데리러 안 가고 뭐하고
있냐? 이 판국에 로또가 중하고 담배가 그리 중하냐?' 하고.

그러나 정우는 말이 없었고 수진은 이제 거의 울음이 터지기 직전
의 위태로운 볼을 하고 있었다.

"뭐야, 민하 오빠 저 저의가?"

정우를 민하에게 맡긴 후 나를 따라 부엌으로 온 수진이 바락 짜
증을 냈다. 어중간한 민하의 태도가 표현에 직설적인, 그러나 민하
에게만은 어지간히 참고 있던 수진에게는 황당하고 혼란스럽기도
하리라.

"헷갈리잖아요, 아니 헷갈리게 하잖아요, 민하 오빠가."

앙, 하고 울음이라도 터뜨릴 것만 같았다.

민하와 애린의 부부 일에 수진이 그렇게 짜증을 낼 이유는 없었
다. 그러나 그럴 이유가 없는 일에 그럴 수밖에 없는 수진의 저 심
정을 나는 안다. 가까이 있어 다가가면 어느 사이에 저만치 달아나
서 있는 사람에게 느끼는 심정을. 그것은 내 심정이기도 했다.

수술과 긴 혼수상태를 거쳤음에도 정우가 맑은 정신자락을 놓지
않고 휠체어를 탈 정도가 되었을 때, 바늘 끝처럼 곤두섰던 몸속의
신경 줄이 더위에 녹은 엿가락처럼 물러지면서 어딘가에 기대어 전

신을 늘어뜨리고 싶다는 생각을 한 적이 있었다. 위기의 순간엔 정작으로 곤두서서 정우가 죽지만 않는다면 무슨 일이든 할 것 같던 정신이 위기를 넘긴 그 순간부터는 오히려 감당할 수 없는 무력감이 되어 전신을 허물어뜨리는 것이었다.

늘 뛰거나 바삐 걸어 병실에 들어 설 때는 싱그러운 기운 한 아름을 안고 오는 것 같던 민하가 어느 날부터 기다려지기 시작했다. 당치 않은 일이었으므로 기다림의 이유 자체가 미심쩍었다. 그러나 그것은 속에서 점점 팽창하면서 미처 오지 않던 날엔 신경 줄이 끊어질 듯이 애가 탔다. 정우가 탄 휠체어를 밀어 불붙은 것 같던 그 뜰에서 눈길은 단풍에다 두고 있었어도 마음은 타는 기다림으로 단풍보다 더 붉던 이유가 바로 그것이었다. 정우가 아닌 민하에게 기대고 싶다는 생각, 그에게 형수로 불리고 있는 사실 때문에 더 애가 탔다. 거침없이 감정을 드러내 보이던 수진을 시샘하기 시작한 것도 그 즈음부터였고 정우 발목 위에서 내 손이 잡힌 그 순간부터는 도리질 하면서도 더 강하게 사로잡히고 싶은 욕구로 괴로웠었다.

그랬으므로 수진의 저 심정을 이해할 것 같았다. 허용된 아무 것도 없음에도 자신도 모르게 끊임없이 흐르는 것이 수진의 마음임을. 그래서 민하의 애린에 대한 말에 수진은 그렇게 당연한 듯 예민하게 반응한다는 사실을.

그런 수진의 심정을 아는지 모르는지 민하는 애린 얘기만 하고 있었다. 평소의 민하 답지 않게 정말 눈치가 없어보였다. 무슨 억하심정인지 마치 수진을 몰아붙여 울음보라도 터뜨리고 말겠다는 심보 같았다.

그러나 민하의 저 의도도 나는 알 것 같았다, 다 알고 있음에도 마치 금지된 말인 듯 드러내기를 저어하던 민하가 다 모인 자리에서 애린을 입에 올리는 이유를. 그것으로 정우에게는 안심을, 내게는 그렇게 힘들도록 긴장하지 말라는 의미를, 그리고 지나치게 감정을 흘리는 수진에게는 단속의 의미라는 것을. 눈치 없이 하는 말 같아도 민하의 애린에 대한 언급의 이면엔 모두에게 적용될 깊은 의미가 있음을 나는 이미 짐작할 수 있었다. 정우가 그 민하 앞에서 미소를 보였고 수진이 발끈하도록 만들었고 나는 민하의 현실을 직시하도록 했으므로 평소엔 언급하기를 아끼던 애린을 모두 앞에 드러냄으로서 민하는 자신의 목적을 이루고 있다고 할 수 있었다.

식탁을 차리다말고 물끄러미 수진을 바라보았다.

"우리 모두가 너무 많이 의지하나 봐요."

수진을 빌미하여 진심을 드러냈다. 사람이 눈앞에 있다고 정우도 수진도 나 자신도 민하의 마음을 마음대로 바라보고 마음대로 그리워하고 마음대로 소유한 셈이었다. 문득 웃음이 터지려 했다. 어떤 이유로도 용납될 수 없는데 각자 이유를 내세워 제 것인 냥 소유하려했기 때문이다. 애린에게 가 있어야하는 마음이었다.

"맞아요, 언니. 내가 바보지."

울음보를 터뜨릴 것 같던 수진이 금방 자신을 다스렸다.

"한 번도 모자라 또 무슨 상처를 받으려고 이러는지 몰라."

그러면서 씨익 웃었다. 수진은 솔직하다, 자신의 감정과 그 감정의 표현에. 내게는 없는 맺고 끊음이 분명한 성격이다.

그것이 정말 작전이었다면 애린을 동원한 민하의 작전은 성공을 한 셈이다. 수진이 잠시라도 자신의 감정을 추스르고 있었고 나는 터지려는 웃음을 참고 있는 중이기 때문이었다.

20

그들의 사연

　민하의 발길은 정우가 집으로 온 후에도 잦았다. 의사의 손길을 떠나왔으므로, 그래서 왕진을 오듯 오히려 더 자주 집엘 왔다.

　'형, 나 자주 온다고 눈치 주지 마. 내가 형을 봐야 일이 돼.'

　아무리 많은 말을 해도 정우로 부터는 한 마디도 듣지 못하면서 민하는 끊임없이 오고 끊임없이 말을 했다. 마치 '형수, 자주 온다고 눈치 주지 마세요. 왔다 가야 일이 돼요.' 라는 것 같았다. 그렇게 와서는 정우의 발치에 앉아 발을 주무르고는 돌아갔다.

　제 자리인 듯 발치에 앉아 '빨리 피가 돌고 신경이 살아나야 하는데...' 라고 혼자 중얼거리며 발을 주무르는 민하가 가까이 있는 한 피 돌기가 멈추고 신경이 끊어진, 그래서 천근인 듯 꼼짝을 않는 다리 걱정을 정우는 잊을 것이다.

　민하가 왔을 때 보이는 정우의 저 표정 때문에 나는 더욱 민하의 발걸음을 막을 수 없다. 그것은 애초에 집으로 퇴원을 하기로 한 이유 중의 하나가 실현되지 못하고 있다는 반증이기도 했다.

이미 목욕을 하고 식사를 한 정우는 기다린 민하가 오자 발을 맡긴 채 얘기에 귀를 기울이고 있었다.

"형, 간밤에 또 전화를 했더라고요. 사람이 어쩌면 그러냐, 자식이 보고 싶지도 않으냐며."

좀처럼 집안일은 입에 올리지 않던 민하가 요즘 부쩍 속을 드러낸다. 나는 집안일을 하며 이야기의 편린들을 듣는다.

'민하는 어쩌면 내게 하듯이 대답도 해 줄 수도 없는 정우에게 자신의 일을 드러내는지도 몰라.'

민하가 하는 말을 들으며 나는 생각한다.

"형은 알잖아, 내가 찾아가지 않는 이유를."

민하가 말했다. 담배도 못 팔고 로또 파는 일도 못한다고 어린 것 데리고 서울로 가 버린 애린이 만든 다른 일을 정우는 안다.

"그 때도 어쩔 수가 없었잖아, 애들 때문에. 그래서 이민도 앞당겼고 말예요. 물론 형을 따라 가겠다는 의미도 있었지만 그 때는 정말 서울에 둬서는 안 되겠더라고. 그 때 형이 말했잖아, 사람이 잠시 정신이 헷갈리면 마음에도 없는 행동을 할 수 있다고. 그래서 환경을 바꿀 필요가 있다고."

그러니까 민하가 가족을 데리고 이민을 온 것은 좋아하는 형을 따라 애린의 의사도 무시한 채 무작정 따른 의미가 아니라 애린을 둘러싸고 난무하던 그 소문으로부터 애린을 지키려던 정우의 충고 때문이었다.

"애들 엄마는 그러대, 유배지 같은 낯선 땅에 데려다 놓고 무관심으로 모질었다고. 차라리 돌로 쳤다면 그렇게 힘들지는 않았다고."

얼마나 깊이 가슴에 못으로 박혔으면 취할 때마다 하던 그 비난을 애린은 여태 하고 있는 것일까?

그래서 애린은 그 화사하던 체리의 뜰에서, 볼이 붉은 아이가 뜰이 좁다고 뛰어다녀도, 마악 팡팡한 체리 나무에서 내려 온 정우가 '제수씨, 이 체리 맛 좀 봐요, 올 해는 더 다네.' 라며 바가지 째 건네도, 고기를 구우며 짬짬이 민하가 눈길을 보냈어도 외면한 채 남 먼저 와인에 취해 민하를 비난했던가 보았다, '날 말려 죽일 작정이야? 차라리 돌로 쳐!' 라며.

한 때의 잘못을 없는 일이듯 머릿속에서 지우지 못해 민하는 민하대로 고통이었을 때, 그래서 그런 애린에게 선뜻 손을 내밀지 못하고 미적대고 있었을 때, 그 민하의 속을 가늠하지 못한 애린에게 민하가 보였던 모든 것은 유배지에 데려다 놓고 서서히 피를 말려 죽이려는 작전일 뿐이었던 것 같았다. 그것이 민하의 생각을 제대로 짚어내지 못한 애린의 미숙함이라 할지라도 얼마나 깊고 아프게 박혔으면 꽤 세월이 흐른 지금까지 민하를 원망할까 싶은 생각도 들었다. 악몽처럼 두 사람을, 가정을 뒤흔든 그 일은 여태 넌더리나도록 징그러운 그림자를 거두지 않고 두 사람을 따라다니는 것 같았다.

"그럼 내가 어떻게 해야 했어 형? 정말 성질대로 돌로 쳐야했던 거야?"

민하의 목소리가 조금씩 격앙되고 있었다. 마치 말 없는 정우로부터 대답을 기다리는 것처럼 민하는 재촉하며 흥분했다.

"안다고, 나도 알아요. 나 이런 놈이란 거. 그래서 나도 이런 내가 싫단 말이야, 형."

급기야 다투듯이 민하가 정우에게 대들었다. 아무 일 없는 듯 늘 웃으며 씩씩하게 다녀도 그 마음이 얼마나 무겁고 힘들었을지 짐작할 수 있었다. 그것도 모르고 그 마음 한 자락에 기대려다가 정작으로 마음을 보였을 때는 '애린 없는 외로움 탓'이라며 면전에서 무안하도록 모진 소리를 한 나 자신이 몹시 부끄러웠다. 내가 그러했듯 민하라고 그 버거운 마음을 기대고 싶은 적이 왜 없었을까?

"형, 나 어쩌면 좋아요, 응?"

민하의 일방적인 하소연이었지만 이미 민하와 정우는 의사소통이 되고 있었다. 민하가 정우를 상대로 자신의 울분을 토로하고 있었으므로.

눈에 딱하도록 서로에게 무관심한 척 하는 민하와 애린은 기실은 서로를 향해 간절히 손짓을 하고 있는 것 같았다. '무관심으로 모질었다.'던 애린의 표현이나 '어쩌면 좋아요.'란 민하의 말은 바로 그 의미일 터였다. 그것은 용서하고 용서받고 싶다는 의미의 다른 표현이었다. 용서하고 싶은데 다만 지난 일이 자꾸만 떠올라 괴롭다는 의미였고 돌을 맞는 고통이 있더라도 관심을 받고 싶다는 의미였다.

나는 선뜻 방으로 들어가 합류할 수가 없었다.

'친구 따라 강남 간다더니 민하씨가 바로 그 사람이네.'

오래 전에 먼저 정착한 우리 뒤에 이민 온 민하 가족을 두고 내가 했던 말이 떠올랐다. 그 때는 애린을 둘러싼 소문엔 그리 크게 신경 쓰지 않았다. 정우가 뭐라고 충고를 했든 이민이라는 한 가족의 인생길을 바꾸는 큰일을 잠시 흔들다 지나갈 소문 때문에 결정하지는 않았을 거라는 생각도 했었다. 그래서 민하가 형처럼 친한 선배 가족을 따라 싫다는 아내를 데리고 이민 길에 오른 사람이라 나는 생각할 수밖에 없었다.

그것을 증명이나 하듯 처음 당도했을 때부터 애린의 표정은 마지못해 따라 온 사람의 그것이었다. 새로운 세계에 대한 호기심이나 관심은 전혀 보이지 않았고 그것이 어쩌면 부부간의 위기를 부를지도 모르겠다는, 나 나름의 염려를 하게도 했다.

마지못해 와 사사건건 불만을 쌓았으니 낯선 땅에서의 삶에 마음을 붙이지 못한 것은 당연한 일이었다. 마음 붙이지 못하던 애린이나 쓰다듬는 일에 미숙한 것 같던 민하, 둘 다 딱했다. 온 가족의 인생길을 바꾸는 이민을 아내와 온전히 합의도 하지 않은 채 막무가내로 밀어붙인 것만 같던 그 때의 민하를 나는 속으로 나무랐던가? 그 때 정우는 아무 다른 말을 하지 않았다, 이민을 할 수밖에 없던 더 큰 이유가 민하와 애린 사이에 분명히 존재함을 정우는 알고 있었지만. 나중에 정우가 말했었다, 저들끼리 서울에 뒀다면 분명 부서지고 말 관계라고, 어떡하든 그것은 막아야 했다고.

그러나 애린은 적응하지 못하고, 아니 두 사람간의 불화를 이기지 못하고 떠나버렸다. 표면적으로는 긴 겨울도 싫고 안 해본 담배를 팔고 로또 파는 일을 못하겠다는 것이 그 이유였었다. 그 이유란 것이 적어도 이민자들이 이 땅에서 발을 붙이기 위해 선택하는 몇 안 되는 손쉬운 방법이란 것을 모르는 사람들에게는 설득력이 있었다. 대기업에서 비서로 일을 한 여자, 고이 자란 고명딸이 낯선 땅에서 담배를 팔고 로또를 파는 일을 하게 될 줄은 몰랐다며 다시 돌아가겠다는데 이의를 제기할 사람은 없었다. 오히려 서울에 남은 가족이나 주위의 사람들로부터 원성을 들어야 한 사람은 민하였다. 마누라 담배 팔게 하려고 누리던 것 다 놓고 이민 갔느냐는 원성이었다.

"형이 이러고 있으니 미칠 것 같아. 나, 어떻게 해, 형?"
급기야 민하가 정우 발을 움켜쥔 채 발 위에 엎드린 모습이 열어둔 방문 너머로 보였다. 울고 있는 것일까?
"미안해, 정우 형. 형 마음 아프게 하고 싶지 않았는데.."
"…"
대답이 없어도 민하는 정우의 마음을 알 것이다.
"알았어, 형. 내가 더 생각해 볼게. 그래도 답이 안 나오면 형이라면 어떻게 할까 하고 또다시 생각할 거야."
민하가 눈물을 닦으며 일어났다. 마치 정우로부터 민하만 알아들을 귓속말이라도 들은 것 같았다.

세 사람, 나와 정우, 그리고 수진이 까지 의지하고 있는 민하의 속마음이 그토록 고통스러웠다는 사실은 충격이었다. 정우의 일로, 수진의 이혼으로 한꺼번에 닥친 불행에 허우적대느라 민하의 심정을 챙기지 못했었다. 제 발등에 떨어진 불은 방치한 채 정우로 인해 생긴 이 집안의 불행을 내 일처럼 감당하던 민하는 그렇게 큰 사람이었을까? 아니면 더 큰 아픔을 겪고 있는 우리를 보면서 애린과의 관계의 괴로움을 희석하고 있었던 것일까?

그 민하의 허물어진 모습이 그래서 마음 아팠다. 경계를 하면서도 어쩔 수 없이 생각하게 되는, 아니 그 힘 때문에 이 불행을 감당하는데 그 큰 힘이 허물어지니 다가가 일으켜 세워주고 싶었다. 늘 숨기고 억누르고 감추려 했는데 이제는 그를 안고 나처럼 힘내라고 말하고 싶었다. 힘을 얻었으니 힘을 주고 싶었다. 그러나 생각뿐이었다.

21

누구나의 가슴 속에는

"체리 꽃이 피려나 보러 나가요."

정우는 휠체어에 앉아 있고 나는 뜰로 나갈 차비를 하고 있었다. 성급한 망울은 꽃잎을 터뜨릴 만도 한 화사한 아침이었다.

"내가 갈게요, 언니. 오빠랑 데이트 하고 싶어요."

이미 휠체어에 오른 정우의 뒤에서 손잡이를 잡는 수진의 목소리에 향기가 묻어있다. 나는 휠체어를 수진에게 맡기고 물끄러미 체리 나무를 바라보았다.

'선아씨 몸살 계절이네.'

두 그루의 체리 나무가 꽃망울을 맺을 즈음이면 넋을 놓고 나무를 바라보는 날 향해 정우가 놀렸었다.

그 즈음이면 마치 산일을 앞둔 임산부 같은 체리 꽃망울들을 하염

없이 바라보곤 했었다. 싱그럽고 단 공기부터 달랐다. 이윽고 두 그루의 체리 나무가 소리 없이 일제히 꽃잎을 터뜨리면, 꽃에 취해 오히려 내가 해산을 한 여인처럼 며칠씩 앓았다. 그것은 몸이 찢어지는 고통이 아닌, 감미로운 가슴앓이였다.

회상할만한 나만의 특별한 기억도 없으면서 마치 넋이 나간 듯이 내다보거나 바깥엘 들락거리며 체리 나무 아래에 서있다 오곤 한 것은 아마도 한꺼번에 꽃을 터뜨리던 꽃망울들의 흐뭇한 해산의 정경 때문이었을 것이다.

수진도 그래서 뜰로 나가고 싶었을 것이다. 모질게 훑으며 지나간 기억들을 체리 꽃망울들이 품어내는 정기로 씻고 싶었을 것이다. 내 눈에는 수진 자신이 막 고운 잎을 터뜨리려는 저 체리 꽃망울이다. 저 꽃망울을 품기까지 얼마나 고단한 일을 겪어야 했던가? 이제 다 잊고 저 나이에 맞는 꽃을 피울 때가 아닌가. 꼬리도 길게 드리웠다가 결국 밟히는 사단을 벌인 푸른 눈 같은 인간은 꿈에서조차도 만나지 말아야 하리.

푸른 눈이 훼손한 황폐한 가슴에 민하가 차지하고 있다. 이제 그 가슴에다 민하를 심어두고 스스로를 쓰다듬고 있는데 내 눈에 그것도 조마하다. 어쩐지 화사하게 피었다가 열매를 맺는 체리 나무 같지 못하고 열매 없는 꽃만 흐드러지게 피었다가 속절없이 떨어지고 말 것 같아서였다.

민하와 애린이 이미 정리된 관계라면 가능성이 없는 일도 아니다. 그러나 두 사람은 답답할 정도로 서로 밀고 당기고만 있지 않은가.

밀고 당김은 서로에게 향한 관심의 표현이다. 그것은 끝을 염두에
둔 것이 아닌, 이미 용서할 준비가 되었으므로 대신 상대편이 먼저
고개를 숙여 들어오는 것을 전제한 밀고 당김일 뿐이다. 그러므로
마음만 탈 뿐 수진은 앞으로도 뒤로도 나갈 수가 없다. 그래서 가끔
짜증을 냈다, '언니, 나 좀 말려줘요.' 라며.

'도대체 어쩌자고 내가 이러는 걸까요, 언니?'

번연히 알면서도 흔들리고 기울어지는 마음의 집요함에 수진은
넌더리를 냈다.

내가 알기로 수진에게 민하는 처음으로 이성의 감정을 느끼게 한
사람이다. 그러나 민하에게 수진은 늘 동생일 뿐이어서 혼자 애를
태웠었다. 정우와 같은 대학, 같은 회사에 다닌 민하가 비서실에서
근무하던 애린과 열애에 빠져 결혼을 하면서 수진은 결국 마음을 접
어야 했다. 그들의 결혼은 홀로 민하를 흠모하던 수진에겐 이성 때
문에 겪어야 했던 첫 시련이었고 좌절이었다. 그 감정이 수진이 이
혼하여 혼자가 되고 애린이 민하를 떠난 후 다시 살아난 것이었다.
그 때 겪었던 감정에 다시 휘둘리고 싶지 않았겠지만 경계를 두지
않고 흐르는 것이 사람의 감정이었다.

그 마음을 나는 결코 모른다 할 수 없다, 수진과 내 마음의 흐름의
방향이 동일하므로. '나 좀 말려 줘요, 아가씨!' 라고 나야말로 수진
에게 매달리고 싶다. 같은 심정이면서 그 심정 때문에 나는 수시로
묘한 날을 세운다. 수진은 꿈에서조차도 의식하지 못하는 감정이어

서 그래서 더 어이없다. 다 알면서도 모른 척 입을 다물고 있는 정우에게도, 한 점 의혹조차도 갖지 않는 수진에게도 그래서 더 뻔뻔한 나는 차마 할 말이 없어 '제발 나 좀 어떻게 해 줘요!' 라며 매달리고 싶다.

그러나 더 뻔뻔해져야 함을 나는 안다. 그 뻔뻔함조차도 알면서도 모른 척 침묵하고 있는 것 같은 정우는 침묵한 채로, 아무 의혹을 갖지 않는 수진은 끝까지 아무 것도 모른 채여야 한다. 그런데 하루 종일 정우 앞에서 아닌 척 가장하며 뻔뻔함을 숨기는 일은 온 몸이 흠뻑 젖도록 드는 시중보다 고역이다.

한 점 부끄러움이 없던 때가 그립다. 아니 부끄러움을 안은 채 환자들 속에서 날 혹사하면서 보낸 너싱홈의 그 때가 그립다. 모닝커피가 있던 마리와의 시간이 그립다.

'마리는 잘 있을까?'

뜰에서 도란도란 정우를 향해 말을 걸고 있는 수진을 바라보며 나는 생각한다. 너싱홈의 그 고단하던 일을 그래도 감당해 낼 수 있었던 것은 마리와 짬짬이 가진 대화의 시간이 있었기 때문이었다.

마리는 조국에 두고 온, 살았는지 죽었는지 모르는 남편이, 내게는 건강을 잃은 정우가 공통의 대화였다. 아직도 생사를 모르는 사람과, 사경을 헤매다 이제는 휠체어를 타는 남편이란 공통의 대화가 있었으므로 마음은 금방 통할 수 있었다. 무엇보다도 가슴 속에서 은밀하던 감정을 땀 흘리며 동동거린 시간으로 덮을 수 있었다.

'우리만 비행기에 태우고 돌아서던 남편을 내가 어떻게 잊을 수 있겠니?'

그 때 마리는 말끝마다 남편을 올렸다. 지독한 그리움이었다. 남편과 아빠를 두고 저들만 먼저 비행기에 오른 사람들이나 세 아이와 아내만 먼저 태워 보내고 저만 사지에 남아야 한 마리의 남편이 연출했을 그 가혹한 이별의 순간은 나 또한 훤히 머릿속으로 그릴 수 있을 정도였다, 하도 많이 들어서.

'살아 있다면 꼭 올 거야. 그 사람을 내가 알거든.'

남편에 대한 믿음을 말할 때의 마리의 눈빛은 다른 빛깔과 뒤섞이기를 거부하는, 그녀의 피부빛깔만큼이나 완강했다. 살아있다면 꼭 오고 말 사람이라고 마리가 그렇게 믿는 것은 낯선 땅에서 때로 흔들리기도 하는 자신을 그 믿음에다 붙잡아 묶어두기 위한 방편인지도 몰랐다. 수시로 흔들리는 마음을 먼 곳에 있는, 지금은 죽었는지 살았는지 모르는 남편에게다 묶어 두는 마리를 보며 나는 정우보다 민하를 의지하고 있는 나 자신을 돌아보았다. 그런 마리도 있는데 남편을 두고 엉뚱한 사람에게 마음을 둔 나는 그래서 더 죄책감에 눌렸고 그러나 그것마저도 감미로웠다.

옳고 그름의 잣대로 잰 후 시작할 수 있는 것이었다면 시작 자체도 없었으리라. 기댈 언덕이 쓰러졌을 때, 그래서 마음 붙일 곳 없어 막막했을 때 물처럼 자연스럽게 스며 든 시작이었다. 그 때는, 살려만 준다면 설령 악마의 옷자락이라도 붙잡고 늘어질 수밖에 없던 위기와 절망의 상황이었다, 낯선 땅이었으므로 더욱 더.

민하는 이혼의 상처를 안은 수진에게도 기댈 언덕이고 말이 없을 뿐 건강을 잃은 정우라고 다르지 않다. 하루라도 민하가 찾아오지 않는다면 그 누구보다도 정우 눈길이 불안하다는 사실을 나는 안다. 그런데 한 집안 식구의 마음을 송두리째 묶어둔 그 민하라는 기둥에다 애린은 왜 자신을 묶어두지 못하는 것일까? 그것은 이민 생활을 꺼려하던, 어차피 왔으면서도 몸담고 있는 땅과는 타협조차도 하지 않으려던 애린의 고집스러운 성격 때문이었을까?

'서울에서보다 더 힘들었어요.'

떠나기 전 어느 날 찻잔을 앞에 두고 애린이 내게 한 말이었다. 그것이 전부였다, 애린이 맑은 정신으로 내게 속을 드러내 놓은 적은. 그 때 애린은 내게조차도 마음의 경계심을 풀지 못했었고 민하는 친근한 관계였어도 남편의 후배였으므로 선뜻 나서기가 어려웠다. 그것이 어디까지나 부부간의 일이어서 본인들이 드러내지 않으면 차마 먼저 말머리를 끄집어내기 쉽지 않은 탓도 있었다. 그러나 짐작은 할 수 있었다, 힘들어 하던 애린의 심정을. 질시와 험담으로 시달릴 대로 시달린 그 곳으로 다시 돌아가지 않을 수 없던 그 심정이었다.

애린이 떠난 후 내가 후회를 한 것도 바로 그것이었다. 그러함에도 애린이 마음 을 붙이도록 내가 더 애를 썼어야 했는데 그러지 못했던 일이었다.

성급한 꽃망울이 더러 꽃잎을 터뜨리기라도 했는지 정우를 태운 휠체어를 나무 아래다 세운 수진이 한 손을 들어 체리 나무 가지를 끌어 들여다보고 있다. 수진도 지금 가슴앓이를 하고 있나보다.

22

질투

집으로 돌아온 정우는 말 잘 듣는 아이 같다. 정우의 말없음은 생각이 많은 탓일 것이다. 어느 날 홀연히 나타나 중년의 삶을 뚝 분질러놓고 사라진 결코 예상치 않았던 불행에 대해, 그리고 그 불행이 남기고 간 후유증에 대해 생각하고 또 생각할 것이다. 그래서 목을 틔워 소리를 내는 일에 시간이 걸리는 지도 모른다. 다물고 있던 입을 열어 어느 날 갑자기 목소리를 틔울 첫 말은 아마도 '선아야!'이리라.

나는 피식 웃는다. 마음 한 자락은 엉뚱한데 두고 있으면서 염치도 없이 정우에게는 과한 기대를 하는 같아서였다. 그러나 그것은 정우를 돌보기 시작하면서부터 어쩔 수 없이 내가 나 자신에게 거는 최면이다.

정우를 부축해 목욕을 시키고 나니 마치 옷을 입은 채 샤워를 한 듯이 몸은 땀에 젖었다. 이제 개운할 몸으로 정우는 한숨 잠을 청할 것이다. 정우가 잘 동안 집안을 치우고 젖은 몸을 샤워했다.

목욕이며 힘겨운 시중을 들 때마다 대부분의 가족이 왜 직접 바라지하지 않고 너싱홈이란 곳에다 환자를 보내야 하는지를 조금씩 이해하게 된다. 바쁘게 사는 자식들이라면 고된 시중을 감당할 수 없어 부모를 너싱홈에다 보낼 것이고 부부 중의 한 사람이라면 같이 늙어가므로 육신이 감당을 하지 못해 너싱홈에 보낼 수밖에 없을 것이다. 또 다른 이유는 환자를 눈앞에 두지 않음으로서 정신 적인 부담에서 놓여나고 싶은 마음 때문일 것이다. 함께 맞들면 새털보다 가볍지만 혼자 감당하려면 세상에서 가장 육중한 무게의 관계가 가족이므로.

"언니!"

막 샤워를 마치고 나오는데 수진이 현관문을 열고 들어왔다. 수진은 행여 정우 바라지를 하는 나를 번거롭게 할까봐 갖고 있는 열쇠로 문을 열고 들어온다.

"반찬 만들어 오는 길에 민하 오빠 가게에 들렀어요."

수진의 얼굴이 유난히 화사하고 밝은 이유가 민하의 가게엘 들렀기 때문이었을까? 애린이 떠난 후 반찬을 만들어 민하의 냉장고에다 넣어두곤 했었지만 그것은 정우가 쓰러지기 전까지였다.

거침없는 수진의 말에 평화스럽던 가슴 속 침전물이 일렁이며 부유하는 것 같았다.

"잘했어요. 밥이나 제대로 해 먹나 몰라?"

불편한 심기를 숨기며 예사롭게 말했다. 깜찍한 가식이었지만 진심이기도 했다.

"남자 혼자 사는 건 정말이지 못 봐주겠어요, 언니."

민하를 돌봐야 할 확실한 명분인 듯, 그래서 앞으로도 그럴 수밖에 없다는 듯 수진의 목소리는 투명하고 당당했다. 부유한 침전물이 서로 뒤엉켜 덩어리가 되어 명치끝을 가로막는 것 같았다.

병이다, 이것은. 그것도 한 번 도지면 도무지 통제가 불가능한 유치한 병. 그리고 이성을 마비시켜 감정만 난무하게 하는 위험하기 짝이 없는 병이었다.

"여자 혼자 사는 건 봐 줄 수 있고요?"

가까스로 농을 했다.

"나보고 하는 말이구나, 언니? 나도 다시 시집이나 갈까?"

목소리가 너무나 경쾌하고 거침이 없어 마치 '언니, 나 시집가요.'라고 하는 것 같았다. 하기는 수진이라고 푸른 눈처럼 살지 말라는 법도 없었다. 들리는 소문에 의하면 푸른 눈은 카티지의 그 여자가 아닌, 다른 여자와 이미 재혼을 했다고 한다.

'그 인간이 글쎄, 벌써 장가갔다지 뭐예요, 언니? 이혼장에 사인도 마르기 전에 말예요.'

그 때도 수진은 억울해 못 견디겠다는 듯이 울음을 터뜨렸었다. 수진이 울음을 터뜨린 건 푸른 눈이 먼저 재혼을 해서가 아니라 그 푸른 눈에게 푸르던 눈동자만큼이나 맑고 순수하던 자신의 사랑을 유린당한 억울함 때문이었을 것이다.

연애의 그 때부터 푸른 눈은 자신의 카티지로 수진을 데리고 다녔고 그 때 내 눈에 비친 수진은 이 세상에서 가장 행복한 여자였다. 여자에게 다정하고 젠틀한 푸른 눈은 여자가 어떨 때 행복해 한다는 것을 알고 있었다. 다정했으므로 한 점 의혹도 가질 이유가 없던 사람이었으리라. 만났을 때는 결코 딴 생각을 하지 않도록 한 사람이었고 때로는 수진에게 기대고 싶어 한 어린아이 같은 남자이기도 했다. 여자가 어떨 때 행복해 한다는 것을 아는 사람이 어떨 때 죽이고 싶도록 저주한다는 사실을 모른 것은 그의 불찰이었다.

애인은 유부녀였다. 아내 있는 남자가 남의 여자와 벌인 애정행각이 불륜이라는 사실에 푸른 눈이 무지했을 리는 없었다.

그런데 알고 보니 악몽 같은 그 일을 눈으로 보고서도 오빠가 알기 전에 덮기 위해 수진은 푸른 눈과 해결을 보려고 했었다. 죄를 지었음에도, 그것도 용서할 수 없는 죄를 눈앞에서 지었음에도 푸른 눈이 용서를 구한다면 일단 수진 혼자 알고 덮으려던 참이었다. 잘못에 대한 벌은 살아가면서 두고두고 주다가 이제는 성에 찬다 싶을 때 버리리라는 마음도 있었다고도 했다.

하여 그 일 이후에 수진은 푸른 눈과 대화를 시도했다. 결혼 생활 자체를 휘저어놓은 푸른 눈의 소행만 본다면 그것으로 끝이었지만 그래도 살을 맞대고 산 남편이었고 무엇보다도 치명적인 실패는 피하고 싶었던 것이 수진의 마음이었다. 더구나 오빠가 반대한 결혼이었다.

'당신 할 말 있을 것 같아.'

'죽을죄를 지었노라.'고 진심으로 빈다면 '그래, 어느 날 사람 마음이 변하면 짐승이 될 수도 있지,' 라며 한번쯤은 용서해 줄 용의가 없던 것도 아니었다고 수진은 말했었다. 잘잘못을 떠나 사람의 마음이 그렇게 쉽게 조절될 수 있는 것이라면 푸른 눈도 꼬리를 늘어뜨려 밟히는 일은 만들지 않았을 것이란 이해에서 비롯된 관용이었다, 그래도 남편이므로. 무엇보다도 오빠가 알기 전에 조용히 해결을 보려고 했다.

'할 말 없어. 이혼해.'

그러나 푸른 눈의 반응은 전혀 예기치 않은 것이었다. 용서도 변명조차도 없이 '이혼해.'란 한 마디로 끝을 보자는 것이었다. 자신이 저지른 짓이 이혼의 가장 확실한 사유임을 변호사인 푸른 눈은 알고도 남았다.

'뭐?'

그렇다고 그 일에 푸른 눈 스스로 나서서 '이혼'을 거론할 일은 아니었다. '이혼'을 거론하기 전에 먼저 앞서야 할 말이 있었다. 바로 용서를 구하는 일이었다.

'당신 이혼하려는 거잖아. 이혼하자고.'

그러함에도 용서가 있을 수 있다는 사실에 푸른 눈은 무지했다. 부부사이엔 사랑으로 인한 용서가 법 우위에 존재한다는 사실을 알지 못한 푸른 눈은 스스로 법을 적용하는 변호사 입장만 고집함으로써 남편의 자리를 저버렸다.

'뭐 이런 비루한 인간이 다 있어?'

그 때부터 수진도 푸른 눈의 수준으로 내려갔다.

'너 따위가 무슨 자격으로 이혼을 입에 올려!'

우리말과 영어를 동원해 마구 쏟아내었다.

'더러운 자식!'

분하고 또 분해서 재도 남기지 않도록 태워버리겠다는 성질을 이기지 못해 제 결에 까무러친 수진을 911을 불러 해결한 것은 푸른 눈이었다.

'엄마!'

급기야 정우와 나까지 알게 되었고 분노에 치받친 수진은 엄마를 외치며 가슴을 쥐어뜯고 있었다. 어려서 세상을 뜨신 엄마를 부르며 수진이 울부짖은 건 그 때가 처음이었다. 잘못했으므로 두고두고 그 잘못을 갚다가 이젠 성에 찬다 싶을 때 보란 듯이 버리려던 수진은 그렇게 마음대로 갚지도 못하고 푸른 눈과 이혼을 할 수밖에 없었다.

'그런 놈 갚아 뭐하냐? 인간 같아야 갚아주지.'

나중에 전후 사정을 다 들은 정우는 '그 놈은 내가 죽인다.' 라며 골프 클럽을 들고 나서기도 했었지만 결국 성질을 가라앉힐 수밖에 없었다. 바로 '엄마!' 란 그 외마디 소리의 무게 때문이었다. 이러다가 동생 하나 있는 것 잃겠다는 위기감이 정우로 하여금 마음을 추스르도록 했을 것이다.

그리고 시간이 좀 지난 뒤 마음을 가다듬은 수진은 푸른 눈을 내쳤다, 이혼으로. 그것은 푸른 눈이 원해서가 아닌, 바로 비루한 한 인간과 연결되어 있던 자신의 꽃 같던 인생 한 자락을 스스로 모질게 잘라내는 과정이었다. 가장 중요한 마음 한 자락 다스리는 일에 방심하고 소홀했으므로, 오히려 아내를 기만하고 방심을 즐겼으므로, 그리고 그러고도 용서를 빌 줄 몰랐기 때문이었다. 신뢰를 산산조각 내 다시는 봉합할 수 없도록 한 저질적인 배반이어서 수많은 다른 푸른 눈들까지도 철저하게 불신하게 했으므로, 그리고 설령 한 가닥 미련이 남아 용서를 한 대도 관계는 이미 썩은 동아줄처럼 부실할 뿐이었으므로, 무엇보다도 스스로 가치를 떨어뜨린 한 비루한 인간에 대한 실망이 다시는 돌아보고 싶지 않도록 했기 때문에 미련 없이 내쳤다.

'푸른 눈의 자상하고 친절한 매너에 매료되었던 적이 있었죠. 남자라고는 정우 오빠, 깊은 인정은 있지만 표현에 무덤덤한 남자만 보면서 컸잖아요. 세상에 이런 남자도 있구나 싶었죠.'

그것은 수진에게는 사람에 대한, 남자에 대한 경이로운 발견이었을 것이다. 푸른 눈에게 인생을 걸어도 후회 같은 건 없을 것 같았고 그래서 수진은 기꺼이 그 속으로 걸어갔다.

그만큼 믿었기에 배신감도 컸고 배신감은 두 번 다시 돌아보지 않도록 이혼으로 마무리했다. 그러나 세월 흐를수록 이혼을 결심한 그때의 마음은 무너지고 가끔은 과연 그것만이 길이었던 지를 생각하는 것 같았다. 민하에게 마음이 기울어지는 이유도 어쩌면 푸른 눈이 떠난 자리의 공허함 때문이었을 것이다.

'아가씨도 보란 듯이 좋은 사람 만나요!'

그 때 나도 거품 물고 흥분하며 그렇게 수진을 쓰다듬으려 했던가? 그 때는 좋은 사람이 민하가 될지, 설령 민하가 된다 해도 그 일로 내 마음이 불편하게 될 줄은 상상으로도 하지 못했다. 민하는 그냥 남편 정우와 형제처럼 정을 나누는 사이일 뿐이었고 그래서 가족 같은 사람이었다.

그런데 그 민하가 내 마음을 차지하면서부터 수진의 거침없는 말은 거친 음식인 듯 가슴에 얹히는 것이었다. 수진은 짐짓 농담처럼 하는 말이어도 그 말속에 강렬한 진심을 담고 있다는 사실은 내가 먼저 알았다.

"언니, 나 민하 오빠한테 시집 가버릴까?"

급기야 수진이 '민하'란 구체적인 이름으로 속 심정을 터뜨렸다. 내가 고개를 홱 돌려 수진을 바라보았다. 수진의 볼은 터지기 직전의 웃음을 머금고 있었다. 어쩐지 장난도 같았지만 너무나 직설적이었으므로 여전히 눈만 둥그렇게 뜬 채 바라보았다. 속에서 부유하던 묘한 감정은 부유한 채 그대로 굳어버린 것 같았다.

"언니도 놀라는구나. 아이, 농담이에요."

짐짓 더 허리를 틀며 수진이 웃었다. 거침없는 웃음이었다. 수진이 터뜨릴수록 내 심기는 날을 세우고 있었다. 수진의 농담보다 그 농담에 필요이상으로 예민하게 반응하는 나 자신이 더 어이없었다.

"이혼한대요?"

가까스로 진정하며 민하와 애린의 근황을 물었다. 내가 모르는 그들의 근황을 수진은 알고 있음이 분명했고 그것은 반찬을 빌미로 찾은 민하에게서 얻은 정보일 터였다.

'정말 이혼하기로 한 것일까?'

문득 그것이 궁금했다. 민하와의 새로운 시작은 당연히 애린과의 관계 정리가 전제되어야 하고 그것은 모르는 사이에 이미 진행되고 있을 수 있는 일이었다. 그렇다면 불과 며칠 전에 정우의 발치에서 울음을 토하던 민하의 태도는 무슨 의미였을까? 용서를 할 수 없어 결국 헤어지기로 결단을 한 것일까? 민하는 그 날 애린이 저지른 일에의 용서와 상관없이 기억에서 지우지 못하는 자신을 괴로워한 것 같았고 그것은 결국 민하의 애린에 대한 애증의 표현이었다. 그 민하가 그 사이에 이혼을 생각지 않고서는, 그리고 무슨 언질을 주지 않고서는 수진이 이토록 거침없이 결혼이란 말은 할 수는 없는 일이었다.

'그래서 반찬도 만들었나?'

수진의 말과 행보는 여러 정황과 어쩐지 이래저래 맞아 떨어지는 것도 같았다.

궁금증을 넘어 다시 불쑥 시기심이 일었다. 민하 한 사람을 두고 어느 누구보다 좋은 사이인 수진에 대해 시기심이나 느끼고 있는 나 자신을 몹시 한심하게 느끼면서도 그 유치하도록 한심한 감정을 나는 가라앉힐 수가 없었다.

"우리 언니 순진하신 거 좀 봐."

수진이 놀리듯이 웃었다. 나는 어리둥절했다.

"뭐예요, 아가씨?"

"놀랐어요, 언니? 하기는 민하 오빠는 꿈도 안 꾸는데 내가 김칫

국을 마시고 있으니 놀랄 수밖에.."

수진이 또 까르르 웃었다. 수진의 그 까르르 웃는 웃음소리에 함께 웃는 나 자신이 또 어이없다. 그것은 결국 수진의 일방적인 생각임을 확인한 웃음이므로.

마치 사람의 감정이 얼마만큼 유치해질 수 있는지를 보여주고 있는 것 같았다. 그것도 시누를 상대로. 이 지경에도 감정은 제멋대로 날뛰고 그 감정에 휘둘려 누더기가 되어가는 내 정신이 혐오스러웠다. 갖은 생각이 속에서 들끓으며 난장판을 벌여도 말로도 표정으로도 드러내지 않는 정우에게 부끄럽고 미안했다. 애린을 두고 괴로워하는 민하를 가벼운 농담의 소재로 올린 것도 미안했다.

그런데 그 수진의 말이 그야말로 진심을 담은 농담일 뿐임에도 그리고 정우와 민하에게 미안한 마음도 사실이면서도 그 한마디에 전신의 기운이 다 빠져 달아나는 것 같은 이 느낌도 어쩔 수가 없다. 혼자 품고 혼자 은밀히 쓰다듬으며 그 기운으로 하루하루를 견디는데 그 기운이 연기처럼 홀연히 사라져버린 것 같았다. 기운이 다 빠져나가버린 것 같은 이대로라면 정우를 감당하는 일조차도 힘에 겨울 것 같았다. 그래서 사람들은 너싱홈을 생각하는지도 모르겠다.

"나도 알아요, 당치 않다는 것을요. 애린 언니가 괜히 그러겠어요? 다 민하 오빠의 마음을 알기 때문이겠죠."

수진이 한풀 꺾은 목소리로 말했다. 그러니까 애린과의 관계를 끊지 못하는 민하의 마음을 수진도 알고 있었다. 알면서도 민하에게로 흐르는 마음을 추스르지 못하는 것이다. 바로 내 마음이었다.

"그 인간이 민하 오빠 반만 닮았어도 나, 이혼 같은 거 하지 않았을 거예요."

이미 헤어진 푸른 눈이 또 민하와 비교되고 있었다. 좋은 기억도 없지 않을 텐데 푸른 눈은 늘 부정적인 의미로 수진의 입에 오른다.

부부간의 신뢰 때문이라면 푸른 눈과 민하는 이미 게임이 될 수 없는 비교의 대상이다. 눈앞에다 아내를 두고 부정을 저지른, 신뢰를 저버린 사람과 눈앞에도 없는 사람을 버리지 못하는 사람과의 비교이므로. 게임이 될 수 없는 사람을 경험했으므로 수진은 민하에게 더 몰입하는지도 모른다.

"그래서 푸른 눈의 그 심정을 지금은 조금 이해해요, 애가 탔을 테니까요."

'푸른 눈 심정을 조금은 이해한다?'

참으로 엉뚱한 이해였다. 아마도 마음 다스리는 일이 다른 그 무엇보다도 힘들다는 것에 대한 이해일 것이다. 민하가 아직 애린과는 자식을 사이에 둔 부부라는 사실을 알면서도 그 마음을 추스르지 못해 늘 휘둘리고 있는 것은 아내를 두고도 마음 흔들린 푸른 눈과 다르지 않을 것이란 비교를 통한 이해일 것이다. 그것은 곧 한 번 싹을 내밀면 자랄 대로 자라 스스로 시들기까지 결코 멈추지 않는 치명적인 성장력을 지닌 것이 누군가에게로 향한 마음인 것에 대한 이해이기도 했다.

"마음이 뿌리를 잃었나 봐요."

수진이 자조하듯 말을 뱉었다. 오늘따라 수진의 말의 방향이 어디로 가닥을 잡을지 모르겠다. 짐짓 크게 웃어도 외로움이 허한 가슴을 치고 있음이 분명하다. 울타리인 듯 의지하는 정우는 쓰러져 도움 없이는 스스로 할 수 있는 것이 없고 마음에 둔 민하는 눈앞에 없음에도 없는 그 아내 때문에 눈앞의 수진을 애타게 하고 있었다.

"차 마셔요, 우리."

그런 수진을 어떻게 쓰다듬어야 할 지 모르겠다. 정우를 두고도 마음은 늘 민하를 기다리는 사람도 있는데 왜 아니 그럴까?

더운 차를 앞에 두고 수진과 식탁에 앉았다. 생각에 갇힌 듯 수진은 입을 다물고 있었다.

"실은 언니가 걱정 돼요, 같은 여자로서."

수진의 말의 방향은 엉뚱했다.

"…?"

무슨 말을 하고 싶은 것일까? 찻잔을 놓으며 물끄러미 수진을 바라보았다.

"오빠는 언제까지 저렇게 누워 있을지, 언니는 언제까지 오빠를 바라지 할 수 있을지… "

듣고 보니 예사로운 표현이 아니었다.

"무슨 뜻이에요?"

"희망이 있어야 하잖아요, 낫는 다는. 그런데 우리 오빠는…"

수진의 말은 이미 저만치 궤도를 벗어나 있었다. 차마 두려워 아무도 건드리고 싶어 하지 않던 금언이었다.

"천천히 조금씩 나아가고 있잖아요."

내가 말했다. 그것도 사실이다. 아주 천천히, 때로는 멈춰버린 것 같아 조급증으로 대하면 결코 볼 수 없는 것이 정우가 보여주는 증세의 진전이었다. 그러나 수진이 한 말의 의미도 무엇인지 알았다. 아주 천천히 조금씩을 기대하는 일에 얼마나 많이 지치고 좌절하고 그래서 때로는 벗어나고 싶을 때를 예상한 말이었다.

"내가 왜 너싱홈을 말했던지 언니는 알 거예요. 쉬운 일 아니거든요. 아무리 경험이 많아도 가족일 때는요."

수진은 작정을 한 듯 속엣 말을 하고 있었다.

"늘 고맙고 미안하면서도 한 편으로는 두려운 마음이 없지 않아요, '나, 더는 못하겠다!' 며 오빠를 잡고 있는 그 손을 놓을까봐. 그런다 할지라도 받아들일 수밖에 없는 일이지만 그것은 정우 오빠에게는 설상가상의 최악의 시나리오.."

"무슨 일 있었어요, 오늘?"

급기야 수진의 말을 잘랐다. 한 번도 시누올케 관계를 느낄 수 없을 정도로 좋은 사이이지만 이렇게 터무니없는 예단은 듣기 민망했다. 지금까지의 진심을 시누 수진은 역시 시누 입장에서 받아들인 것일까? 정우는 수진의 오빠이기 전에 내 남편이었다. 푸른 눈처럼 눈앞에서 믿음을 저버리지 않는 한 남편은 그러함에도 지켜야 하는 존재였다. 수진은 그 사실을 잊은 것 같았다.

"아, 미안해요, 언니. 내가 오늘 감상에 좀 빠졌나 봐요."

그 때서야 수진이 말을 멈추며 찻잔을 들었다.

"오빠가 필요해요. 내게 오빠가 있어야 한다고요."

'내게' 라고 강조를 하는데 문득 엄마가 떠올랐다.

돌아가셨을 때 갓난쟁이였으므로 내 기억에 아버지는 전혀 없다. 아버지가 없는 집에 역시 어렸던 오빠가 아들 겸 남편 겸 늘 엄마 곁에 있었다.

'자리보존하고 있어도 가장은 집을 지켜야 하는데...'

오빠와 나는 이 세상에도 없는, 나는 기억에조차도 없는 아버지를 향한 엄마의 넋두리를 들으며 자랐다. 아버지가 없던 내 집엔 큰 공간 같던 그림자가 늘 드리워져 있었지만 엄마의 넋두리 때문에 가장은 집을 지키는 존재란 인식을 하며 나는 자랐다.

정우를 너싱홈이 아닌 집으로 고집한 배경에는 어쩌면 나 어렸을 적의 엄마의 넋두리도 한몫을 했을지도 모르겠다. 내게 가장은 자리보존을 하고서라도 집을 지키는 존재였고 그것은 정우라고 다르지 않았다.

"고마워요, 언니. 말만으로도 눈물 나네요."

내 손을 잡는 수진의 눈자위는 이미 붉다. 잘 웃고 울기도 잘 하는 시누다.

"주저앉고 싶을 때도 있겠죠. 그 때는 손 내밀게요."

구태여 말이 필요 없는 일에 말을 앞세우는 것은 수진으로 하여금 믿음을 갖게 하기 위함이다.

수진과 나는 마주보며 웃는다.

23

좌 절

　내일 나 좀 만나 줄 수 있어, 하고 마리가 전화를 한 건 이른 아침
이었다. 환자들 케어가 끝난 마리의 퇴근시간 무렵이었다. 만나자,
가 아니라 만나 줄 수 있어, 라고 한 건 만나야 할 긴요한 이유가 있
다는 의미였다. 마리에게 가장 긴요한 일, 그것은 아프리카에서 올
남편을 만나는 일인데 어쩌면 그 사이에 남편이 이 땅으로 왔는지도
모르는 일이었다. 만일 그것이 사실이라면 더 이상 반가울 일은 없
다. 그토록 기다린 남편과 만나 아이들과 예전의 가정을 이루게 된
것이니 이 땅에서의 마리의 첫 번째 소원은 이루어진 셈이다. 이제
남은 것은 공부를 하는 일일 것이다, 이 땅의 변호사가 되기 위해.
마리의 지독한 그리움이 하늘에 닿았음이 분명했다.

　늘 너싱홈에서 퇴근을 한 그 아침 길을 집에서 가노라니 새삼 그

때가 떠올랐다.

저녁이 아닌, 아침에 이 길로 그 많은 환자들을 만나러 다녔었다면 좀 힘들었을 것 같았다. 꼬박 세운 밤일이 고되었어도 아침에 너싱홈을 나와 마리와 맥도날드에서 마신 모닝커피는 누적된 간밤의 피로를 그대로 씻어내던 청량제 역할을 했었기 때문이다. 마리와 함께 한 모닝커피로 밤새 쌓인 피로를 씻을 수 있었고 무겁고 고단한 새 날을 가볍게 시작할 수 있었다. 문득 그 시절이 그립다. 일이 끝나면 잠시라도 자유가 있고 대화의 시간이 있던 그 때였다. 너무 짧고 늘 자투리 시간 같아서 더 감질나고 그래서 더 감미롭던 시간이었다.

"선아!"

마리가 먼저 와 창가에서 손을 들어보였다. 마리의 그 모습이 마치 모닝커피를 누리던 로즈 같았다. 그 날 이후 다시는 모닝커피를 누리지 못했을 로즈였다.

"오래만이야, 마리!"

의자에 앉으며 마리의 표정부터 확인했다, 분명 남편을 만난 기쁨이 서려있을 것이므로. 그러나 간밤을 꼬박 세운 탓일까, 마리의 눈동자에는 핏발이 서 있고 오일을 발라 선탠을 한 듯 매끄럽던 흑갈색 피부는 마르고 거칠어 보였다.

"무슨 일 있어, 마리?"

그러함에도 잘 웃던 마리의 얼굴에 미소가 없는 것이 무슨 일이 있었음을 말했다.

"커피부터, 선아. 너 모닝커피 좋아하잖아."

그러면서 일어나 더운 커피 하나를 사 왔다.

"자신이 없어, 나."

커피 컵을 움켜쥔 채 건너편의 너싱홈에다 눈길을 주던 마리가 무너질 듯 위태로운 목소리로 말했다. 이 시간 즈음의 너싱홈의 환자들은 교대한 간병사의 시중을 받으며 쉬거나 더러는 졸고 있을 터였다. 일찍 깨어야 했기 때문이다.

마리의 눈길이 너싱홈에 가 있어도 그 눈이 너싱홈을 보고 있지는 않다는 것을 나는 알 수 있었다. 초점이 없는 눈은 그냥 감지 못해 떠 있는 것 같았다.

"누가 잠 안 자고 힘들게 했구나?"

까다로운 환자들 바라지로 밤새 시달렸음이 분명했다. 너싱홈에 로즈 같은 까다로운 환자는 많았다. 제 2, 제 3의 로즈는 얼마든지 있는 곳이 너싱홈이다. 까다롭지 않다 하더라도 갑작스러운 증세로 고요한 밤을 발칵 뒤집어 놓는 환자가 언제 발생할지 모르는 곳이 너싱홈이기도 하다. 그도 저도 아니라면, 너싱홈 측에서 조용히 넘어가나 싶던 로즈의 외출 방조의 잘못을 물어 마리에게 불리한 뭔가를 통보했을지도 모를 일이었다. 너싱홈은 세 아이들의 밥줄이어서 인종차별과 환자의 인권도 눈감았던 마리였다.

"모른대, 아무도 모르겠대, 남편이 어떻게 된 건지."

그런데 마리를 주저앉게 한 것은 너싱홈이 아니었다. 역시 예상했던 대로 남편에 관한 일이었고 그것도 아주 부정적인 소식 때문이었다. 그대로 허물어질 듯 탈기한 표정과 가라앉은 목소리, 저만치 툭 던져둔 초점 없는 눈길로 어우러진 마리의 몸체가 마치 잔뜩 물기를 머금어 건드리기만 해도 주루루 빗물을 쏟을 무거운 먹구름 덩어리 같았다.

온다고 했으므로 올 사람이어서 기다리는데, 그 기다림에 의지해 너싱홈의 거친 일을 감당하고 아이들을 돌보는데 희망적이지 않은 새 소식이 전달된 것이다. 그러니까 최근에 아프리카의 그 나라에서 이 땅으로 온 사람을 통해서 들은 것이라 했다. 너무 오래 행방이 묘연하다는 것이 부정적인 소식의 이유였다. 이렇게 오래 행방을 모른다는 것은 남편이 이미 이 세상 사람이 아님을 의미한다며 마리가 엎드려 울기 시작했다.

"다 오는데, 살아 있다면 안 올 사람 아닌데.."

마리는 숫제 부정적으로 단정을 했다. 저렇게 허물어지는 모습을 보인 적이 없었으므로 당황스러웠다.

"마리야!"

저 마리를 '나, 괜찮아, 선아!'하며 다시 웃게 해야 하는데 무엇을 어떻게 해야 할지 알 수 없다. 어떤 바람이 몰아쳐도 외눈 한 번 깜빡이지 않고 굳건히 서 있다가 확실하지 않은 기별 하나에 그대로 무릎을 접고 주저앉아버린 마리에게 무슨 말이 다시 그 무릎을 펴 일어서도록 할 수 있을 지 도무지 알 수 없었다.

"정확한 소식은 아니잖아."

커피 컵을 감싼 마리의 두 손을 내가 감싸 쥐었다. 고단한 일에 시달린 거칠고 지친 손이었다.

"나, 너무 힘들어, 선아!"

마리의 입에서 젖은 소리가 비어져 나왔다. 참고 참다가 내는 신음이었다.

마리 옆으로 가 앉았다. 그리고 어깨를 감싸 안고 가만히 있었다.

"괜히 두고 왔나 봐. 함께 아니면 오지 말았어야 했는데..."

먼저 가 기다리랬다고, 곧 따라 간다며 우격다짐으로 비행기를 태운다고 두고 오는 것이 아니었다고 마리가 가슴을 쳤다.

'아이들과 날 비행기에 태우고 돌아서던 그 사람을 내가 어떻게 잊을 수 있겠니?'

한 밤중의 짧은 휴식 시간에, 일을 마친 모닝커피 시간에 마리는 주문처럼 외웠다. 그 기억을 붙들고 몸부림 하는 것 같았다. 그 마리가 내 눈엔 마치 기억에서 사라지려는 비밀번호를 붙들고 너싱홈이 떠나가도록 외치던 로즈 같았다. 하도 많이 들어 나도 토씨 하나 빠뜨리지 않고 기억하는데 그런데 그 마리의 남편은 도대체 어떻게 된 것일까?

"마리야, 아프리카가 얼마나 먼 곳인 줄 너, 알잖아? 오는데 시간이 많이 걸릴 수밖에 없을 거야."

마리의 남편이 있는 아프리카의 그 나라는 적어도 내게는 상상속의 나라다. 아무리 그리워도 그래서 죽을 것 같아도 오랜 기다림과 고된 여정 없이는 오가는 것이 허용되지 않을 것 같은 아득한 곳이다. 그러나 살아만 있다면 만날 수 있는 희망의 땅이기도 하다. 먼저 그 곳을 떠난 몇 사람이 안부를 모른다고 끝까지 안부를 모르도록 서로를 다 알고 사는 작은 땅도 아니다. 광활하고 또 광활하여서 그 땅의 사람들조차도 다 밟아보지 못한 채 눈을 감는 땅이 그 땅이다. 마리의 남편은 그 땅 어딘가에서 오매불망 먼저 떠나보낸 아내와 자식들을 그리며 죽을 지경이어도 죽지 못하고 그 날을 기다리고 있을 것이다. 그러므로 가혹하지만 마리는 기다려야 한다, 꼭 만나야 할 사람이므로.

그것은 눈앞에 두고도 기다려야 하는 나 자신과 다르지 않다. 정우가 말을 하기까지, 정우가 휠체어에서 일어서서 걷기까지 기다려야 한다. 그 때가 언제일지 모르므로 기다림은 가혹할 것이다. 수시로 주저앉고 수시로 또 일어날 것이다. 손끝조차도 움직일 기운을 얻지 못해 주저앉는 것은 기다림이 주는 형벌일 것이다. 그러나 그 형벌의 어두운 터널을 지나지 않고는 결코 볼 수 없는 것이 빛이므로 기다릴 수밖에 없다. 다르다면 마리는 먼 곳의 남편을, 나는 눈앞의 남편을 기다리는 일이다.

마리 손아귀에 있는 커피는 이미 식었고 나는 다시 더운 커피를 사 와 마리의 손에 쥐어주었다.

"고마워, 선아. 그 말이 듣고 싶었나 봐, 네게서."

젖은 얼굴을 고치며 마리가 웃었다.

"로즈는 어때, 요즘?"

이야기의 방향을 바꾸고 싶었다.

"가엾은 로즈, 이제는 입을 다물어 버렸어. 희망을 잃은 거지."

요주의 환자로 분류되면서 급격히 증세가 나빠지더니 비밀번호뿐 아니라 언어 자체를 잊어버린 것 같다고 했다.

"가엾어라, 로즈 할머니!"

그렇지 않아도 너싱홈 문을 열고 나가는 희망 하나로 버틴 로즈에게 가해졌을 너싱홈의 제재는 다루기 힘든 유리잔처럼 여리고 섬세한 환자의 의식을 그대로 마비시켜 오직 하나의 기능조차도 발휘하지 못하게 할 것임이 분명하다. 커피 컵을 든 채 집에 가고 싶지만 갈 수 없다고 울던 로즈가 떠오른다.

"번호외치며 날 미워하던 그 때가 차라리 희망적이었어. 나도 로즈의 은밀한 목표가 성공하기를 은근히 기대했었거든."

로즈가 마리에게 미움과 함께 희망도 주었을 것이다, 희박한 가능성에 매달려 그 힘으로 버틴 로즈였으므로. 그리고 마리는 로즈 같은 환자에게조차도 힘을 얻고 싶을 정도로 기다림으로 절박한 심정이었다.

"희망 하나 잡고 몸부림하던 한 인간이 다 놓고 죽음으로 가고 있는데... 너무 슬퍼, 선아."

툭 떨어지려는 눈물방울을 한 손으로 쓸며 마리가 울먹였다. 이젠 내가졌다 며 자신의 인생임에도 아무 것도 할 수 없다는 듯 목 내밀고 처분만을 기다리는 것 같은, 자리에 누운 로즈가 지극히 건강한 마리를 쥐고 흔들고 있는 것 같았다.

"마리야. 그래도 우리에겐 기다림이란 기회가 있잖아. 불확실하지만 그것이 불가능을 의미하는 것만은 아니야."

문득 목이 메었다. 마리에게 하는 말로 나 자신도 힘을 얻고 싶었다. 정우를 기다리는 일도 불확실하지만 결코 불가능한 일은 아니기 때문이다.

이미 눈물이 수습된 마리의 두 눈에도 다시 무거운 눈물이 매달렸다. 마리가 저렇게 눈물이 많은 사람인 줄 몰랐다. 늘 유난히 흰 치아를 드러내며 크게 웃었으므로. 지금은 눈물이 고인 마리의 저 눈에다 웃음을 담아주고 싶다.

"곧 체리 꽃이 필거야. 꽃 지면 이내 체리 철이잖아. 아이들 데리고 바비큐 하자."

더운 커피 한 모금을 마시며 마리를 바라보았다. 마리가 말없이 고개를 끄덕였다.

24

가지 않은 길

낮에 다녀갔음에도 수진이 다시 내 집을 찾은 건 잠자리에 들려던 늦은 저녁이었다. 아무렇게나 흘러내린 머리칼을 그대로 어깨위에다 방치한 채인 수진의 손에는 종이로 감싼 와인 병이 들려 있었다. 마치 베개를 끌어안고 씨름하다 온 사람 같았다. 전에는 없던 일이므로 나는 몹시 궁금증을 안고 수진을 바라보았다.

"잠이 안 와서요."

수진이 풀썩 식탁 의자에 앉았다.

"와인 한 잔해요, 언니."

아무렇게나 감싼 종이 속에는 목이 긴 와인 병이 들어 있었다.

괴로울 때마다 와인을 마셔야 한다면 아마 수진은 매일 취해 있을 것이다. 두 눈을 번히 뜨고 보는 앞에서 푸른 눈이 저지른 그 사단하며 그것으로 인한 이혼, 그 절절한 외로움과 울화를 삭히는데 술이 아니라 뭐든 필요했을 터였다. 그리고 정우 일은 또 얼마나 큰 아픔을 안겼을 것인가? 지금도 가슴속에 박혀있는 묵직한 근심이 와인으로 달랠 수 있는 것이라면 나도 기꺼이 그러리라. 그러나 수진과 나는 술을 즐겨 하지 않았다.

그 수진이 무슨 이유인지 밤이 깊어 가는 시간에 와인 한 병을 풀어놓는다. 전에는 없던 일이다.

"잘 왔어요. 한 잔해요, 우리."

이유는 알 수 없어도 수진의 그 기분이 금방 내게 옮겨온 듯 나도 와인을 마시고 싶다. 잔을 준비하며 수진의 표정을 살핀다. 무슨 일이 있지 않고는 저렇게 흐트러진 모양에다 술까지 마실 생각을 했을 리 없다.

"오빠도 같이 마시자고 해야겠다."

마치 건강했을 때처럼 수진이 말과 동시에 일어서더니 정우가 있는 방문을 열었다. 그러면서 큰 소리로 정우에게 물었다, '오빠, 와인 한 잔 하실래요?' 하고. 영락없는, 건강했을 때의 모습이었다.

"우리끼리 마시라네요."

여전히 그 때처럼, 수진이 방문을 도로 닫으며 말했다. 정우의 어떤 표정을 우리끼리 마시라는 뜻으로 해석한 것일까? 수진의 여상한 그 모습이 재미있어 나는 소리 없이 웃는다. 마치 나까지 오래 전의 그 때로 돌아가게 하는 것 같았다.

수진이 외투를 벗으며 다시 식탁에 앉았다. 외투 속은 잠옷차림이었다.

'그러고 왔어요?' 라고 말하려다 입을 다물었다. 마음 내킬 때 저러고도 올 수 있는 곳이라 여긴 수진이 고마워서다. 하기는 집안에서 바로 자동차를 타고 운전해 왔으니 외투 속에다 비키니를 입은들 사람들 눈에 띌 일은 없다.

"우리가 이제 새로운 대화 방법을 터득한 것 같아요."

내가 와인을 따르며 웃었다. 정우와의 대화란 것이 어디 상대적이던가? 나도 늘 일방적으로 말하고 그의 눈빛과 표정으로 알아듣거나 짐작하지 않는가? 하기는 모든 대화가 말소리로만 가능한 것은 아니다, 눈과 마음으로도 대화를 하기도 하므로. 한 번도 소리로 드러낸 적 없었어도 민하와 나 사이에 흐른 감정의 흐름도 분명 대화의 한 방법이었다. 음성 없이도 서로에게 흐르는 감정의 흐름은 그렇게 흘러 민하는 민하대로 , 나는 나대로 애가 타는 것이다.

"그러게요, 언니."

수진이 시니컬하게 웃었다. 전에 없던 냉소적인 미소여서 마음이 쓰인다.

"무슨 일 있었어요?"

눈치를 살피며 내가 물었다. 늘 밝고 화사한 수진이었다. 내가 가라앉을 량이면 얼른 너스레를 떨어서라도 다시 밝게 만드는 사람이었다.

"언니, 우리가 만일 이 땅에 오지 않았다면 어떻게 살고 있을까요?"

내 물음에 대답은 없이 수진이 오히려 질문을 했다. 그런데 그 질문이 내가 기대한 것과는 먼 것이어서 수진을 바라보았다. 외롭다거나 우울하다는 것이 아니라 두고 온, 우리가 가지 않은 길에 대해

물었기 때문이다. 이민을 오지 않았다면 나른하도록 평화로운 삶을 살 텐데 무단히 남의 나라에 와 겪지 않아도 될 일을 겪고 있다고 말하고 싶은 것 같았다. 가지 않은 그 길을 생각할 수밖에 없는 지금 이 순간, 그러니까 수진은 행복하지 않다는 의미였다.

"가지 않은 길은 아름답다는 말이 있잖아요."

내가 와인 한 모금을 마시며 말했다. 시큼 텁텁한 와인 맛에 전신을 한 번 부르르 떨었다. 처음 와인을 마셨던 그 때처럼.

'선아야, 와인은 말이야, 몇 번 흔들어 먼저 향을 맡고 입에서 굴리듯 하며 목으로 흘려 넣으며 맛을 음미하는 거야.'

'아이구, 이렇게 시큼 텁텁한데 왜 사람들은 와인 와인 하는 거야?'

술을 좋아하지 않던 내가 한 모금 와인을 입에 물고 뱉기도 넘기기도 뭣해 인상을 쓰자 정우가 시범을 보였었다. 이렇게 마시라고. 내 인생에서 와인은 정우와 나눈 그 때가 처음이었다.

"가지 않은 길은 아름답다, 시적인 답이네요. 가지 않은 그 길이 그리워요, 다시 돌아가고 싶도록. 그만큼 고단하다는 뜻이겠지요, 지금?"

수진이 말했다. 수진도 와인 잔은 들고 있어도 잔만 뱅글뱅글 손아귀에서 돌릴 뿐 마시지는 않았다. 와인 마시는 일을 참고 있거나 나처럼 와인을 좋아하지 않는다는 의미였다. 다만 잠이 오지 않는 밤, 와인을 앞에 두고 이런 저런 얘기를 나누고 싶었을 게다. 혼자만의 잠자리에서 생각은 오죽 많았을 것이며 그 생각들이 수진의 삶을 뒤집은, 결코 돌아보고 싶지 않은 일들에 관한 것이었을 거란 상상은 쉽게 할 수 있었다. 수진은 와인에다 가슴속에 쌓인 사연을 수월하게 끄집어내도록 하는 매개체 역할을 맡겼을 것이다.

그런데 수진은 가지 않은 그 길을 그리워한다. 이곳에 와 다시 공부하고 결혼을 한 것으로 방향을 바꾼 대신 그곳에서 걸었어야 할 길. 인생의 가장 꽃다운 나이로 수진의 기억에 남아 있어야 할 가지 않은 길이다.

그 꽃다운 시간을 돌아본 이유는 결코 꽃답다 할 수 없는 지금의 시간이 주는 괴로움 때문이리라. 이 땅으로 와 푸른 눈을 만나고 헤어진 지금까지의 과정에 꽃길이 없었던 것도 아니건만 수진은 다만 걸어서는 안 되었던 불행에 와 닿게 한 길을 걷고 있다고 여기는 것이다.

그러나 어쩐지 내 눈엔 수진이 와인 잔을 앞에 두고서도 말의 변죽을 올리고 있는 것 같았다. 가지 않은 길에 대한 언급은 가슴 속에 묻힌 수진의 진심을 내가 알아채지 못하도록 에둘러서 하는 말일 것만 같았다. 정작 수진의 가슴에서 끓어 넘치고 있는 것, 그것은 민하에 대한 마음일 것이었다. 감정이 자라기 시작한 그 때부터 지금까지 끓어오르도록 방치할 수밖에 없도록 앞으로도 뒤로도 가지 못하고 있는 민하에 대한 어중간한 입장 때문일 것만 같았다.

"가지 않은 길이 지금보다는 아름다울 거라 여기는 것은 어쩌면 상상으로 그리는 허구일지도 모르죠. 누구나의 마음속에만 있을 뿐 가지 않았으니 어차피 없는 길이니까요. 아무도 걸을 수 없는 그리움의 길이어서 그래서 아름다운 채 간직될 수 있을 거예요."

내가 말했다. 그렇다면 나는 어떨까? 수진만큼이나 고된 길을, 진

218

창 같은 길을 걷고 있는 나는 어떤가? 가지 않은 그 길을 수시로 상상하며 그 길을 선택하지 않았음을 후회하며 괴로워하는가? 솔직히 돌아볼 겨를이 없었다. 순간순간 닥치던 삶의 무게에 휘둘렸기 때문이다. 선택한 낯선 길에서 도태당하지 않기 위해 앞만 보고 걸은 셈이다. 낯선 길 갈피 속에도 문득 발길을 멈춰 유심히 바라보고 싶게 하는 아름다운 것들이 없었던 것은 아니다. 마음을 붙여갈수록 눈은 더 크게 틔었고 자연히 이곳만의 아름다움을 볼 수 있었다. 이제는 이곳도 두고 온 길만큼이나 정겹다 싶을 때 정우가 건강을 잃었다.

"그러네요, 언니. 우리가 실은 언제 두고 온 길 돌아 볼 겨를이나 있었나요? 그런데 정우 오빠가 안정된 것을 다 접고 낯선 땅에 간다고 했을 때는 이해하기 쉽지 않았어요, 왜 고생길로 뛰어드나 하고요."

하기는 수진이야 말로 이 땅에 오지 않았다면 푸른 눈을 만나지 않았을 것이고 이혼이란 아픔 같은 것은 겪을 일도 없었으리라. 수진이 이 땅으로 온 이유도 공부를 더 하라는 정우의 권유가 있었기 때문이다.

"몸은 고생이었어도 마음은 평안했죠."

정우도 그랬었다, 평안하다고. 단순하고 소박하고 많이 웃는 것, 그것을 원했다고. 다만 자신의 생각 때문에 하지 않아도 될 고생을 해야 한 식구들에게는 미안했다고. 그의 말처럼 나도 그런 단순함과 소박함, 그리고 웃음이 많아진 이 땅에서의 삶이 마음에 들었다. 마음에 들었으므로 두고 온 가지 않은 길을 돌아보며 애닯아 할 이유는 없었다. 두고 온 그것이 아무리 아름다운 길이었어도 어차피 돌아가 다시 걸을 수는 없는 길이었다.

　정우의 가게나 민하의 가게는 마치 만물상 같다. 담배며 잡지며 로또며 일상에서 필요한 크고 작은 물건은 다 취급을 한다.
　꿈도 컸던 두 남자가 대기업에서의 양복의 한 때를 다 벗어던지고 담배를 팔고 로또 파는 일을 시작했을 때 수진은 비애를 느꼈다고 했었다. 이 일 아니고도 전공을 살려 꿈을 성취할 다른 일을 할 수도 있을 것 같은데 너무 쉽게 안주하는 것 같아서였을 것이다. 한 번 부딪쳐보지도 않은 채 꿈을 포기하는 것 같았을 것이다.
　'수진아, 오빠 꿈은 말이다, 네 언니랑 많이 웃으며 사는 거란다.'
　그 때 정우가 수진에게 말했다. 기껏 나와 많이 웃으며 시간 보내는 것이 꿈이라니 그 꿈이 지나치게 소박하고 엉뚱해 수진은 실망했을 것이다. 어쩌면 내가 정우의 원대했을 꿈을 소박하게 만든 것 같아 심통이 났을지도 몰랐다.
　그러나 정우는 그 꿈을 이루기 위해 뒤도 돌아보지 않고 이민했다. 나도 정우가 꾸는 꿈을 함께 이루고 싶었으므로 이민의 과정은 순조로웠다. 수진은 말했다, 지금까지 애쓴 것을 어떻게 다 버릴 수가 있느냐고. 열심히 공부하고 열심히 일한, 그래서 피라미드 서열의 정점에도 도달할 수 있는 가능성을 두고 과연 많이 웃는 것으로 행복할 수 있겠느냐고. 그러나 정우는 수진까지 충동질 해 이 땅에 오게 했고 공부를 더 하게 했다.
　'다 벗어던지니 나는 살 것 같은데 넌 아직 아니냐?'
　언젠가 민하에게 애린이 터뜨렸을지도 모를 불만을 수진이 정우에게 했을 때 정우는 그렇게 말했었다. 체면이란 넥타이를 매고 쫓기듯이 살다가 목에 두른 것을 풀어버리고 나니 살 것 같다고. 체면이란 거품을 벗어버리고 나니 담배나 로또가 아니라 지렁이 잡는 일이라도 할 것 같다고 정우는 말했던가?

'지렁이? 당신 그런 말하면 나도 보따리 쌀 거야!'

이른 시기에 이민 온 교민들이 돈벌이로 한밤중에 화장품 원료로 쓰일 지렁이를 잡은 일을 들먹일 때, 그 때는 내가 기겁을 했었다. 그러나 부글거리는 체면이란 거품을 벗어버리고 나면, 먹고 살기 위해 무슨 짓이든 못할 것이 없다는 것이 정우의 말이었고 그것은 결국 소박한, 그러나 가족에 대한 사랑의 농도를 의미했다.

이민에 대해 적당히 환상을 갖고 있던 수진에게 한 정우의 말은 귀바퀴에서 튕겨나갔을 것이다. 아무리 생각해도 오빠 내외가 이민을 잘못 왔다는 생각밖에 할 수 없었을 것이다. 차라리 서울에 있었더라면 하는 후회로 오빠가 언젠가는 가슴을 칠 것만 같아 가까이서 바라보는 마음이 늘 조마했을지도 모른다. 그러나 정우는 담배를 팔고 로또를 팔면서도 많이 웃었고 일에 쫓겨 경험하지 못한 가족과의 깊은 부대낌에 오히려 행복해 했다. 그 일에 나는 늘 따라갔다. 구태여 앞장 설 필요 없이 정우가 무엇을 하든 조용히 따르기만 하는 그것이 내게는 쉬웠다. 그것은 정우가 무엇을 하든 믿는다는 뜻이었다.

푸른 눈과 헤어진 후 혼자를 겪으며 마음 한 자락을 어딘가 뿌리내리지 못한 채 대책도 없는 민하에게로 마구 기울어지면서 수진은 정우의 꿈을 이해할 수 있었을 것이다. 정말 지켜야 할 중요한 것은 눈앞에 없는 큰 것이 아니라 눈앞에 있는 사랑하는 사람이라는 사실을. 정우는 그 사실을 대기업에서 일에 시달리며 깨달았고 민하는 그런 정우를 좋아했으므로 이민까지 따라할 수 있었을 지도 몰랐다.

남자들의 꿈에 대해 수진 자신이 한 때 오해를 한 적이 있었으므로 애린이 떠나버린 표면적인 이유에 대해서도 이해할 수 있었을 것이다. 자신도 그랬었는데 애린이, 딴은 싫다 면서도 환상을 안고 따라 왔을 귀하게 자란 부잣집 외동딸이 일용할 양식을 벌기 위해 작은 공간에서 넥타이는커녕 허름한 차림으로 담배를 파는 일에 만족을 했을 리가 없었다는 사실에 대한 이해였다. 옷이 날개라고 했는데 그 날개로 위의 꿈을 좇아야 했는데 셔츠 차림으로 장사를 하는 민하에게서는 꿈의 실현을 기대할 수 없다는 것이 애린의 이해의 한계라는데 대한 수진의 이해였다. 수진이 애린과 동료의식을 느낀 유일한 것이 바로 그 점이었을 것이다.

담배 팔고 로또 팔기 위해 이민 왔다는 실망을 뛰어넘지 못한 애린은 그 이면에 민하가 지키고 싶어 한 뭔가를 볼 수 없었거나 보기 전에 떠나버린 셈이었다. 좀 더 참고 살았다면 애린도 민하가 지키고 싶어 한 그 무엇을 분명 볼 수 있었으리라. 바로 가정을 지키는 것이었다.

"혹 애린 언니도 두고 온 길로 다시 돌아가고 싶어 떠난 건 아닐까요?"

수진이 말했다. 수진의 애린에 대한 언급은 결국 수진 마음속에 가득 찬 민하에 대한 다른 표현일 것이었다.

"돌아가도 다시 그 길을 만날 수는 없겠죠. 두고 온 그 길은 떠난 그 때 이미 저 홀로 어딘가로 가버렸을 테니까요."

입속에 머금고 있던 텁텁한 와인 한 모금을 목으로 넘기며 말했다.

그렇다. 민하와 서울에 살았을 때나 애린이 다른 사람에게 마음을 두고 있었을 때, 그 때의 그 길이 그리워 되돌아갔다면 애린은 결코 그 길을 만나지 못한다. 그 때의 그 순간은 이미 잡을 수 없도록 저만치 가버리고 없거나 과거란 무덤에 묻혔을 것이기 때문이다. 두고 온 것 중에 변하지 않고 여전히 기다려 주는 것이 세상에 어디 있을까? 세월이 지나간 만큼 발걸음을 옮기는 것이 길의 속성이 아닌가? 그 길이 그립고 그리워서 더 아름다운 이유는 다시는 만날 수 없기 때문이다. 그 공허할 길에 애린이 가정을 걸 정도로 민하와의 동행이 그렇게도 형편없었던가?

"그렇다면 애린 언니도 참 안 됐어요. 결국 돌아가지도 못하고 가던 길에서도 이탈했으니까요."

세상의 근심이란 근심은 다 끌어안은 듯 파자마차림으로 늦은 밤에 찾아온 수진은 과연 머릿속이 수세미가 되도록 생각이 많은 것 같았다. 애린 생각까지 그토록 깊게 하고 있기 때문이다.

"애린씨가 걷기 싫다고 떠난 이 길은 어쩌면 여태 애린씨를 기다릴지도 모르지요."

"민하 오빠가 기다린다는 뜻이에요?"

내 말에 수진이 와인 잔을 테이블 위에다 놓으며 눈을 치켜떴다.

"돌아서면 남이지만 돌아서기까지는 기다려주는 것이 부부잖아요."

이럴 때조차도 수진의 입장이 되지 못함이 나는 미안하다. 그러나 어쩔 수가 없다, 민하는 그런 사람이므로. 아니 부부란 그런 관계이므로. 한 번도 기다린다는 말은 하지 않았어도 정우 발목을 붙잡고 괴로워하던 그 모습만으로도 충분히 짐작할 수 있는 일이었다.

"민하 오빠가 기다리고 있다는 뜻이네요, 애린 언니가 돌아오기를? 그렇구나! 애린 언니는 돌아올 길을 두고 있구나! 그래서 그렇게 오래 가 있을 수 있구나!"

아무렇지도 않은 듯 애써 세우려 해도 수진의 목소리는 이미 휘어져 울먹임으로 흔들렸다. 숨소리만 스쳐도 통곡이 터져 나올 듯 위태로웠다.

"그럼 난 어디로 가죠, 언니? 내겐 왜 돌아갈 길이 없어요?"

이윽고 테이블에 엎어지며 수진이 흐느끼기 시작했다.

'그래서 이 밤에 왔구나, 어디에도 소속되지 않은 것 같은, 사무치도록 외로운 그 마음을 가누지 못해서.'

한 가닥 가녀린 기대가 냉혹한 현실 앞에서 여지없이 무너지는 밤이었다. 어깨위로 마구 헝클어진 긴 머리칼이 흔들리는 어깨와 함께 출렁였다.

"길은 있어요, 아가씨. 다만 아직 못 보고 있을 뿐이지요."

그 말밖에 할 수 없었다. 그러나 틀린 말은 아니다. 확신할 수 없는 그 길에다 둔 시선을 조금만 돌리면 새로운 길은 분명히 수진 앞에 붉은 카펫처럼 펼쳐질 것이다. 인생은 곧 길이므로.

25

묘한 배반감

　현관에 들어서는 민하에게서 알큰한 술 냄새가 풍겼다. 초저녁 이 시간에 '저 왔어요, 형수.' 하고는 곧장 정우의 방으로 들어갔다. 취기를 드러내 보이고 싶지 않다는 의미 같았다.

　요즘 부쩍 민하가 고독해 보인다. 이파리를 벗고 몸 둘 바 모른 채 흔들리며 홀로 서 있는 겨울나무 같다. 참으로 쓸쓸해 보여 말없이 옆에 서 있고 싶게 하는 나무. 무겁도록 매달린 이파리가 지은 깊은 그늘 같던, 그래서 곤한 몸과 마음을 부려놓고 싶도록 하던 그때는 오지 않을 것인가.

　"술 한 잔 했어요, 형."

　마치 어리광하듯 발치에 앉자마자 민하가 말했다. 취했어도 민하의 두 손은 당연한 듯 정우의 발에 가 있고 정우는 눈을 뜬 채 말이 없었다.

"형이 없으니까 재미없더라. 아무도 없는 것 같았어."

무슨 일이 있어 혼자 마셨을까? 민하의 목소리는 마치 울음이라도 비어져 나올 듯 위태롭다.

"꼬맹이가 전화했더라고 요, 형."

'그랬구나, 그래서 술을 마셨구나.

민하의 말을 들으며 내가 생각했다.

"아빠 보고 싶어, 하며 우는데...."

늦둥이로 둔 민하의 둘째는 이제 유치원에 다니는 아이다. 이민 와서도 사이가 회복되지 않아 늦둥이라도 두면 나아질 텐데 하는 생각을 한 적이 있는데 정말 애린이 늦둥이를 가져 정우와 웃은 적이 있었다. 우리 이제 민하네 걱정은 그만하자, 라며.

'가려면 혼자 가지 왜 꼬맹이까지 데리고 가느냐고?'

애린이 서울로 가버리자 민하가 찾아 와 괴로워한 이유도 늦둥이 때문이었다. 늦게 태어난, 꽃 같던 아이로 웃을 일 없던 집안에서 민하도 한 번씩 아이 자랑을 하며 너털웃음을 날렸었는데 그 아이를 데리고 애린이 서울로 가버렸기 때문이다.

'엄마잖아, 민하야.'

하도 용서를 못한다고 울분을 터뜨려 정우가 그렇게 말했었다. 더구나 한창 엄마 손길이 필요한 어린 아이였다.

'그러니까 제수씨 좀 쉬도록 한 후에 데리러 가.'

'데리러 가요, 내가? 갈라설 거야!'

그 때 민하는 정우에게 버럭 고함을 지르며 성질을 부렸었다, 갈

라선다, 면서. 나이 많은 맏형 앞에서 듯 늘 고분하고 공손하던 민하가 버럭 성질을 낸 것은 아마도 그 때가 처음이었으리라.

'저 놈이 오죽 아프면…'

민하와 애린의 마음을 정우는 이미 다 알고 있었다. 절대로 갈라서지 않는다고. 갈라설 마음이었다면 함께 이민 길에 오르지도, 늦둥이를 두지도 않았을 것이기 때문이었다.

어차피 정우가 말이 없으므로 들어가 대화의 상대가 되고 싶었지만 나는 문 열린 방에서 넘어오는 소리를 거실에서 듣기만 했다. 민하는 오늘 그냥 누군가의 말이 듣고 싶은 것이 아니라 누군가에게 속을 드러내고 싶을 것이므로.

"자식이 뭔지, 내 마음이 흔들리는데… 갖는 것 다 치우고 그냥 데리러 갈까 생각까지 하다가 전화 끊고 나니 또 괘씸해지는 거예요, 애 시켜 엉뚱한 짓 하고 있는 것 같아서 형."

그래서 혼자 술을 마셨던가 보다. 갖다가 흔들리다가 솟구치는 화를 감당하지 못하고 술로 화풀이를 한 것 같았다. 그것은 정우를 찾을 때마다 아닌 척하며 너털웃음으로 분위기를 띄웠어도 속으로는 늘 그렇게 갖고 흔들리고 때로는 치받는 화를 감당하느라 힘들다는 하소연 같았다. 건강했을 때라면 그 자리에 분명 정우가 있었을 것이고 민하는 정우에게 미주알고주알 드러냈을 터였다.

"뭐가 엉뚱한 짓이냐고?"

마치 정우가 묻기라도 한 듯 민하가 말했다.

"엉뚱한 짓이지 뭐야, 그게. 잘못했으면 잘못했다고 용서 빌고 애

데리고 오든가, 앉아서 뭐하는 짓이냐고."

민하가 흥분을 하기 시작했다. 요즘 부쩍 민하는 정우 앞에서 흥분을 하거나 감정을 드러낸다.

"내가 가라고? 가서 데려오라고? 그걸 말이라고 해요, 형?"

이번에는 정우라면 분명히 했을 말을 민하가 대신하며 또 바락 성을 냈다. 모노로그, 그러니까 결국 애린도 민하도 서로가 와주기를 기다리며 버티고 있는 셈이었고 그들의 관계를 아는 정우가 무슨 말을 할 지 다 알고 하는 민하의 모노로그였다.

민하가 무슨 말을 어떻게 하든 정우는 묵묵히 듣기만 했다. 정우의 미세한 표정에서 민하는 정우가 해 줄 답을 읽는 것인지도 모른다. 아니 구태여 표정에 미세한 그 무엇이 나타나지 않더라도 이미 정우의 생각까지 읽고 있었다.

"난 아직도 용서가 안 돼, 아니 못해!"

민하가 말을 하고 결론까지 내렸다. 그러니까 애린이 아무리 늦둥이까지 동원해 데리러오라는 의미의 신호를 보내도 절대로 가지 않겠다는 것이 민하의 생각이었고 그것은 설령 정우가 하라고 해도 못 따른다는 뜻이었다.

'정말 이혼하려는 걸까?'

나는 생각하고 있었다. 그래서 수진이 농이라면서 '민하 오빠에게 시집이나 갈까?' 라고 말할 수 있었을까? 수진에게 민하가 무슨 언질을 준 것이 분명했다. 신중한 민하가 무망중에라도 무슨 말을 흘리지 않고서야 수진이 농담을 핑계로 속을 드러내었을 리가 없다. 수진의 마음이 롤러코스터를 타듯 부쩍 기복이 심하던 이유도 애린에 대한 마음을 다잡지 못하는 민하와 무관하지 않은 것 같았다.

잠자고 있던 시기심이 다시 부스스 눈을 뜨는 것 같았다. 민하는 정우를 감당하기 위한 힘인가 하면 어느 날부터는 질투를 불러일으키는 괴로운 그 무엇이었다.

"차 한 잔 하세요."

혼자 묻고 대답을 하는 사이에 정우가 잠이 들었던지 민하가 거실로 나왔다. 차를 준비하며 민하를 눈여겨보았다.

'얼굴은 왜 저렇게 상한 거야.'

내 눈에 민하는 끼니도 제대로 챙겨먹지 못한 애처로운 남자다. 그래서 오늘따라 모성애까지 자극하는 남자다. 당장 더운밥이라도 지어먹이고 싶다는 생각이 물큰 치받쳐 올랐다. 한 술이라도 걷어먹이고 싶은, 끼니 거르고 사는 자식 바라보는 어미 심정이었다. 민하를 남자로 느끼지 않고 그냥 늘 이 심정이면 좋겠다. 이 심정이라면 민하 때문에 헷갈릴 일은 없을 것이고 그것이 곧 민하에 대한 애초의 감정이므로.

"꼬맹이가 전화를 했나보네요?"

이미 들어 알고 있는 말을 했다. 아무리 아니라고 정우 앞에서는 성질을 부려도 내 눈에 민하는 애린을 기다리고 꼬맹이를 기다리고 있다.

"예, 형수."

민하가 한 번 바라보더니 겸연쩍은 듯 씨익 웃었다. 소파에 앉으며 민하가 찻잔을 든다.

잠시 애린의 입장에 서 보았다. 지금 애린의 입장에 서 줄 사람은 나뿐인 것 같았다. 민하도 어쩌면 애린이 뭔가 용서 받지 못할 잘못을 했다 할지라도 그래서 화가 나 있을지라도 그래도 데리러 갈 작은 구실이라도 찾고 싶을지도 몰랐다. 정우 앞에서 드러내는 성질도 마음대로 안 되는 그것 때문일 것이었다. 그렇다면 애린의 입장에 서서 하는 말이 민하의 마음을 움직일 작은 지렛대가 될 가능성이 있었다.

"원래 여자는 수동적이에요, 먼저 손 내밀어주기를 기다리죠."

마치 내 얘기를 하듯이 말했다.

정말 그것은 애린보다는 내 성격의 한 단면이다. 선뜻 나서서 저질러놓고 보기 보다는 누군가가 저지르면 겨우 따라가는 내 성격. 이민이란 가족의 인생길을 바꾸는 큰 일 앞에서 정우가 하자는 대로 따른 것도 그것의 한 맥락이었다. 크고 작은 일에 누군가가 손을 끌어주기 전에는 나서지 않는 내 성격을 애린에게 꼭 같이 적용할 수는 없지만 이 일에서 만큼은 민하로 하여금 애린을 데리러 갈 구실을 찾게 해야 한다는 의미가 있으므로 나는 내 성격의 한 단면을 스스럼없이 드러내지 않을 수 없었다.

애린의 입장에 서는 내 말이 뜻밖이던지, 아니면 내가 말한 수동적인 성격의 유형이 애린과는 다르다고 여겼던지 민하가 날 물끄러미 바라보았다.

"형수 아세요, 요즘 제 심정이요? 정우 형이 부럽다는 거예요. 부러워 죽겠어요."

그런데 마치 동문서답을 하듯 민하는 나와는 다른 의미의 말을 했다.

내 성격의 한 면을 드러내면서까지 애린의 입장에 서서 한 말에 대한 반응치고는 너무나 엉뚱한 것이어서 나는 당황스러웠다. 더구나 정우가 부러워 죽겠다니, 아무리 술기운에 한 말이라도 이해할 수 없었다. 정녕 정우의 불행을 몰라서 하는 말인가? 평소의 민하답지 않은, 너무나 생뚱맞은 말이어서 나또한 민하를 바라보았다.

"아무런 의심 없이 두 분은 주고받기만 하잖아요. 비록 표현은 하지 못해도 형의 마음은 온통 형수에게 가 있고 형수의 마음은 그대로 형에게 가 있잖아요."

참으로 엉뚱한 이유였다. 너무나 엉뚱해서 오히려 웃음이 비어져 나오려 했다. 역시 술기운 탓일 거였다.

"형수가 너싱홈을 거절하던 그 때부터 아니, 그 전부터 이미 알고 있었어요, 두 분 마음을 요. 수진이 그러데요, 너싱홈이 맞는 것 같다고 요. 그 때 제가 말했죠, 형수님 말씀을 들어보자고요. 이미 의사가 제시한 방법이니까 실은 형수님도 동의를 할 줄 알았죠."

의사가 너싱홈을 제의한 줄 민하가 알고 있는 줄 몰랐다. 그리고 수진이 민하에게 그런 의논을 한 줄도 몰랐다.

"그 날 이후 더 깊이 생각하게 됐어요, 두 분을. 아니 형수님을 요."

" ....?"

"미워하고 비난하고 갖은 추한 꼴 다 보였어요. 부끄러워서 정말 부끄러워서."

민하가 말을 멈추었다.

'그거였구나!'

애린이 한 번도 민하를 고운 눈으로 볼 줄 모른 채 비난하고 또 비난해도 '그래, 다 토해내고 마음 붙이자.' 라는 듯이 참고 또 참던 민하가 속으로는 참아내느라 그만큼 고되었다는 뜻이었다. 기대고 싶었다는 의미였다. 정우의 발목 위에서 무망중에 내 손을 잡은 것도 바로 그 의미였다. 아무리 강한 남자이기로 민하가 무쇠가 아닌 터에 가정의 근간이 흔들리던 그 위기 앞에서는 흔들렸을 수도 있었을 것 같았다.

'그런데 그것도 모르고!'

힘들어 보일 때, 그런데도 아무 것도 해 줄 수 있는 것이 없을 때 다가가 손을 잡고 등을 쓸어줄 수 있는 것 아닌가. 그것에다 그 때 내가 과한 의미를 부여했던 것이 분명했다. 알지도 못한 채 그 마음 한 자락 차지하려 수진을 시기한 것이 민망했다. 정우의 발목 위에서 무안을 준 것이 미안했다.

그 때 내치려했던 그 손을 잡고 싶었다. 안고 쓰다듬어주고 싶었다. 연민이든 연정이든 그 의미는 생각하고 싶지 않았다.

"저이 옆에 나 혼자 있는 것처럼 말하네요."

다가가 안아주는 대신 말했다.

시작의 그 때부터 민하 자신이 얼마나 큰 힘을 주고 있는지 모르고 있음은 안타까웠다. 정우도 나도 둘이서만 부둥켜안고 안간힘을 하고 있었다면 아마도 둘 다 지레 쓰러졌으리라, 서로의 무게에 짓눌려서. 아무리 너싱홈을 원치 않았다 할지라도 이미 의사가 권유한 일을 거절하고 집을 택할 수 있었던 이유 중의 하나는 그들이 가까이에 있기 때문이었다. 민하는 그것을 몰랐다.

"민하씨가 없었다면 우린 둘 다 쓰러졌을 거예요. 애린씨도 잡아줄 손을 기다리는 거예요. 스스로 내밀지 못해 꼬맹이를 앞세우는 거고요."

내가 말했다. 애린의 입장에서 말하는 날 민하가 물끄러미 바라보았다.

"저 왔어요, 언니. 민하 오빠도 있었네?"

수진은 벨 소리도 없이 문을 열고 들어왔다.

"출근이 늦었어요, 아가씨?"

수진을 바라보며 농을 했다. 안하던 농을 한 이유는 민하와 마주하고 있던 민망함을 덜기 위해서였다.

"민하 오빠, 술 마셨어요?"

눈치 빠른 수진이 민하의 얼굴에서 눈을 떼지 않은 채 말했다.

"어, 한 잔했지."

"우리도 한 잔해요, 언니."

민하가 얼른 얼굴을 쓸며 겸연쩍어 할 때 수진이 찬장으로 가 지난 번 마시다 남긴 와인을 끄집어냈다. 불과 며칠 전, 파자마차림으로 앉아 나는 어디로 가야하느냐며 흐느끼던 수진은 그 자리에 없었다. 수진의 감정은 날마다 다른 색깔이다. 민하 때문이다.

나는 일어나 잔과 냉장고에서 안주 될 만한 것을 준비했다.

"오빠는 잠들었네."

와인 병을 든 채 살며시 방문을 열어본 수진이 도로 닫으며 말했다.

"고마워요, 민하 오빠."

수진이 세 개의 잔에다 와인을 따르며 느닷없이 민하를 향해 말했으므로 나와 민하가 수진을 바라보았다.

"민하 오빠가 반은 치료했을 거야."

수진이 와인 한 모금을 마시더니 말했다.

"내가? 아서라, 그런 말. 형한테는 내가 할 말이 없는 사람이야."

민하가 손사래를 쳤다. 민하는 설령 정우가 같은 말을 해도 손사래부터 칠 사람이다. 민하는 이미 오른 술기운을 의식한 탓인지 잔에다 손을 대지 않았다. 나는 잔을 앞으로 당겨 물끄러미 붉은 포도주의 매혹적인 색깔을 바라보고 있었다. 마치 마음을 현혹하는 것 같던 가을 단풍의 그 빛깔 같았다.

잘 발효한 과즙을 입술에 대기도 전에 이 매혹적인 빛깔이 먼저 내 가슴을 적시는 것 같다. 문득, 붉은 포도주 빛깔에 마음껏 젖도록 가슴을 열어 방치하고 싶다. 어떻게 늘 회색빛 같고 막막한 어둠 같은 빛이어야만 하는가? 늘 그래야만 한다면 그것은 너무 불공평하다. 설령 그것이 정우 때문일지라도. 붉은 빛이든 잿빛이든 한 사람의 인생의 빛깔은 스스로의 의지에 의해 주어져야 하는 것이 아닌가? 날 덮고 있는 빛, 이 짙은 잿빛은 내 의지에 의한 것이 아니다. 정우로 인해 발생한 빛깔이다. 내 의지가 아니므로 나는 벗고 싶다. 그런데 나는 왜 벗지 못하는가?

그 빛깔, 그것은 바로 내가 선택한 삶이 빚은 빛깔이기 때문이었다. 책임이 따르는 선택이었다. 그것도 내 의지에 의한 기꺼운 선택이었다. 다양한 곱디고운 빛이 충만하기도 하던, 그래서 내 의지를 후회한 적이 없던 선택이었다. 그러므로 이 잿빛조차도 기꺼워해야 하는데 그런데, 그런데 나는 지금 한 잔의 와인 앞에서 흔들리고 있다. 화사한 빛깔이 더 많은 날들을 빛나게 했음에도 마치 내 인생이 억울하게 잿빛을 뒤집어쓰고나 있는 듯이 와인 잔 앞에서 나는 잿빛만 생각하고 있었다.

나는 수진과 민하가 무슨 대화를 나누든 관여하고 싶지 않았다. 이 고혹적인 빛깔에 더 깊이 빠져 내 어깨에 지워진 어둡고 무거운 빛깔의 무게를 잠시라도 잊고 싶을 뿐이었다.

"오빠가 집으로 올 수 있었던 것도 민하 오빠가 큰 몫을 했기 때문이야."

그러나 이미 몇 모금 들이킨 술기운으로 민하에게 더 몰입하기 시작한 수진의 말소리는 내 귓바퀴에서 미끄러지듯 구르며 자연스레 내 귀로 흘러들었다.

'그래, 그것은 누구도 부정할 수 없어.'

나는 빛깔에 빠진 마음을 건져내며 혼자 속으로 생각했다. 그것은 실은 내가 민하에게 하고 싶은 말이었다. 민하씨 당신을 딛고 우리는 다 같이 서 있을 수 있어, 라고.

"넌 그렇게 생각하니? 만일 형이었으면 당신 팔다리를 줘서라도 날 고쳐놓을 사람이야."

민하는 여전히 와인 잔에다 손을 대지 않은 채 수진의 말을 받았다. 민하는 이미 취한 술기운에서 벗어나고 싶어 하는 것 같았다. 연거푸 잔을 드는 수진은 오히려 취하고 싶어 하는 것 같았다.

'그래, 그것도 맞는 말이야. 내가 알지, 민하를 생각하는 정우 마음은.'

여전히 눈길은 와인 잔의 그 붉은 빛깔에 둔 채 나는 또 혼자 생각을 했다. 애린이 그 사단을 만들어 가정이 두 쪽이 나기 직전까지 갔지만 정우 때문에 온전할 수 있었다고 늘 민하는 생각했다.

'사람이 사노라면 흔들릴 때도 있어. 절대로 그래서 안 되는 일이었지만 그래서 더 용서가 필요한 거야.'

그 때 그것이 마치 정우 탓인 듯이 술을 마시며 민하가 몸부림했을 때 정우가 한 말이다. 죽이고 싶도록 미워하고 괴로워하느라 용서란 생각도 할 수 없을 때였을 것이다. 애린이 비서로 일했을 때 모셨던 상사와 정을 통한 일이었다. 정우도 아는 상사였다, 같은 회사였으므로.

'깨어지기 위해서가 아니라 깨어질 일 앞에서도 결속하는 것이 가정이야.'

민하에게 이 말을 해 놓고 정우가 괴로워한 것을 나는 기억한다. 그것이 공허한 말치레인 것 같아서였을 것이다. 그리고 그 일이 만일 우리 가정에서 일어났다면 민하에게 해 준 말처럼 과연 그렇게 이해하고 용서하여 더 결속할 수 있을까 하는 생각 때문이었을 것이다.

그 일은 회오리인 듯 한바탕 민하네를 휘저은 후 지나갔고, 지금은 애린이 아이와 서울에 가 있지만 그 일에 대해서도 정우가 무슨 답을 주고 싶어 할 지는 이미 민하는 알고 있었다. 정우가 들려 줄 대답은 알고 있지만 민하가 버티며 따르지 않을 뿐이었다.

"정우 오빠도 민하 오빠도 마음 아파."

와인 기운이 수진의 마음을 먼저 적시고 있는 것일까? 물큰하니 물기가 밴 수진의 목소리에 붉은 잔에다 둔 내 눈길을 얼른 들어 수진을 바라보았다. 수진의 뺨은 이미 와인빛깔로 물들어 가고 있었고 긴장을 놓은 두 눈동자는 물기에 잠겨 있었다.

누렸던 것 다 두고 이 머나먼 나라에 이민 와 한 사람은 건강을 잃었고 한 사람은 가정이 위기에 놓여있음을 두고 하는 말일 거였다. 마치 서로가 서로의 속으로 들어갔다 나온 사람들처럼 대학 다니던 그 때부터 지금까지 함께 하는 두 사람. 서로가 서로의 신발의 한 짝인 듯 가는 곳마다 함께 하는 두 남자가 왜 하나라도 마음이 덜 가도록, 아니 도움을 받아도 오히려 마음 든든하도록 편치 못하고 시련을 겪는지 그것이 수진의 마음을 아프게 할 거였다. 그 시련에 나서서 할 수 있는 일이 없다는 사실이 더 마음 아프게 할지도 몰랐다.

그렇다고 수진 자신도 결코 나을 것은 없었다. 푸른 눈과의 시작이 공허하게 끝나고 여태 마음의 뿌리를 내리지 못한 채였다. 기대고 싶을 거였다. 이젠 민하란 줄기에다 접목해 고단했던 일들은 다 잊고 싶을 게다. 그러나 민하는 아무런 언질을 주지 않은 채 수진의 애를 태운다. 비록 눈앞에는 없어도 애린을 의식하기 때문일 것이다. 그것이 얼마나 수진을 애타게 할지 마음 둘 곳 없어 방황하게 할지 민하는 모른다. 아니 모른 척하는지도 모른다.

"미안하다, 수진아. 오빠들이 제대로 서 있지 못해서."

민하가 미안하다고 했다. 제대로 서 있지 못해 미안하다는 것은 동생에게 하는 오빠의 말이다. 결국 오빠 때문에 흔들리지는 말라는 의미였다. 그 오빠 때문에 이미 흔들리고 있음을 알고 한 말이었다. 나는 수진에게 주려던 눈길을 돌려 다시 와인 잔에다 두었다.

수진과 민하, 돌이켜 보니 참 오래면서 끈질긴 인연이었다. 그러나 어긋나는 인연이기도 했다. 그들의 이어질 듯 이어지지 않은 인연의 시작부터 지금까지 나는 지켜보았었다, 그 때나 지금이나 내가 정우 곁에 있으므로.

단발머리의 그 때나 지금이나 수진에 대한 민하의 표현은 지나치게 선이 분명했다. 그 때도 사귀던 애린 때문이었고 그 애린 때문에 아직도 그은 선은 완고하다. 한 남자 때문에 두 번씩이나 앓아야 하는 수진이 애처롭다. 그들의 인연은 왜 이토록 어긋나기만 하는 것일까?

"민하 오빠는 늘 그 자리에 있는데 나는 왜 이러는 걸까? 나는 왜 동생이고 싶지 않은 걸까요?"

그런데 수진이, 늘 가장자리만 맴돌다가, 변죽만 올리다가, 그리고 혼자서 쌓았다 허물기를 되풀이하다 마침내 더 이상 허물 수 없는 가장 단단하고 진솔한 마음 한 점을 와인 기운을 빌어 드러내고 있었다. 애절한 목소리와 함께 민하를 바라보는 수진의 눈동자는 이미 와인에 젖어 있었다. 내 마음조차도 젖는 것 같았다. 민하의 마음 한 점 얻는 일에 수진은 또 왜 이토록 고단해야 하는지 나는 늘 내 속에서 일어나던 시기심도 잊은 채 애틋한 심정으로 수진을 바라보았다.

그 즈음에서 나는 살며시 일어났다. 수진이 민하에게 할 말이 많은 것 같아서였다. 그러고 보니 늘 여럿이 말하고 웃고 근심했지 수진과 민하 단 둘이서 시간을 가진 적은 없었던 것 같았다. 나는 일어나 정우가 누운 방으로 들어갔다. 그러나 나는 그들의 대화를 방문 너머로 들을 수 있었다. 손으로는 연신 정우의 발목을 주무르고 있었다.

"미안하다, 수진아."

미안하다고 말할 때의 민하의 표정을 나는 그려보고 있었다. 차마 수진을 바라보지는 못할 민하의 표정이었다. 그 말 한마디에 수진의 마음은 또 얼마나 내려앉을 것인가, 한 발자국도 앞으로 내 딛을 수 없도록 하는 말, '미안'이란 그 한 마디 앞에서.

정우에게 그러하듯 민하 자신에게도 수진은 애틋한 여동생이었을 것이다. 이혼과 정우의 일로 가장 고통스러울 사람, 누구보다도 기댈 언덕이 필요한 사람임을 민하가 모를 리 없다. 그 수진이 언뜻언뜻 마음을 흘려도 받아주지 못함이, 그럴 수 없음이 안타까웠으리라. 오래 전이나 지금이나 본의 아니게 수진을 힘들게 하고 있어 미안도 하리라. 늘 웃고 있어도 그 속이 어떨지는 누구보다도 잘 알고 있으므로 빈 잔에다 다시 와인을 채워도 말릴 수 없으리라, 수진도 취하고 싶을 때가 있을 것이므로.

"이거 알아요, 우리 모두에게 민하 오빠가 에너지라는 거?"

갑자기 분위기를 바꾸려는 듯이 목소리를 높여 수진이 말했다.

"에너지? 나 자신도 감당 못해 맨 날 흔들리는데 내가?"

민하의 목소리가 들렸다. 그 말이 마치 에너지는커녕 애린과 아이들 때문에 우울하면 말도 못하는 정우 앞에 가 오히려 하소연이나 하는 못난이라고 하는 것 같았다.

"민하 오빠 흔들리다! 그러니까 흔들리는 오빠 잡고 우리가 서 있는 셈이네?"

수진이 까르르 웃었다. 웃어도 슬펐다.

"내가 아니라 형수가 이 집의 에너지야."

민하가 나를 지칭했으므로 나는 주무르던 정우의 발목을 잡은 채 귀를 기울였다. 민하는 뭐라고 말하고 싶은 것일까? 정우의 눈길이 내 눈과 마주쳤다. 나는 멈췄던 손으로 다시 정우의 발을 주무르기 시작했다.

"맞아요. 우리 언니 그만 고생시키고 정우 오빠가 벌떡 일어나야 하는데…"

"이 수진, 그러니까 너라도 힘을 내야지, 형수님이 좀 기대시게."

"나도 힘이 필요해요! 민하 오빠가 주는 힘이 필요하단 말이에요!"

갑자기 대들듯 하는 수진의 목소리가 방문을 넘었다. 취기에 실은 거침없는 표현이었다. 수진은 지금 자신이 동생이 아니라 한 사람의 여자임을 자존심을 다 내려놓고 절규하고 있었다. 민하의 표정은 어떠할까? 민하 앞의 수진은 지금도 단발머리 소녀 같기만 할까?

"나 믿지 마라. 나쁜 사람이야."

다시 나직한 민하의 소리가 들렸다. 수진이 술기운이 오를수록 민하는 맑아지는 것 같았다.

"나쁜 사람에게 나는 왜 마음을 다 주고 있죠? 왜 여자이고 싶은 거죠?"

"수진아!"

그 때 무슨 일이 있었던 것일까 거실에선? 민하의 신음 같은 목소리가 들렸다.

"오빠는 너무 무심해요. 그 때나 지금이나 왜 모른 척해요?"

이제 단발머리였을 적의 일까지 언급하는 수진의 목소리는 몹시 어눌하고 말은 경계를 잃고 있었다. 어눌한 말 속에 수진이 차마 드러내지 못한, 아끼고 쓰다듬고 가꾼 최종의 마음 하나가 담겼음을 나는 알 수 있었다.

"그래!"

'무심'이란 말이 가시가 되어 목에 걸린 것일까, 민하가 말을 잘랐다.

"오빠가 무심하니 내가 이럴 수밖에 요. 나 오빠 사랑해요!"

저것은 사랑의 고백이 아닌가? 수진은 지금 무슨 몸짓을 하며 저 말을 하는 것일까? 민하는 지금 어떤 표정을 하고 있을까? 급기야 젖은 것 같던 내 가슴에 와인 빛 불이 붙는 것 같았다.

"그렇게 모르겠어요, 오빠?"

수진의 팔이 민하의 허리라도 감고 있는 것일까? 허리를 맡긴 채 민하는 두 팔로 수진을 안고 있는 것일까? 당장 방문을 열고 뛰쳐나가고 싶다.

"몰라서 미안해. 하지만 너도 모르는 게 있어, 아니 알면서 모른 척 하는 것이 있어. 내가 애들 엄마를 보낼 수 없다는 거."

민하가 말했다. 마치 자로 그은 듯 경계가 명징한 말이었다. 다시는 그은 경계선너머를 탐하지 말라는, 그 방법 밖에 없다는 것 같은 모질도록 날렵한 명령 같았다.

아무리 그렇기로 사랑의 고백에 저렇게 모질 수 있다니... 애들 엄마란 표현만으로도 수진은 한 발자국도 더 나아갈 수 없을 것 같았다. 울지도 웃지도 못할 그 어중간할 수진의 표정이 눈앞으로 스쳤다. 그 수진이 그 자리에 폭삭 주저앉을 것만 같았다. 불붙는 것 같던 내 가슴마저 서늘해졌다. 그것은 어쩐지 나를 두고 하는 말인 것도 같았다, 형수, 내가 애들 엄마를 버릴 수 없어요, 발목 위의 그 일은 그냥 연민이었다고요, 라고.

"그럼 왜 헷갈리게 해요? 보낼 수 없다면 데려와야 하잖아요?"

애들 엄마란 그 한 마디로 폭삭 그 자리에 주저앉을 것 같던 수진이 외려 성큼 다가가 대들었다. 마치 코너에다 몰아붙여두고 민하의 가장 취약한 부분을 집중해 공격하는 것 같았다. 그러나 그것은 수진의 일방적인 기세에 의한 공격이 아니라 울음소리였다.

"시간이 필요해서 야. 회복할 시간이. 미안해."

그리고 수진의 말은 끊겼다. 부드러우나 너무나 확실한 '미안해'라는 거절 앞에서 수진은 전의를 상실했음이 분명했다. '언니 나는 어디로 가야해요? 왜 갈 데가 없죠?' 라며 식탁에 엎어져 흐느끼던 수진이 다시 내 눈앞으로 스쳐지나갔다.

나는 바깥으로 나갈 수 없었다. 그냥 정우의 발목을 잡은 채 울고 있었다. 수진이 때문인지 나 자신 때문인지, 아니면 민하 때문인지는 알 수 없었다. 사랑이 길을 찾으려 그렇게 발버둥하다 그 경계선 앞에서 차단당한 것 같았다. 수진을 안고 함께 울고 싶었다. 정우 발목을 잡은 채 한참 흐느끼고 있는데 소리를 죽여 현관문이 열리고 그리고 누군가가 나가는 소리가 났다. 수진을 두고 민하 먼저 간 것일까, 혼자서?

문득, 그것은 아니란 생각이 들었다. 민하는 수진 곁을 지켜야 한다는 것이 내 생각이었다. 적어도 이 밤엔.

나라도 수진의 곁에 있고 싶었다. 그리고 수진과 취하고 싶었다. 정우 발목을 놓고 조용히 방문을 열었다. 그런데 수진이나 민하, 둘 중 한 사람은 있어야 할 거실엔 아무도 없었다. 민하가 수진을 데리고 나갔음이 분명했다.

묘한 배반감이 배앓이처럼 사르르 긁으며 지나갔다.

26

마음의 고문

정우는 요즘 부쩍 순한 환자가 되었다. 너무나 순해서 휠체어의 모든 것을 즐기는 것 같다. 마치 내 몸의 한 지체인 것처럼 내가 하자는 대로 따른다. 정우는 지금, 건강했을 때 그가 하는 일이면 늘 말없이 따라했던 바로 내 모습이기도 하다.

나는 뭔가를 앞장서서 하기보다 누군가의 뒤를 따라가는 일에 늘 더 편안해 했다. 그것은 내 성격의 한 면이기도 한데 어쩌면 아버지 없는 집안에서 내가 조용히 잘 따라가야 엄마나 오빠가 덜 힘들 거라는 어렸던 내 인식이 습관으로 쌓이면서 성격으로 형성되었을지도 모른다. 그래서 한 번 믿으면 끝까지 믿고 따르는 일을 잘 하는 편이다.

내가 한 사람을 믿고 따른 것 중의 큰 일 하나는 그간 쌓은 삶의 기반이나 경력을 다 두고 정우가 이민을 떠나자고 했을 때 순순히 따른 일이다. 정우는 이미 결혼생활을 통해 믿음을 준 사람이므로 그가 이민을 하고 싶어 한다면 그럴만한 이유가 있을 거라는 믿음, 그 믿음에 대한 내 역할은 따르는 일이었고 그것은 지금까지 한 번도 후회를 하지 않도록 했다. 돌아가 다시 걸을 수 없는 지나간 시간을 되돌아보며 수진이 그토록 괴로워하던 그 순간에도 그래서 나는 담담할 수 있었을 것이다.

그렇게 성격대로, 취향대로 잘 따르기만 한 내게 배워 이제는 자신의 차례라는 듯 정우는 모든 일에 순순하다. 너무나 순해서 마치 너싱홈 생활에 길들여진 환자 같다. 소리 지르고 몸에 부착된 의료기구를 뽑아내고 자살까지 하려던 정우였다. 그 정우가 너무 순해서 오히려 두렵다. 말없이 따르는 저 속에 나는 짐작도 할 수 없는 수만 가지의 생각이 끓고 있을 것 같아서이다.

왜 달라진 것일까? 정우의 변화에는 이유가 있을 것 같았다. 이제 집에 왔으므로, 자신에 대한 모든 것은 내가 감당해야 하므로 날위해 그렇게 자신을 죽이기로 작정을 한 것이 그 이유일 것 같았다. 그러니까 의도적이다. 날 힘들게 하지 않으려는.

정우는 내가 들려준 너싱홈에 대한 이야기를 통해 환자들이 어떻게 행동할 때 간호하는 사람들이 수월하다는 사실을 알고 있었다. 내 수고를 덜어주기 위해 고분하기로 작정을 한 사람. 그것이 답이다.

"참지 말아요. 당신이 가만히 있으면 나, 겁나."

소리를 내지 못하는 사람이 행동까지 참으면 할 수 있는 것이 아무엇도 없다.

"화나면 소리치고 맘에 안 들면 팔 휘둘러요. 당신 할 말 많잖아?"

하고 보니 이 말은 건강했을 때 내게 한 정우의 말이다.

'참지 마, 선아야. 당신도 할 말 많잖아.'

가잔다고 말없이 낯선 땅으로 따라나선 나를 처음엔 따라줘서 고맙다더니 어느 날 문득 그것이 아니다, 싶던지 정우가 한 말이었다.

내가 너싱홈 일을 시작하고 난 뒤 말 수를 줄였던가 보았다. 전혀 환상을 갖지 않았다고는 할 수 없는 낯선 땅에서의 삶이 환상은커녕 결코 만만한 것이 아니었음에 대한 현실 파악으로 내 속에서 적응을 위한 치열한 싸움을 하고 있던 중이었다.

너싱홈에서 간병사가 감당해야 하는 일은 내게 익숙하던 간호사로서의 일과는 달랐다. 이 일이 과연 가진 것, 누리던 것, 다 뒤에 두면서까지 선택할 가치가 있는 것인가에 대한 답을 얻기까지 나는 말 수를 줄일 수밖에 없었다. 생각이 많을수록 입을 다무는 것은 내 방법이었다. 많이 웃기 위함이라던 애초의 이민의 목적과도 거리가 있었으므로 나는 그 낯섦을 뛰어넘기 위해 안간힘을 하고 있었다. 그것은 이민자 가족이라면 누구나 직면할 수밖에 없는, 그리고 통과해야 하는 관문이었을 것이다.

'참지 마, 선아야. 할 말 가둬두면 병 돼.'

그 모습을 눈여겨 본 정우가 내게 한 말이었다. 그러니까 부모 형제도 친구도 없는 땅에서 남편에게로 향한 대화의 통로마저 차단하면 그것이 쌓여 마음의 병을 만들 수도 있다는 남편다운 걱정이었다.

'당신 힘들게 하려고 이 땅에 온 거 아니야. 많이 웃자고 왔지.'

나는 그 때 어쩌면 많이 웃자고 모든 것을 접고 이 땅으로 온 우리의 이민 목적은 잠시 잊고 있었는지도 모른다.

결국 정우의 진심이 내 속을 더 드러내는 방법에 대해 진지하게 생각하도록 했고 그 뒤부터 나는 조금씩 말이 많아졌을 것이다. 너싱홈을 다녀오면 미주알고주알 그곳에서 있었던 환자와 겪었던 일들을 말하기 시작했고 그래서 정우는 내가 돌보던 환자들의 이름, 제프며 제인 할머니, 심지어는 까다로운 환자, 로즈까지 훤히 알게 되었다. 환자가 어떻게 환자다운 행동을 할 때 간호하는 사람이 수월하거나 힘들 수 있다는 사실도 그래서 알게 되었을 것이다.

"우리 집이야, 여긴. 너싱홈이 아니라고."

마치 그 때의 정우처럼 내가 말하고 있었다. 그래서 재택 간호를 택했으므로.

그러나 정우는 오히려 너싱홈의 환자들보다 더 순하다. 자신이 날 위해 할 수 있는 것은 오직 하나, 순한 환자가 되어 날 힘들지 않게 하는 방법뿐이라는 듯. 그러나 정우는 모르는 것이 있었다. 몰래 하는 망령된 생각은 늘 느슨한 정신을 타고 스민다는 것을. 긴장이 없었으므로 정신이 느슨한 틈을 타고 정우에게 가 있던 신경 줄이 수시로 엉뚱한 데로 기울었다. 수진과 민하에게로.

왜 오지 않는 것일까? 약속한 듯 둘 다 안 오는 이유는 뭘까? 매일 와야 한다는 이유도 없지만 안 오면 왜 안 오는지 마음이 그들에게 가 있다.

그 날 술기운과 함께 사랑에 좌절한 수진과 민하가 나간 후 둘 다 소식이 없으니 더 궁금하다. 둘 사이에 무슨 일이 있었음이 분명하다. 말은 없어도 눈동자를 굴려 찾는 시늉을 하는 정우도 기다리기는 마찬가지다. 대책 없는 기다림은 언제까지일까? 그렇다고 전화로 확인할 수도 없는 기다림이다. 그들이 정우에게 의무적이어야 할 이유는 없으므로. 그들의 자유가 부럽다. 사람들이 너싱홈에다 식구를 맡기는 이유도 어쩌면 환자에게 얽매이기를 원치 않기 때문이리라.

문득 갑갑해서 나는 정우가 탄 휠체어를 앞세우고 뜰로 나갔다. 이제 막 꽃망울을 맺으려는 체리나무를 올려다보았다.

'체리 나무는 여태 저러고 있구나. 꽃은 언제 활짝 피고 지고 그 자리에 언제 체리가 열릴까?'

마치 모든 것이 체리 나무 탓이라는 듯 내가 속으로 타박한다. 느리고 느린 회복을 보이는 정우에게 일어나 걸으라고 재촉하는 것과 다르지 않을 타박이었다. 갑자기 짓누르는 조급증 때문이었다. 그러나 뜰에다 두 그루나 체리나무를 두고 있음은 얼마나 다행인가? 찾아오는 사람 없고 갈 곳 없을 때 체리나무의 뜰마저 없었다면 얼마나 갑갑했을까?

체리 나무 아래서 정우와 나는 많이 웃었고 웃을 때는 두고 온 땅에의 그리움도 잊을 수 있었다. 체리나무 아래서는 양복차림으로 큰 빌딩으로 출근했을 때를 잊고 신문을 팔고 로또와 담배를 팔아야 하는 이곳에서의 고된 삶도 잊을 수 있었다. 체리나무 아래서는 다르고 낯설어서 더 서러운 이국생활임에도 체리만큼이나 붉고 탐스러운 앞날에의 열매도 상상할 수 있었다.

그런데, 이 집에 사는 동안은 이 체리나무 아래서 꽃 같고 체리 같을 웃음만 있을 줄 알았는데 이제는 휠체어가 웃음소리를 깔고 천천히 구르고 있다. 마냥 누군가를 기다리며, 그리고 초조해 하며.

"아무도 안 오네, 며칠씩이나."

천지간에 휠체어에 탄 정우와 뒤에 선 나뿐인 것 같았다. 이토록 휘휘한 집을 왜 그렇게 고집했을까? 환자들과 동료 간병사들이 있던 너싱홈에서는 이토록 무서운 적막감은 없었다.

"우리 둘이서 지낼 수도 있어야 해. 당신 건강했을 때 때로 민하나 수진이 끼어들면 말했잖아, 눈치 없다고."

'아무도 안 오네.' 라며 심정을 드러내고 나니 더 쓸쓸해져 내가 장황하게 말했다. 병상에서의 정우는 늘 이렇게 무섭도록 고독하리라.

천천히 휠체어를 밀어 뜰을 한 바퀴 돈다. 아주 천천히 바퀴가 구르듯이 며칠씩이나 얼굴을 보여주지 않는 그들에 대한 궁금증 또한 따라다니며 머릿속에서 함께 구르고 있었다. 정우란 말뚝에다 붙잡아두려고 해도 헤픈 내 마음은 어느 사이에 빠져나와 헤매고 있었다. 참으로 집요했다.

"추워. 들어가자."

막막한 기다림은 마음까지 춥게 했다.

저것이 체리나무가 맞기나 한가? 이제 겨우 꽃망울을 머금으려는데 마음은 여전히 그 나무 아래서 빨간 체리를 찾고 있다.

지금 기다림은 붉은 체리의 설렘이 아니라 지독한 마음의 고문이다.

27

그리고, 카오스

특별히 나빠진 증세는 없는데 정우의 기분이 많이 가라앉았다. 식사도 즐기지 않고 바깥으로 나가는 일도 꺼리며 잠만 잤다. 몸에 다른 증세가 없는 것으로 보아 기분 탓이다.

"목욕하면 나아질 거야."

정우의 옷을 벗겨 목욕시킬 준비를 했다. 축 쳐진 어깨며 가라앉은 기분은 나마저 우울하게 했다. 정우를 목욕 시키고 땀으로 범벅이 될 나 자신도 씻고 나면 한결 기분이 나아질 것 같았다. 며칠 간 찜찜하게 남은 우울 같은 것은 비누거품과 함께 씻겨 사라지리라.

그러나 목욕시키는 일은 버거웠다. 정우의 무게에 휘둘렸다. 마치 세상의 모든 환자들을 더한 무게가 짓누르는 것 같았다. 그 많은 환자들 시중은 너끈히 해냈는데 정우 한 사람을 감당하기 힘들어 하는 나 자신을 바라본다. 기분 탓이다. 우울한 이 기분, 결국 며칠간 보지 못한 민하 때문일 것이다. 정우 때문이 아니라 궁금증으로 이미 무거울 대로 무거워진 이 기분 때문일 것이다.

따스한 물로 정우의 머리부터 감겼다. 손가락 끝에 와 닿는 수술 흉터는 늘 마음을 긁는다. 그 수술로 겨우 목숨은 구했지만 많이 웃으려 한 우리의 삶은 잃어버린 것 같다.

목욕을 다 시키지 않아 나도 이미 푹 젖은 채였다. 땀방울은 얼굴을 덮고 젖은 옷은 몸에 감겼다. 나도 덩달아 우울했다. 몸과 마음에 얹힌 무게에 짓눌려 그대로 주저앉을 것 같았다.

"내게 기대, 이렇게."

정우를 붙잡아 휠체어에 앉히는 일도 벅차다. 모든 것이 버겁다. 너무 섣부른 결정을 한 것일까? 의사의 너싱홈 제의엔 분명 이유가 있었을 것이다. 너싱홈을 안다는 이유로 집을 고집한 것은 아무래도 경솔한 처사였던 것 같다. 둘 다 기다림 하나에 휘둘려 젖은 바닥에 내동댕이쳐진 것 같은 이런 기분은 예상치 못한 것이다.

가까스로 목욕을 마치고 마른 옷으로 갈아입혀 정우를 침대에 뉘인 후 방을 나왔다. 이제는 내 차례다. 감겨들고 달라붙는 무거운 기운을 씻어내고 싶다. 쏟아지는 물줄기 아래 서 있고 싶다. 물줄기에다 몸을 맡기고 무거운 기운이 다 씻겨나가도록 오래 오래 서 있고 싶다.

'다 씻어 내자. 당찮은 기다림 따위엔 다시는 휘둘리지 말자.'

어서 씻기부터 하려고 마음을 재촉하며 욕실로 들어서려는 그 때, 초인종이 울리고 나는 욕실로 들어가던 걸음을 돌이켜 현관문을 열었다. 문 앞엔, 민하가 서 있었다.

"형수!"

이것은 꿈일까? 아뜩한 정신으로 말없이 바라본다.

'이 사람이 그토록 기다린 그 사람인가? 이렇게 올 일을 왜 그렇게도 애를 태웠는가?'

문득 서럽다. 그리고 울컥 화도 나는 것 같았다. 그래야 할 이유가 합당하지 않은 서러움이었고 화였다.

"형, 목욕 시키셨어요?"

민하가 말했다. 그 눈빛에 나보다 더한 서러움이 배어있는 것 같았다. 그 자리에 선 채 아주 잠시 민하가 침묵했다.

"예, 들어가 보세요."

아뜩한 정신에서 깨어나며 가까스로 말했다. 그리고는 욕실로 가 샤워를 하려고 돌아서던 찰나였다. 우람한 민하의 팔이 내 허리를 끌어당긴 것은. 여태 젖은 옷에 휘감긴 채인 허리였다. 무망중에 중심을 잃은 내 허리는 빨려 들어가듯 민하의 품에 안겨버렸다. 그것도 깊이. 찰나에 일어난 일이었다.

"..!"

무단히 솟구치던 서러움과 화에 사로잡힌 중에 만난 느닷없는 일이어서 나는 소리 없이 버둥댔다. 버둥대면서도 어리광어린 화를 내고 싶었다. 기다리게 했으므로, 우울하게 했으므로. 그럴수록 말 없는 민하의 팔이 더 조여들었다.

"뭐 하는 거예요?"

마음과는 달리 내 입에서 가늘게 터져 나온 말투는 오히려 맵다. 서러움과 화가 어우러지고 정우를 의식한 매몰찬 작은 목소리였다.

"미안해요, 형수."

민하의 팔이 꼼짝을 할 수 없도록 죄어오고 그대로 기대고 싶다는 생각이 찰나에 가슴을 쳤다. 우울해지도록 기다린 사람이다. 눈앞에 없으면서 온통 마음을 사로잡고 있던 사람이다. 그러나 결코 내 마음을 흘려서는 안 되는 사람이다.

"남편 일이예요."

빠져 나오려 안간힘을 하며 '남편'을 강조했다. 마음과 늘 상반되게 반응하는 것이 말이다. 정우는 아직 맑은 정신일 것이다.

"그래도 미안해요. 미안하고 또 미안해요."

그 때, 느닷없이 현관문이 열렸다. 민하가 들어 온, 미처 잠그지 않은 문이었다. 노크도 초인종도 누를 필요 없는 사람, 언제든 원하면 지니고 있는 열쇠로 문을 열고 들어올 수 있는 사람. 바로 수진이었다.

무심코 문을 밀고 들어 왔을 수진이 그 자리에 멈춰 섰는가? 미처 민하의 품을 벗어나지 못한 내 눈과 수진이 맞부딪었다.

"…!"

"뭐예요?"

수진도 목소리를 높이지 못했다. 소리만큼이나 당황해 하는 얼굴이었다. 그러나 내 귀엔 그 소리가 메아리가 되어 방과 방 사이를 울려 퍼지고 있는 것 같았다. 그 때서야 민하가 놀라 나를 풀고 돌아섰다.

"수진아!"

"이런 사이였어요?"

여전히 속에서 터지지 못한 작은 소리였다. 놀란 탓에 수진도 제 목소리를 내지 못했고 그것은 평소의 수진의 목소리가 아니었다.

"아가씨!"

신음하듯 부르며 나는 그 자리에 주저앉았다.

"내 말 들어 봐, 수진아"

그 때서야 정신이 든 듯 팔을 잡는 민하를 수진이 날렵하게 뿌리쳤다.

"도대체 정체가 뭐예요?"

당혹감과 의혹과 배반감이 어우러진 목소리가 드디어 팽창하기 시작했다.

"수진아, 들어 봐. 그럼 이해할 수 있어."

"뭘 이해해? 서로 이런 사이라는 거? 정우 오빠와 나만 몰랐다는 거?"

급기야 속에서 팽창하여 솟구친 목소리가 사정없이 터져버렸다. 정우조차도 의식하지 않은, 될 대로 되라는 목소리였다.

"수진아!"

"그것도 모르고…"

수진의 눈에서 파르르 불꽃이 일었다. 다시 민하가 수진의 팔을 잡으려 했다. 그러나 사정없이 뿌리치는 수진의 팔은 이미 사선으로 휘두르는 칼질이었다.

"믿는 도끼에 발등 찍힌다더니 불쌍한 정우 오빠!"

수진의 터진 목소리가 급기야 확성기 음이 되어 온 집안에 흩어졌다. 그리고 창을 넘고 있었으리라. 주저앉은 채 눈을 감았다. 순식간에 세상이 캄캄해졌다. 카오스였다.

민하를 뿌리친 수진이 정우의 방문을 열어젖혔다.

"오빠, 차라리 너싱홈 가자! 오빠를 바보로 만드는 이곳보다는 낫겠다!"

수진이 큰 소리로 울기 시작하고 잠잠하던 정우가 소리치기 시작한 것도 그 때였다.

"으악!"

민하가 방으로 뛰어 들어가고 나는 아무 것도 할 수 없었다.

"오빠, 우리 정우 오빠 불쌍해서 어떡해!"

몸부림치는 정우를 붙잡으며 수진이 더 큰 소리로 소리쳤다.

"정우형!"

민하가 괴성을 지르는 정우를 안았다.

"그래서 애린 언니도 갔구나? 안 데려온 이유도 이거였어?"

"…!"

수진은 말을 멈출 줄 몰랐고 민하는 소리를 내지 못했다. 정우는 점점 더 거칠게 몸부림치며 소리 지르고 나는 주저앉은 채였다. 다시는 일어서지 못할 것 같았다.

발버둥치는 정우를 안고 민하가 진정을 시켰다. 한참 정우를 안고 안정을 시킨 후 자리에 눕혔다. 수진은 여전히 엉엉 울고 나는 넋을 놓은 채 앉아 있었다. 가지런하던 모든 것이 순식간에 엉망진창으로 엉켜버렸다. 다시는 가지런하게 정돈을 할 수 없을 것 같았다.

정우는 자리에 누운 채이고 수진은 울음을 그쳤다.

잠시 방안에 침묵이 흘렀다. 숨소리조차도 없는 고요는 차라리 무서웠다.

"형!"

고요를 깨뜨리듯 민하가 정우를 불렀다. 단 한 음절의 소리, 한 번도 들어본 적 없는 처절한 음색이었다.

"미안해요, 형."

민하가 침대 모서리를 잡고 무릎을 꿇었다. 정우는 질끈 눈을 감고 있었다.

"나, 형수님을 좋아했어요."

민하가 차마 얼굴을 들지 못하며 울먹였다. 수진의 눈에서는 다시 불꽃이 튕기리라. 정우는 여전히 눈을 감은 채였다.

"형수 위해 할 수 있는 일은 없고, 애만 탔나 봐요."

민하가 울고 있었다.

"그래서 병실에 들락거렸어? 위선자!"

정말 민하를 흠모한 사람일까 싶도록 수진은 말은 모질고 또 모질었다. 마치 내동댕이쳐 만신창이로 만드는 것 같았다.

"그래서 이민했냐고 애린이 떠나면서 원망했어도 어떻게 너 수준으로 표현하느냐고 나무랐는데 형, 나도 다르지 않았어요. 감히, 내가 감히 형수님을...미안해요."

만신창이 꼴을 한 자신을 덮으며 추스르려 하기는커녕 민하는 오히려 자신을 낱낱이 파헤쳐 자근자근 밟아 짓뭉개고 있었다.

"형수님, 미안합니다."

그러던 민하가 갑자기 날 향해 사과를 했다. 만신창이인 채 갑자기, 그리고 너무나 정중한 표현이어서 나마저도 앉은 자세를 고쳐 '민하씨, 나도 미안합니다.'라고 고개를 조아리고 싶을 정도였다. 그러나 나는 아무런 말도 행동도 보이지 않았다. 어차피 난장판이 된 마당이었다.

그런데 어떻게 된 일일까, 전혀 그럴 상황이 아니었음에도 피식 웃음이 터지려 했다. 아마도 민하 혼자 '미안'을 말하도록 한, 나 자신에 대한 조소였을 것이다. 마치 이 모두가 민하 탓인 듯 꾹 입을 다물고 있는 나 자신의 위선에 대한 조소였을 것이다.

"오지 마, 이 집에. 다시는 오지 마!"

이 집에서 여태 펄펄 살아 있는 사람은 수진뿐이었다. 그 수진은 끝까지 화를 풀지 못해 이미 만신창이 된 민하가 더 이상 미동도 할 수 없도록 확인사살까지 하고 있었다. 정우는 눈을 감은 채였다.

나는 자꾸만 실실 웃고 싶었다. 그냥, 그냥 자꾸만 웃고 싶었다.

28

체리 꽃, 피다

미친바람이 휩쓸고 간 집은 묘지다. 울음소리조차도 바래버린 묘지다. 다시 난폭해진 정우만 아니면 정적을 깨뜨릴 사람은 없다. 나는 소리를 낼 수 없고 소리 없이 하는 바라지는 고행이다.

물끄러미 뜰의 체리나무를 바라본다. 고요하기는 체리나무도 마찬가지다. 바람이 흔들지 않는 한 체리나무는 늘 그렇게 서 있다.

저 나무 아래서 민하 식구와 바비큐를 하며 와인 잔을 기울이던 그 때가 또 생각났다. 체리는 오종종 붉고 아이 웃음소리는 뜰을 채운 봄햇살 같았다. 그런데 애린이 이곳 삶에 적응을 하지 못해 떠난 줄 알았는데 이유 중의 하나가 나 자신이었던가. 그러니까 나 자신이 태풍의 눈이었다. 이 집안에 분 광풍이 이미 그 집을 거쳐 온 것이었다니 결국 태풍의 눈만 몰랐다는 의미였다.

끝까지 마음을 열지 않은 채, '서울에서보다 더 힘들었어요.' 라며 떠난 애린의 그 말의 의미도 이제야 뼈저리게 알 것 같았다.

'형, 다음엔 저 한 번 쳐줘요, 정신 좀 차리게.'

문득, 그날 병실에서 무망중에 정우에게 코를 얻어맞은 날, 민하가 한 말이 이마를 쳤다. 아이 데리고 서울로 떠난 애린과의 관계 때문인 줄 알았는데 돌이켜 보니 이미 그 때 민하의 마음속에도 한 번 맞아야 정신을 차릴 은밀한 감정은 자라고 있었다는 의미였다. 민하만 정신 차릴 일은 결코 아니었다.

이제 정우는 난폭한 짐승이다. 수시로 소리치고 수시로 팔을 휘두르며 먹는 것을 거부한다. 얼마나 괴성을 지르든, 어떻게 난폭해지든, 어떻게 먹는 것을 거부하든, 나는 묵묵히 시중을 든다. 던지면 다시 준비하고 휘두르면 맞는다. 아무런 변명도 하지 않는다. 정우는 성이 난 환자이므로, 성을 낼 수밖에 없는 사람이므로. 너싱홈에서처럼 그렇게 의무를 다 할 뿐이다.

그 너싱홈에 가겠다고 하는 몸부림인줄 나는 안다. 같은 공간에서 숨 쉬는 일조차도 끔찍하리라. 바라보는 일조차도 구역질나리라. 더 이상 다정한 남편이 아니었고 더 이상 미더운 아내가 아니었다. 많이 웃으며 살자고 내민 손을 한 점 불신도 품지 않은 채 잡고 따라 나선 남편과 아내는 더욱 아니었다. 모든 것은 뒤틀어져버렸고 틀어진 것은 다시 회복할 수 없을 것만 같았다. 민하가 들린 것은 그 며칠이 지나서였다.

현관문을 열어 말없이 맞았다. 몹시 앓았다 일어난 사람인 듯 꺼

칠하고 수척했다. 혼자 어떻게 지냈을지 말하지 않아도 짐작할 수 있었다. 낮엔 일만하고 집에선 술만 마셨으리라. 현관문 앞에 선 채 잠시 바라보던 민하의 눈은 많은 말을 하고 있었다. 한 여자에게 자신도 모르게 끌린 결과가 이토록 참담한 것이었으므로 다시는 그 마음 한 자락 새어나가는 일 없도록 단속하고 또 단속하리라.

민하가 방에 들어갔을 때 정우는 눈을 감고 있었다. 현관문이 열리고 말없이 사람을 맞고 들이는 것으로 누가 이 집 문턱을 넘었는지를 이미 정우도 알고 있음에도 눈을 뜨지 않았다.

"얼굴이 왜 이래요, 형!"

민하는 오히려 정우를 향해 울부짖었다. 그것은 이유를 몰라서가 아니라 억장이 무너져서 한 말일 것이다.

내 손길을 거부하는 정우의 가파른 뺨은 마구 자란 수염으로 덮였고 그것은 팽개쳐둔 잡초무더기 같다. 감은 눈이나 옹다문 입술로 정우가 의도적으로 외면하려 한다는 것을 민하는 알 수 있으리라. 민하가 먼저 정우의 손을 잡았다. 피하지 못하는 한 쪽 팔이므로 정우는 잡힌 채 그대로였고 민하가 그 팔위에 엎어졌다.

"정우 형!"

그리고 울기 시작했다. 정우는 눈을 감은 채였다.

"미안해요, 정말 미안해요 형, 버릇없이 굴어서."

마치, 한 번은 치러야 할 통과의례라는 듯 엉엉 소리 내어 울도록 정우는 눈을 감고 있었다.

"알아, 형이 무슨 말 하고 싶을지. 형수에게서가 아니라 애들 엄마한테서 힘을 얻어야 한다는 형의 생각 알아. 그리고 이혼이든 아니든 내 일로 형 가족까지 흔들지말란 뜻도."

민하는 이제 고개를 들고 모노로그를 하듯 조근 조근하게 말하고 있었다.

"그래서 말인데요. 형. 나, 서울 가려고. 애들 엄마 데려오려고. 아니, 정말 오기 싫어한다면 나, 다시는 이 땅에 안 오려고. 생각해보니 나도 용서하고 말고 할 그런 인간이 못 되더라고요."

그 때 갑자기 정우가 눈을 부릅떴다. 정말 듣고 있었다는 의미였다.

"나 때문에 수진이까지 ...."

나는 문 밖에서 듣고만 있었다. 결국 그렇게 될 일인데 길이 아닌 길로 흐르려니 감정은 범람하고 그래서 모두가 혼란의 소용돌이 속에 빠져야했던가. 이제는 각자의 흐름을 찾아 그 길로 흐르게 될까?

"제이슨한테 가게 맡겨두고 서울 갈 거야. 버릇없이 군 거 용서해 줘요, 형."

정우의 손을 두 손으로 깊게 잡더니 이윽고 민하가 자리에서 일어섰다. 일어선 채 오래 그 자리에서 정우를 바라보았다. 정우와 민하, 둘은 서로 바라보기만 했다. 정우처럼 민하도 사선을 넘어온 몰골이다. 실은 지금 온전한 모양새를 하고 있는 사람은 우리 중에 아무도 없다.

이제 서울로 간다는데 가서는 어쩌면 영영 오지 않을 수도 있다는데 그래서 뭔가 한 마디는 해야 할 것 같은데 말은 입에서 갇혀버렸다. 나도 그냥 마주 바라보기만 했다. 말이 없어도 수많은 말을 하고 있었다.

민하를 보낸 후 현관문을 걸었다. 마음까지 걸 수 있을 지는 아직 알 수 없었다. 마음속에 가득 채워져 있던 뭔가가 뿌리 째 뭉텅 빠져나간 듯 허허로웠다.

민하가 다녀간 집은 다시 묘지다. 이 묘지 같은 집이 두렵다. 그러나 벗어날 수 없다. 벗어날 수 없으므로 묘지를 다시 집으로 바꿔야 한다. 그런데 어떻게?

어떻게 란 방법 앞에서 난감했다. 결국 남은 사람의 몫이었다.

"나갔다 와요, 체리나무까지."

오랜만에 침묵을 깨뜨렸다. 휠체어에 태워 무릎에다 블랑켓을 덮고 바깥으로 나갔다. 그 사이에 체리나무가 하얀 꽃망울을 터뜨리고 있었다. 마치 늦게 내린 눈 같았다.

붉은 체리를 맺는 나무가 흰 꽃을 피우는 것은 이해 밖의 일이다. 열매가 붉으므로 꽃도 붉어야 할 것 같았다. 이해 밖의 것이 어디 체리 꽃과 열매뿐일까? 결국 카오스를 만들고 만 감정의 흐름은 체리 꽃과 열매의 빛깔보다 더 어이없다.

천천히 휠체어를 밀다가 체리나무 아래서 멈췄다. 체리나무 그늘에 서면 뒤틀려 혼란스러운 것은 어쩐지 그 그늘이 다 덮어줄 것 같은 평화가 마음에서 일었다. 사노라면 그럴 수도 있는 거라며, 체리 꽃과 체리빛깔이 서로 다른 것을 구태여 알려고 할 필요 없듯 그것은 그냥 다 자연스러운 현상이며 흐름일 뿐이라고 그늘은 말해 주는

것 같았다. 잠시 길이 아닌 곳으로 흐르다 뒤엉키고 넘쳐버린 것은
지금이라도 가던 길을 돌이키면 가지런해질 수 있다는 말도 해 주는
것 같았다. 그리고 지금이 바로 오래 침묵한 그 입을 열어 해야 할
말을 고백할 때라고 하는 것 같았다. 휠체어를 고정시켜놓고 정우
발 앞에 앉았다. 등 뒤서가 아닌, 정우의 눈을 보며 말하고 싶었다.

"실은 나, 흔들렸어."

정우의 무릎을 잡고 그의 눈을 올려다보았다. 정우는 눈을 감고 있
었다. 눈을 감고 무슨 생각을 할까? 어쩌면 오래 전에 광풍인 듯 휩쓸
고 지나간 애린이 만든 그 일을 떠올리고 있는지도 모른다, 용서하지
못한다던 민하에게 용서해야 한다고 한 그 때의 자신에 대해.

그 때 애린은 직장 상사와의 부적절한 처신으로 소문의 한 가운데
있었고 같은 직장에 다니고 있던 민하는 아내가 관련된 일로 무성한
소문에 시달리고 있었다. 소문이 파다한 중에도 그 상사는 적어도
겉모습으로는 태연히 회사에 얼굴을 내밀고 있었고 그 와중에 괴로
운 사람은 민하였다.

'형, 나, 두 년 놈 다 죽여 버릴 거야!'

'민하야, 소문에 흔들릴 정도로 제수씨에 대한 네 마음이 그렇게
허약한 거였어?'

그 때 취하기만 하면 죽여 버린다고 몸부림하던 민하를 가라앉히
느라 정우는 민하를 내 집으로 퇴근을 하게 했었다. 욱 하는 성질에
무슨 짓을 저지를지 몰라 눈앞에 두고 감시하기 위해서였다. 민하를
앉혀놓고 정우는 말했다, 사실보다 늘 부풀어 오르는 것이 소문의

속성이라고, 그 부푼 것에 휘둘리지 말라고.

'남 얘기 좋아하는 사람들처럼 너까지 그러면 제수씨는 마음 붙일 데가 없어. 너라도 제수씨를 품어라, 민하야.' 하고. 그러니까 용서하라는 말이었다.

그 때 어깨너머로 정우의 말을 들으며 나는 생각했었다. 정우는 지금 공허한 말을 하고 있구나, 하고. 그 어떤 말도 귀에 들어가지 않을 민하에게 용서를 말했기 때문이었다. 그 때는 나도 민하처럼 화가 나 애린과 그 상사란 사람을 원망했었다. 설령 그것이 소문일 뿐이라 할지라도 그 소문 때문에 평화롭던 한 가정이 위기를 맞았기 때문이었다. 설령 가식일지라도 난도질당한 마음의 상처를 없는 듯이 봉할 수 있는 용서가 아니고는 그 위기로부터 한 가정을 지킬 수 없던, 지극히 심각한 국면이었기 때문이다.

그 때 민하 가정의 일이었을 때는 그러함에도 품으라고 말한 정우가 자신의 일이 되어 발목을 잡고 있는 지금, 용서하지 못하고 있는 자기 자신에 대해 생각을 하고 있는지도 몰랐다.

"민하든 그가 누구든, 기대고 싶었어."

민하처럼 나도 솔직하고 싶었다. 용서받기 위한 것은 아니었다. 솔직함은 고백의 전제조건이었고 한 번은 거쳐야 할 통과의례였다.

"왜 날 거부하는지 알아요. 그래도 너싱홈엔 안 돼. 왜냐고?"

한 번 심호흡을 한 후 다시 말을 이었다.

"처음엔 당신 때문이었는데 이젠 나 때문이에요. 언제 또 흔들릴지 모를 내가 두려워서."

정우가 가늘게 눈을 뜨고 내려다본다. 마치, 선아야, 당신 그렇게 쉽게 흔들리는 사람이었어? 라는 질시의 눈길 같다.

"그래요, 나도 날 몰랐어, 내가 이런 사람인 줄은."

진심이었다, 내가 나 자신을 몰랐다는 것은. 이탈한 마음 한 자락에 휘둘려 이 난장판을 만들고 마는 사람인 줄은 정말 몰랐다.

"난 역시 마리는 못 되나 봐요."

'아프리카가 여기서 어디야? 그런데 남편만 기다리잖아, 행방도 모른다는 남편을.'이란 말은 생략했다. 마리에 대한 이야기는 하도 많이 해 정우도 알고 있었다. 언제 마리네 애들을 초대해 체리나무 아래에서 바비큐를 하자고 했지만 정우가 아픈 바람에 지키지 못했었다.

"난 당신이 눈앞에 있는데도 흔들리고 있었잖아."

그리고 정우 무릎에 엎드렸다. 마치 울려고 엎드린 것처럼 눈물이 흘렀다. 이유가 모호한 울음이었다.

"다시는 흔들리지 않는다고 장담은 못하겠어."

그 말을 하는데 거침없이 눈물이 솟구쳤다. 정우가 쓰러지고 몇 번의 수술과 재활과 그 지난했던 과정이 눈앞으로 지나갔다. 그 필름을 되감으면 앞으로 다가올 고난이 될까?

"나, 흔들리는 거 싫으면 당신이 잡아 줘요."

자꾸만 눈물이 솟구친다. 어차피 내킨 울음이므로 차라리 다 드러내 흘려버리고 싶다. 엉망진창으로 뒤엉킨 것은 눈물에 녹을 것이고 모두 녹아버리고 나면 그 자리에다 다시 시작이란 것을 심고 싶다. 그 시작은 꼬마전구 같은 체리가 오종종 열릴 체리나무 모종 같은 것이리라. 모종이 자라면 그 그늘 아래서 뛰놀 아이들의 볼은 체리보다 붉고 고기를 굽고 체리를 따 나누는 어른들의 웃음소리엔 근심 같은 것은 없으리라. 어우러져 뒤엉킨 것 같아도 보이지 않는 질서로 가지런하고 그 질서는 다시 헝클어질 일 없으리라.

그 때였다, 움직이는 한 쪽 팔을 들어 정우가 내 머리 칼을 쓰다듬기 시작한 것은.

'선아야, 당신 이 검은 머리칼, 엄청 섹시하다는 거 알아?'

'겨우 머리칼만?'

건강하던 때, 어깨 위로 드리운 머리 결을 쓰다듬으며 정우와 주고받은 말이었다. '당신, 이 머리칼 절대로 자르지 마!' 라며 장난하는 아이처럼 흠흠 샴푸 향을 맡던 정우였다.

마치 건강하던 때의 정우의 손길 같았다. 엎어져 울던 얼굴을 들어 정우를 바라보았다. 그 눈에서도 눈물은 넘치고 있었다.

'선아야, 나도 민하를 기다렸어. 수진이는 아닌가? 우리 다시 그 놈 기다리자.'

넘치도록 눈물을 담은 정우의 눈이 말하는 것 같았다.

'제수씨와 꼬맹이 달고 오면 수진이도 부르고 체리나무 아래서 바비큐 하자. 마리씨랑 아이들도 부르지 뭐.'

정우의 마음은 이미 눈빛으로도 짐작할 수 있으므로 나는 정우가 하고 싶어 할 말을 듣고 있었다, 마음으로. 마치 정우 발을 주무르며 모노로그를 하던 민하 같았다. 경황에도 민하는 떠오르고 그 민하는 지금쯤 태평양 상공을 날고 있을 거였다. 아니, 이미 애린을 만나 이 땅의 일은 잊고 꼬맹이와 함빡 웃음을 웃고 있을지도 모르

겠다. 아무리 해묵은 부부 사이의 악감이라도 실은 하룻밤의 무게일
뿐이므로.

"아가씨한테 전화할게"

갑자기 마음이 조급했다. 눈물의 화해는 정우와만 필요한 것이 아
니었다. 실은 수진이 보고 싶었다. 늦둥이로 태어나 일찍 부모를 여
읜 탓에 정우와 나의 신혼 때부터 한 울타리에서 산, 딸 같고 친구
같은 시누다. 흔들렸던 날 드러내면 '나는 아닌가요, 언니?' 라고 말
해 줄지도 모른다. 설령 그렇지 않다 하더라도 상관없다, 그냥 수진
이 그리우므로. 수진이 뿐 아니라 모두가 그립다, 민하도 애린도 볼
이 붉던 꼬맹이도. 아니 모두 함께 했던 그 시간들이 그립다. 낯선
땅에서 누린 아름다운 시간이었다.

하얀 체리 꽃이 마치 제철인양 내린 눈 같다.

지금은 화관을 쓴 나무에 꼬마전구 같은 체리가 오종종 달리면 애
린과 꼬맹이, 마리의 아이들을 불러 바비큐를 하리라. 그 때는 민하
가 아니라 섹시하다며 검은 머리칼을 쓰다듬을 줄 아는 정우에게 기
대리라. 지독하게 휘둘린, 그래서 다시는 바로 설 수 없을 것 같던
위기였지만 가혹한 그 기억은 함성인 듯 터뜨리는 웃음 속으로 가뭇
없이 사라지리라, 체리가 주저리 열릴 나무 아래서의 그날. 그것이
곧 낯선 땅을 선택한 이유이므로. 그리고 그 집, 너싱홈을 선택하지
않은 이유이므로.

이윽고 나는, 수진의 전화번호를 누르기 시작했다.

언젠가는 거쳐 갈 또 하나의 집

김외숙

내 유년의 기억의 갈피에는 아주 강한 소독 냄새가 밴 낡은 사진 같은 장면이 있다. 무채색 옷차림의 엄마가 자리에 누우신 할머니의 몸을 닦아드리던 장면이다.

엄마는 아침마다 할머니의 몸을 닦은 후 욕창이 난 환부를 소독하고 약을 바르셨다. 할머니가 중풍으로 몇 년간 자리에 누워계실 동안 멀지 않은 곳에 살던 고모들이 수시로 내 집엘 드나들었어도, 그리고 집안에 일손을 두고도 할머니의 병수발은 엄마가 감당했다. 할머니는 그렇게 몇 년간 엄마의 수발을 받다가 그 침상에서 세상을 뜨셨다.
지금 여든넷이신 내 엄마는 그 때 겨우 이십대였다.

너싱홈 제도가 이미 정착이 된 이 나라에 산 지 만 열 세해 째, 내 나라를 찾을 때마다 나는 처음 이곳에 왔을 때 느꼈던 그 낯섦과 직면한다. 그 중의 하나가 군데군데 세워진 요양원간판인데 내가 그곳에 살았을 때는 쉽게 볼 수 있던 것이 아니었다. 그것은, 병수발이 더 이상 남은 가족의 의무일 수는 없다는 의미일 것이다. 그리고 너싱홈이 삶의 마지막에 거할 집으로 정착되어가고 있다는 의미일 것이다.

언젠가는 거쳐 갈 그 집에 대해, 그 곳에서의 삶에 대해 우리는 얼마나 알고 있는가?

위기를 맞은 한 가족을 통해 이미 정착되었거나 이제 정착되고 있는 너싱홈 제도와 그 속의 환자에 대한 성찰, 삶과 죽음의 아슬아슬한 경계 위에서도 사랑과 질투에 시달려야 하는 인간의 심리, 그리고 그것으로 위기를 맞은 가족이 어떻게 해체되기 직전의 가정을 다시 세우는가 하는 것을 그려보고 싶었다.

시작의 그 때부터 다섯 해 동안, 생의 끝자락에 선 아픈 사람들의 이야기에 몰입했었다. 지칠 때마다 이야기를 끌어가도록 등을 밀어준 내 짝, 제임스 힐스 목사와 아들 창재, 며느리 미영, 건(Ryan), 원, 두 아이들에게 고마움을 전한다.

장편소설 〈그 집, 너싱홈〉은 〈체리가 익는 시간〉이란 제목으로 캐나다 한국일보에 연재된 작품입니다. 너싱홈 취재에 도움을 주신

민 혜기님, Shirley님, Lil님께 감사드립니다.

Niagara On The Lake에서 김외숙